有鹿来

京都岁月

鹿きたる

苏枕书 著

人民文学出版社

图书在版编目（CIP）数据

有鹿来：京都岁月/苏枕书著. —北京：人民文学出版社，2022
ISBN 978-7-02-015087-8

Ⅰ.①有… Ⅱ.①苏… Ⅲ.①随笔—作品集—中国—当代 Ⅳ.①I267.1

中国版本图书馆CIP数据核字（2021）第240655号

责任编辑　曾雪梅　陈　悦
装帧设计　李思安
责任印制　任　祎

出版发行　人民文学出版社
社　　址　北京市朝内大街166号
邮政编码　100705

印　　刷　北京盛通印刷股份有限公司
经　　销　全国新华书店等

字　　数　183千字
开　　本　880毫米×1230毫米　1/32
印　　张　10.625　插页1
版　　次　2022年1月北京第1版
印　　次　2022年1月第1次印刷

书　　号　978-7-02-015087-8
定　　价　69.00元

如有印装质量问题，请与本社图书销售中心调换。电话：010－65233595

目　录

1

序

出京都大学本部校区北侧门，沿今出川通向东，走上几百米，就到了吉田山。牌坊朱漆剥落，背后是浓荫构成的隧道，苍苔满阶。因为是山阴，显得更加幽深，仿佛真的通向不可言说的境界。

从前的夜里则不同。山脚的空地上，会搭起一座红彤彤的帐篷，里面炭火炽热，星火乱飞，杂菜汤和烤鸡翅的浓香裹着油烟，格外有膏腴之味。我第一次来京都，就和枕书在这里吃过一顿宵夜，一边想，如果山上真有小鬼，恐怕也要围绕在帐篷内外，也许会偷走掉在地上的肉丸。

后来才知道这家大排档在 2017 年底已搬走，去京都站附近开了一家小店铺，应该比经营大排档安定了不少。

从北参道前分叉的小路往高处走，过了朋友书店的白色小楼，右手边又有一条小路，穿过吉田山的半腰，可通往真如堂和金戒光明寺。

这条路我们也走过许多回，半途中眺望过京大人文研究所分馆的修道院式小楼的尖顶。2018 年初夏暴雨许多，有一天夜里，那条小路忽然坍塌。枕书拉着我去看，一截路面荡然无存，泥石裸露，树木狼藉，山脚的房子也被损坏。修缮工程缓慢得出奇，之后这条路就再也不能走了。

关于京都这座城市，我所了解的不多，在记忆中也往往颠倒了时间的次序。因为最熟悉的区域是这一片地方，对京都的印象里，难免总有森森然几分鬼气。不过想想，这其实才是正常的人间世，生与死的距离并不遥远。欣赏它历史与当下的交叠，也必须接受并勘破这人间和幽冥的共存。今日之死，是昨日之生；今日之生，终也要归于明日的安眠。许许多多生死沉淀过后，便成就了历史的名字。时间的洪流浩荡，从来如此。

《有鹿来》初版是在2016年，文稿整理完成时，便将其中的时间截流于2015年末。在当时看来，在京都生活了七年，已十分漫长，没想到今已倍之。其间的时光流逝，足以目送少年变得老成，青年进入中年。

这几年里，环境与个人都发生了许多变化。

除了吉田山脚下的大排档搬走，还有春琴堂书店宣告闭门，井上花坛老板娘的长子去世，家附近的小酒馆也换了主人。

京都总是被叫作千年古都，听着仿佛是永恒，而时间的定律从不会轻易忽略任何地方、任何人。只是在新的人眼中，世界总是从自己所见的那一刻开始。许多老的，在他眼里是恒常；许多新的，在他眼里是依旧。好像是一座木构建筑，年深日久，榫卯悄悄变形，斗拱暗地倾斜，哪里的木料重新挖补修整过，檐间的青草枯了又荣，荣了又枯。这些变化需要更加细密的记忆坐标去参照，路过的人轻易看不出来。

新版的书里，对这些已经告别往日的风景与记忆做了极细致的修订，叙述当年所及人事的下落，譬如新旧书店的变迁，我以为尤其重要。

好多年前，枕书跟我说起，她特意去看传统的薪能，几度昏昏欲睡。台上演的故事是人们熟悉的，人物的命运也早已知晓。但直面舞台和演员，让五感都抽离于现实，不由令人肃然。我未曾亲见，但曾经想象过那样的场面：单调悠长的鼓吹声里，火光跳跃的明暗中，人们在梦幻泡影之世庄严悲喜。

吴从周

2021 年 10 月

去年秋天，有一位朋友从北京来京都访学，我们在同一个研究室相处了半年。她是我见过的最能享用京都之美、京都之乐的人，古本屋、旧书市、居酒屋、庭园、寺社、美食、秋天的红叶、冬天的白雪、清池的锦鲤、鸭川沿岸永恒又稍纵即逝的风景——她都喜爱，并能敏锐把握最关键处。我们一起喝过很多回酒，有非常快乐的回忆。有时候，一起到某个地方，我也忍不住告诉她一些可有可无的背景与细节。她的好奇心大大令我感动，给了我很大的信心。写点什么吧，至少可以给她看，以此纪念我们在京都共处的愉快时光，并将她未曾来得及亲自体会的京都的种种记录下来。

某日，与老师、同学们饮酒毕，又去这位老师的研究室继续喝，是一小罐我泡的梅酒。老师翻到网上一篇当时我刚发表的短文："哦，你把京都写得很美，读书生活也写得不错。"停顿道，"不过，这还不够。琐碎的、不好的、不愉快的，你也应该写下来。"

是的，我又要写大家很熟悉的京都了。有太多人写过京都，种种礼赞、旁观、走马观花，都吸引读者对京都的强烈兴趣。我自己也是，因为读了几页《枕草子》《源氏物语》，很早就对京都抱有朦胧的幻想。两年前，写过一篇很短的《京都第五年》，如今转眼已是"第七年"。对于日常生活，似乎什么都不必提，然而真要说些什么，又千头万绪。数年前的初秋，第一次在车窗内望见夕光笼罩下东寺的五重塔，望见水草丰茂的鸭川，难免激动："啊，就是这里。"如今，虽已对此地习以为常，但从外地回来时，见到东寺的五重塔、流水不息的鸭川，还是会有一种十分清晰的安心感："我回来了。"不过，旅人的身份与视角无法改变，因此能写的，仍只是客居者的日常。

在这里搬过三次家，如今住在银阁寺前，附近有条小路，曰"鹿之谷通"。常被问，真有鹿？是的，据说平安时代比叡山的僧人元珍在此险要迷路，幸有鹿的指引。现在路上当然不容易见到鹿，但不远处的东山，就常有鹿的身影。山里动物很多，还有蛙、蜥蜴、狸猫、鼯鼠、蛇、野猪、猴子、狐狸。大部分都见过，最怕蛇，有时草丛一阵窸窣，吓得汗毛直竖。它们往往也溜得飞快。有宝蓝色蜥蜴，很漂亮，惊鸿一瞥地消失了。野猪可怕，幸好暂未会面，只在山中听到过嚎叫。山鹿最精灵，曾见母鹿领小鹿出来喝水，见人辄惊走。与奈良公园跟人混熟了的鹿完全不一样，清瘦机警，乌黑的眼睛特别大。

鸭川也有鹿，从附近山里下来喝水。曾在月夜看到母鹿领着小鹿来到水边，波光清浅，水草蓊郁，不似人间。在岸上望着，大气不敢出，唯恐惊扰。有时意识到人的存在，它们会飞奔离开。也有胆大的，白天出来散步，在浅水中央走，与白鹭、野鸭、老鹰、乌鸦共处。岸上的人担心它走到深水里被激流冲走，就在岸边遥遥跟着。希望它们最终顺利回到山中去。

去年初夏，下学回来的夜里，漫天星辰，凉风可喜。遂往屋后山坡散步。四围静寂，人家灯火已暗。忽闻群犬争吠，又闻一阵急促脚步。完全猝不及防的，眼前转角处，竟刹那现身一头大鹿。鹿角巍巍，四蹄腾起，健壮貌美的大鹿。似乎有一瞬对视，我惊呆，鹿也惊呆，飞快回身，消失在黑暗山影中，只留下一片犬吠。待我回过神，追去两步，早已行迹杳然。

就从这里说起吧。

近
旁

京都很多著名景点，都是刚来时还怀着兴致勃勃的游客心态时逛完的。后来渐生出"本地人"的懒惰与矜持，不再出去乱跑，也难有时间出门，日常活动范围变得极窄。最熟悉、亲切的，是银阁寺到百万遍一带，跨过鸭川去同志社就觉得好远。走到丸太町通，便觉车水马龙，已失去向前走的动力。河原町三四条是城里，每番进城，看街上妆容精致、衣装明丽的姑娘，尤觉赏心悦目，偶尔也想效仿，打起精神提高"女子力"吧！但一回到百万遍，看到朴素的本校学生，就觉得非常安全。若去京都站，那就是出远门。去大阪？简直是出国。因此在这里住久，回北京最不习惯的，就是城市的空间感。从朝阳到海淀，到丰台，都仿佛出国一般遥远。

虽然住在景区，回家的小径与去银阁寺的观光小道仅隔一排店面房，但住处与景区却泾渭分明，游客也绝无兴趣拐进这条平常的小径。疏水道旁的樱树下、银阁寺前的小桥头，常年有笑容明亮、肌肉健美的人力车夫招徕生意。他们也是京都发达旅游业不可缺的一环。刚搬来时，走出门，常会被当成游客招呼。后来脸熟了，他们总是非常热情地打招呼："早上好！路上走好！"有时他们在树下吃便当，也会放下筷子给我一个温柔的笑脸。我没有坐过这样洋气的车，也不好意思让人拉着走。有几回傍晚，薄暗的暮色里遇到人力车，车前已挂起古朴长灯，随着车夫的步伐悠然晃动。车上坐着一对情侣，或夫妻，或母女，膝上盖着红毯。车夫一边慢跑，一边满含笑意地介绍沿途风景。有一回，一连过来五六辆车，每一辆坐两位盛装老太太，满头银丝，都穿着颜色娇软的和服，很好看。原来是同一个花道协会的老朋友出来赏花。

每年 3 月末，都会有一天，风突然变得极温暖，连续几个明亮的晴天，樱花迅速开了。最盛的几天，家门口的哲学之道上挤满人，牵枝拍照，折花留念。不时有特意穿着明丽和服的姑娘翩然而过，还有盛装的新人在花下，听从摄影师指点，摆出各种姿势，热闹极了。17 路、100 路公交车将大批游客送至"银阁寺道""银阁寺前"这两站。白川通与今出川通交叉处东北角，有一块"哲学之道"的路牌，不少人误会旁边的公路就是哲学之道，常年都有人与这块牌子合影。偶尔听到有人说："这里就是哲学之道哦，好漂亮，快来拍照片。"更有匆忙的游人，走到这里，跟牌子合了影，便匆匆赶赴下一站。

上学途中，骑车路过花树下的心情，与特地来赏樱的人肯定不同。很想停车看会儿花，但似乎有些不好意思，思索间就骑过去了。等走到僻静的吉田山中，又想：明天一定要多看会儿，不然都该落了。我的朋友香织一家对樱花的心情也很微妙："盛开就等于凋零，实在惨淡。况且天气乍暖，懒洋洋，很难提起精神。"这大概就是惜春与伤春的情绪。

银阁寺前的小道两边，有许多景区特有的小店，金阁寺前、清水寺前、仁和寺前、岚山，都有这些店铺。乌冬面店、荞麦屋、渍物店、抹茶冰激凌店、茶店、和果子"八桥"店。八桥是京都

銀閣寺前的櫻花

白川通与今出川通交叉处东北角，有一块『哲学之道』的路牌

随处可见的点心铺，井筒八桥、本家西尾八桥、圣护院八桥……派系众多，和很多老铺一样，有本家分家之别。不过不用管，买一盒八桥在手，就是标准的京都游客形象。西尾家十分慷慨，善于革新，毫不吝啬摆出大量试吃盘，提供免费热茶。远远就听见店里姑娘非常温柔的召唤："不用客气，请进来尝一尝吧！"饱饱地试吃各种口味的八桥点心，是很多来京都修学旅行的孩子们美好的回忆。我的师兄师姐们，谈起来也很怀念："什么时候再去试吃吧！"

银阁寺并不大，背后紧挨着一座小山，叫作"月待山"，可以想象坐在廊下，等待月光照亮银沙滩的情景。这番妙处，我们都体会不到，因为黄昏已然关门。五点左右，游客陆续散去，山道两旁店铺纷纷拉下卷帘门、合上门板。打工的姑娘们换下和服，拎着东西回家。听到她们与店主热切、诚恳的道别声："辛苦啦！明天再见！"重复很多回，不停地鞠躬。不多时，小街清场一般寂静，只有附近下学的学生，三三两两路过。遛狗的人也零星出现了，有位老奶奶，养了两只柴犬，一只叫"茶茶"，一只叫"樱"，人见人爱。樱可以任意抚摸，茶茶则不可亵玩。"所以才叫茶茶呀。"老奶奶解释。这个名字，自然是来自丰臣秀吉的侧室、浅井三姊妹的大姐。据说曾有京大学生（又是多事的"京大生"）夜里翻墙进银阁寺，月亮升起来的时候，一定很美。朴素的凤凰堂，也与月光相宜。月待山这个名字，实在很不错。

银阁寺旁有一座很小的净土院，门前种着紫珠草——和名紫式部，游客很少光顾。但该寺管理着 8 月 16 夜五山送火之一"大文字"，故有"大文字寺"之称，很受这一带居民的尊崇。居民们组成了"大文字保存会"，共同完成点火的任务。狭窄的寺内花木扶疏，有山茶、蜡梅、茱萸、木贼、白玉兰、四照花、绣球、碗莲，四季不断。本堂供奉等身阿弥陀如来像，还有一尊丹后局人像。丹后局名高阶荣子，曾经嫁给平安时代末期的朝臣平业房，后来成为后白河法皇的宠姬，与源赖朝也保有亲密关系。据说她热衷政治，与法皇育有六子。后来失势，法皇去世后即出家为尼，归隐净土寺，也就是这座净土院的前身。有时在家待了整天，黄昏想出门散步，就到净土院看会儿花。某日贪看碗莲，回过神时，院门已落锁，殿内也无人，只好坐在廊下等待。头顶一方狭窄天空，流动层云被夕光染作金赤，又缓缓浸透深蓝夜色。树梢婆娑，蚊虫开始活跃。终于有一位妇人走过，蓦地看到我，很惊诧的样子，愣了一秒，连声道歉，开门将我放了出去。

　　上学有两条路线，今出川通或吉田山中的小道，都会经过今出川通与白川通交会的十字路口。那附近，有银行、耳鼻喉科医院、夜里十一点才关门的旧书店银林堂、超市大国屋。从哲学之道来的疏水道一路向西流去。白川通西侧有一座净土桥。每周四，桥上会有一位磨刀的老师傅来摆摊，不论厨房用刀还是剪刀，都可以送去磨。家里几把刀都已不如昔日锋利，早想拿出来磨，但每次出门都想不起来，等看到小摊儿，又懒得再折回去取。此外，还有装满蔬菜水果的小卡车，价格比超市里的更便宜，大多是刚从郊外采来，很受附近居民欢迎，一上午就卖完了。有卖蕨根粉的小摊，夏天尤其爱吃，撒满黄豆粉，清凉甘甜的滋味。3月末4月初，有卖笋的摊儿，夫妇两人带来当日清晨刚从郊外挖的笋，一篮一篮摆着，还带着新鲜的泥土。边上临时搭起的大锅里，热气腾腾煮着笋。要赞美禾本科的植物呀，给人类提供赖以生存的食粮，又赐予竹子这样优雅美味的植物。煮好的笋齐齐排在篮子里，十分香甜，过路的人没有不停下来的。也有真空包装好的煮笋，稍贵一些，专给游客当礼物。还有一位定期把自己培育的盆栽搬来卖的女子，不是大众花木，多有野树野草，情致盎然。不过这

京都 岳田大阪

たけのこ 一盛 980円

木の芽 100円

3月末4月初，有卖笋的摊儿，夫妇两人带来当日清晨刚从郊外挖的笋，一篮一篮摆着，还带着新鲜的泥土

些植物适于造园，盆栽养育很困难。我没有院子，虽然对那婀娜款摆的山藤渴慕不已，但还是理智地收住了拥有的欲望。

大国屋是我最依赖的超市，从前夜里两点才关门。虽然此处定价略高于附近几家超市，但蔬果品类丰富，货物齐全，店堂明亮，还有一家附属的花房，叫作"银花园"。深夜趋光而至，许多次感激过它的存在。大国屋以前有积分卡，若不要塑料袋，可以在卡上盖个小章，集满一张，抵一百日元。有老人每次只买一小件东西，然后盖一个章，一天来好几回，也是为了跟收银的青年多聊几句天。有位老僧人，时常深夜来买菜，缁衣不染尘埃，举止很好看。有时忍不住看他买了什么，带着叶子的大白萝卜、整块豆腐、布丁、酸奶、荞麦面之类。超市门前定期有外面摆来的小摊，周二卖毛巾和袜子，周三是铁板炒面，周六是章鱼烧，周日是咖啡，或者炸鸡块。大国屋街对面有家银林堂，卖杂志、旧书、漫画、文具，有打印复印机，是开了六十多年的小店。好书不多，都是常见的文库本、趣味书、小说集。文具也很陈旧，杂志品种倒不少，有时会忍不住买本女性杂志，不过是为了里面布包之类的赠品。有一回，偶然读到导师多年前留在网上的日记，说自己出发去机场前，路过银林堂，随便买了本打发时间的小书。遂对这里又多一分亲切。

2015 年春以来，银林堂因经营之困，店面缩小一半。很多许久无人问津的书，以更低价装在纸箱内，每日摆在外面。偶尔路过，也忍不住进去逛一圈，虽然很多时候都挑不出什么来。2019 年 7 月 13 日，银林堂结束了多年的经营，店面如今已成为一家洗衣店。好在店主还维持着网店经营，叫作"Kyoto Books 叡山书店"。

今出川通两边有许多不错的小店，拉面店"ますたに"（Masutani）、小小的服装店"Bunga"、旧书店善行堂、竹冈书店、

母亲节前，大国屋门前摆出各种盆栽
康乃馨

大国屋附属花店『银花园』门前的盆栽

蛋糕房 Second House、小花屋、炸猪排非常美味的"查理的梦飞行"、拉面连锁店"天下一品"、猫咖啡馆"玉响",还有好几家居酒屋,以及一家历史悠久的"私设图书馆"。

　　拉面店ますたに历史悠久,据说是京都第二家开张的中华拉面店。刚来时,邻居姐姐曾在那里打工,力荐我去吃。尝了一回,并不觉得有多特别,只是觉得很咸。不料,吃到第二回、第三回,就对那味道念念不忘。一段时间不吃,便会非常想念。也学着邻居姐姐,加很多辣椒粉、胡椒粉、米醋。一般不会带初来乍到的朋友去尝试这家,除非对方要在这里长住。因为有些滋味,要长时间相处才能动心。有位师兄,曾被我怂恿来这里吃。第一回也说咸。第二回,说还不错。后来,他反而成了最热心鼓动我们去吃的人。ますたに的本店在疏水道旁,常年客满,许多人排队等待。离此不远,隔一条街的白川通旁,还有一家分店,开到夜里十一点。冬夜,各处都闭门,很难抵挡住这里温暖的灯火。

　　那家服装店"Bunga"是京都市内的连锁店,定价温和,品位安全,风格比森系更为洋气简洁,略有学院风,都是店长的精心挑选。店长是土生土长的京都人,很开朗的姑娘,说话全用"しはる体"[1]的京都式敬语,软糯甜美。眼光也犀利,第二次去就指出:"你平常穿的都是无印良品吧? 黑、白、深蓝,对不对? 偶尔也可以有点亮色哦,朱色啦,鹅黄啦,抹茶绿。"有段时间,我搬到北白川附近,大约一年多不曾去店里。后来又搬到附近,发现小店略挪了地方,店里似乎也换了人。不过,很快又在店里看到她,她也很惊喜:"你还在这里吗? 还没毕业? "原来前段时间她刚生

近
旁

<hr />

❶　日文敬语通常以"ます"结尾,而京都方言的敬语则以"しはる"结尾,又叫作"しはる体"。

猫咖啡馆『玉响』
家的猫

下女儿，休了一段时间产假。她给我看女儿照片："健壮极了，一天到晚哇哇哭。我生孩子倒不辛苦，照顾她就太累啦！不过做了妈妈，还是很有成就感。"我经常感冒，她也看出来："你应该锻炼！"

"我有锻炼，会去爬山。"

"爬山？什么山？"

"大文字山。"

她睁大眼睛，笑道："好厉害！我也只爬过一次，是本科快毕业的时候，和同学一起爬夜山，吓死了，累得快死了。"又叮嘱，"除了锻炼，你还要多吃好吃的！"

2020年初春，Bunga宣告停业。店长姐姐说，这几年银阁寺的这家分店营业额不算很好，总店遂决定收回店铺。问她未来的打算，她说已将自家楼下的车库开辟成工作室兼店铺，出售自己的手工作品。光阴流逝，在这个街区已生活了十多年，我经历的告别越来越多。而变化最多的，应该是2020年。这一年，今出川通两侧的店铺倒闭了不少，我非常喜爱的猫咖啡馆"玉响"也结束了长达八年的经营。店主姐姐带着一家猫，辗转京都各地，寻找新的店面。

与今出川通不过几步之遥的吉田山道，却完全是另一个世界，看不到游客的踪迹。平常来去学校，最多路过的还是此处。京都的"外"与"内"很分明，世界文化遗产、寺庙神社、町家老街、祇园灯火、白川流水、鸭川川床，都是收拾得很妥帖、专给游客欣赏与享用的"外"。那么多构图、设色经典的古都照片，给人们灌输了强烈的"京都印象"，见到实景，也留张照片，就很开心。而本地人日常生活的小街、普通超市、幽深的后院，就是游客不甚感兴趣的、本地人轻易不示人的"内"。这些小街、超市、后院，没有浓郁的"京都色彩"，日本任何一个小城都可能有这幅图景，因此失去展示的意义。而居住在这里的人，似乎对游客热衷的古迹、历史或美景也兴趣索然。外来的人以"我去过某某地"为荣，这个某某地，必然是京都最出名的景点。而京都人或许以淡淡的一句"我连某某地都没去过呢"表示自己长居于此的身份，以及自家风景被游客打扰的遗憾，家门口的风景属于我、不必特意去看的矜持。

　　吉田山半山腰就是朋友书店，距此不远的"神乐冈町八号"即是王国维昔日居住过的地方，只是旧迹早已无存。2018年初夏，京都连续经历了地震与暴雨，"神乐冈町八号"的山坡坍塌，山道阻断。因为是私有地，所以需要土地所有者自己花钱修复。也许是所费甚昂，又或者土地所有者觉得还有其他山道可以行走，这片山坡至今都没有复原。原先坍圮的断面经历几个寒暑，已遍布青青蔓草。朋友书店是京都为数不多专营中国文史类图书的书店，与京都大学、京大人文科学研究所渊源颇深，一直保有密切的往来。店里人定期将书籍目录送到各研究室，凡遇文史类学会，也会在会场外设置专卖柜。这里是我去得最多的书店，只要路过，没有不进去的。店主很会做生意，定价绝不离谱，也绝不给捡漏的机会。每次买完书，他都恭敬地送我到门口，鞠躬不迭。路上遇到他，也满脸笑容地打招呼。有时下学早，晚上决心不在研究室迁延，就会趁太阳未落山回家，又去朋友书店消磨一会辰光。买了书回家，迎面就是大文字山。走着走着，山头被周围屋舍遮挡。走到银阁寺町，"大"字又渐渐显露。久居京都的人，无论走在哪里，都在山的怀抱之中，一旦离开，总觉得不习惯。

下山后，会遇到一座陈旧的鸟居，通往吉田神社山顶。从前，每到夜里，就会开来一辆面包车，在鸟居外的空地上搭出一间大排档（屋台），风雨无阻。经营者是一家在日韩国人，父母带着一对兄弟做生意，因此能喝到很好的韩国米酒。深夜，红色油布帐篷内油烟滚滚，笑语不断，在阒寂街景的映衬下，格外诱人。大概夜里八点开始，一直到凌晨两点才收拾离开，不少住得很远的人也会专门开车到这里吃饭，因而红帐篷外总是排着长队。有时在研究室工作到很晚，回家路上，我也总忍不住去大排档吃点东西，烤鸡翅和关东煮尤其美味。据说直到本世纪初，京都还有不少大排档，拉面、烤串、关东煮，品类丰富。大概与古都优雅的景观不甚相称，这些庶民饮食据点逐渐消失，年轻一代的人甚至不知京都还曾有过大排档。2017 年 12 月 21 日，这家大排档也宣告落幕。好在 2018 年 4 月起，店主一家在京都南区东九条附近开了一家小店，叫作"吉田山せせり"，本地食客奔走相告，我也一直想去重温旧味。2020 年春以来，疫病流行，京都的小酒馆无不经营艰难，在网上看到"吉田山せせり"依然生意兴隆，很觉得安慰。

再往前走几步，有一家在日韩国人开的居酒屋，叫"顺菜"，老板叫朴谦次，老板娘叫朴顺子。他们相恋的时候，韩国民法还没有取消同姓同本（本贯）的禁婚限制。当时双方家庭强烈反对，他们果断私奔，来到大学附近开了这家居酒屋，养大了三个孩子，度过了恩爱的岁月。平时经常能在附近看到二人手牵手散步，这在日本的夫妇关系里很罕见。他们待我也和善极了，店里有美味的韩国米酒，老板总为我倒得满满的，溢出的酒液蓄满放玻璃杯的小碗。"不要太辛苦，平时多吃点！"告别时，顺子阿姨总会拥抱我，反复叮咛。

「順菜」的老板娘

朴顺子阿姨

关西地图中心门前

顺菜以西有一家专卖地图的关西地图中心，也常有人进来问路。年末，店门口会放出一箱卷好的日本地图、世界地图，免费赠送。也是家族经营的店铺，一家人都有浓郁的京都腔，我在这里买过一些复刻的古地图。

接下来就到了大学所在的街区，南侧是本部校区，北侧是农学部、理学部所在的北部校区。农学部附近有著名的咖啡馆进进堂，还有知恩寺。百万遍的地名就来自于该寺僧人曾念佛百万遍镇退疫病的传说。知恩寺与附近居民、学生的关系很密切，姿态也温和。每月15日，寺内有热闹的手工市，吸引全国各地的手工职人来摆摊。同日，大殿内有写经会与任何人都可参加的转大念珠念佛会。一大群人围坐殿内，一齐转动一串1080颗的念珠，齐颂"南无阿弥陀佛"。每年10月末11月初，有盛大的秋之古本祭，是京都书虫的天堂。

平常大部分时间我都待在学校，很喜欢这里平静的生活，也热爱研究室的氛围。有时见外面天朗气清，难免蠢蠢欲动，想出去转转，但终究哪里都没去，在学校里散步已经很满足。北部农学部自不必说，月光下满水的稻田传来阵阵蛙鸣，试验田丰硕的收获，都让人喜欢。本部也有许多可爱的植物，春樱秋叶是标准答案似的佳景，美得毫无争议。2月、3月的梅花、瑞香。4月玲珑小扇一般的银杏新叶。5月化学部楼前的石榴花。工学部天井内的梅树，6月里黄熟的梅实落满地，若小心避开虫子，剥一颗吃，也非常美味。农学部枇杷树结满果子，是嫁接良种，疏水道旁的那一株也不错。7月，各处教学楼前的草坪上开满卷丹百合、桔梗花。8月玉簪、芙蓉、凌霄。9月绕垣桂花。10月石榴果成熟，小小的，以为不甜，拣一只尝尝，甜得吓一跳。柿子也熟了。

校内一架心爱的紫藤

校内清池畔的黄鸢尾

入冬后是各种山茶花。法学部某间教室的窗口，能看到三株巨大的樟树。最美是 5 月，新叶初成，蓬勃清凉的颜色，在薄薄的青天底下，似乎是永恒。文学部某间教室窗前，有一株青桐。我见它生新叶，结桐子，秋色中老去，来年复生碧玉枝。最爱流连的，是人文研楼前的一小方清池，似是本部校区唯一一处活水。池水很浅，有鲤鱼、青鳉。水边有垂樱、马醉木、吉野樱、菖蒲、杜鹃、棣棠、鸡麻、绣球，十分幽静。并一小架紫藤，花时珠玉簇簇，惹人怜爱。夜里在花下小坐，池中鲤鱼曳尾而来，看见它们冰凉的脊背缓缓扰动月影。有一株修剪得极端正的巨大老松，仲春，旧松针落满地，风一吹，扑簌簌落不停，地上铺了薄薄一层，常见人在树下扫除。有月亮的晚上，在树下抬头张望，微茫清光落满身，冰雪般浸透全身。与人约见碰头，总在这里，因为如此醒目，"就在池塘边的大松树下见"。下雪时，偶尔砸落一肩雪，簌簌掉到脖子里。常想到"如松柏之茂"一类的句子，无人时，忍不住抱一抱树身。清凉的松脂，不小心粘到手上，要洗很久。

近

旁

　　某先生说，这本书，你不要写旧书店，以前不是专门写过一本吗？因此，我落笔时尽量克制讲旧书店的欲望，虽然那是我最熟悉的话题。不过接下来我想讲一讲大学的生协书店，那是新书店——因此不算犯规。

　　生协书店是生活协同组合❶下属的书店，在校学生加入生协后，买书可打九折。日本书店极少打折，因此生协的优待，是师生特有的权利。书店在本部校区西侧、体育馆旁，二楼有食堂，平时经常去逛。虽然有些书已能在旧书店以稍低价入手，但逛新书店，自有不可替代的乐趣。书本的摆放方式、新上架的图书，都凝聚店员的许多心思。醒目的专区一直把握潮流，譬如山崎丰子去世后，立刻摆出其作品专辑。之前校长换届，新校长山极寿一是著名的人类学家、灵长类学者，有大猩猩研究第一人之誉。专区也很应景，随即摆上生物学、大猩猩研究类图书，以示庆贺。

---

❶　即"生活協同組合"，英文写作 Consumers' co-operative，意为生活合作社，简称"生协"，是日本普通民众很依赖的生活组织。

有一阵主题是"西博尔德与分类学研究"，摆出了大量植物分类学、动物分类学、博物学的图书，且为八五折。有一本大场秀章编的豪华大册《樱花图谱》，纤毫毕写，宏博精美。又有西博尔德编辑的《日本植物志》，令喜爱植物的我难以自拔。不过最后还是理智地买了两种资料书：维尔弗里德·布兰特（Wilfrid Blunt）的《植物图谱的历史》和《西博尔德日记》。西博尔德经历、精力均极丰富，著述极多，这也是我为什么虽然对他很早就感兴趣，却至今一篇文章也没写出来的缘故——尽可能地把握资料之前，根本不敢下笔。

　　生协书店虽不大，但尽量照顾到各学科，图书种类很丰富。观察不同群体的读者很有意思。不同专业的人常有不同的气质。很爱买辞典，虽然使用率不高。比如小川环树（1910—1993）编角川书店《新字源》，岩波书店《国语辞典》，三省堂《全译读解古语辞典》，雄山阁《假名连绵字典》。有时也会去看看天文、生物图册。若在非专业区遇到熟人，有时会略窘迫，因为暴露了阅读习惯与恶趣味。逛书店是很奢侈的事，我指的是时间。浮光掠影般邂逅许多有趣的题目、精彩的封面，要是缺乏定力与判断力，很容易被诱惑，浅尝辄止地翻两页，轻易就点燃某种新兴趣。但我无法抵御这种引诱，可以在书店泡上大半天，不买点什么回去，是绝对不甘心的。

　　实在想不到买什么，就去文库本区域，至少可以买经典译著。有几位师兄总嫌弃早些年的翻译："翻译得实在不好，读不懂。为什么会读不懂？因为明治年间的读书人，就以硬读读不懂的书为傲。"这在《日本读书论》中已详有论及。现在，我读英文文献很慢，多半仰赖日文翻译。时常痛感自己的困乏，内心深处有不明所以的躁动，发出焦灼枯渴的呼唤，因外界侵扰而深感绝望，过度的敏感使我频繁经历情绪波动带来的困扰。这种时候，混乱的头脑亟须重构秩序，读书无疑是最好的选择。我知道自己的感慨与痛苦都很浅薄，前人一定早有精彩的解释及论述，帮助我厘清思绪，平复心情。有时翻到某些书，虽是全然不了解的陌生领域，却能意外触动思考。带着这点新鲜感，再回到自己熟悉的世界，又有新的认识与感受。不过，外国作者名中文、日文译法不同，二者都是直接音译，有的能一下认出来，有的差别很大，要联系书名才反应过来是谁。这种时候又痛切地认识到精通原文的必要。然而受精力、智力之限，至今都在语言隔阂的桎梏下挣扎。

小时候读过一些名著，最早接触的文学作品，或者说自我选择的作品，为我此后的审美取向、阅读趣味，乃至人生观，产生了至为深刻的影响。这种影响固然有积极的一面，令我沉溺于某一类风格的深邃之美、永恒的忧郁及悲观。这种强大的影响也不可避免地造成思维定势，或者说被某种无形却无处不在的"印象"笼罩，使我在阅读其他作品时受到某些先入观的干扰。不管我生吞活剥多少西方译著，都始终没有捕捉得一二真髓。那些句式、人名、地名，我完全陌生，拼命看也无法理解，就像隔着蒙上雾气的玻璃，以为自己看到了什么，却永远朦胧，难以总结任何感想。这种阅读障碍令我深感痛苦。

生协书店南侧的西部讲堂，有着异常激荡的历史。巨大屋顶上三颗猎户座黄星，曾经涂成红色，见证过激进青年们的激情岁月。昭和天皇去世次日，这里还举行了"Cry day event"，有各种演出与电影播放，并以焚烧日本国旗隆重收场，由此惊动了警备队。

如今，京大生对政治很淡漠，此前便衣公安警察❶入校的骚动发生后，周围埋头学术的好学生、积极进取的未来精英多有这样的评价："不知道什么情况。""那些学生看起来也不像学生，是专门搞政治的吧。"他们对"学生运动"有本能的疑虑，大多采取敬而远之的态度。

生协书店以北有体育馆，每到学期末，少不了本科生的啦啦队排演，从音乐到舞姿都非常青春热血。罗森便利店隔壁有家和果子店，"键屋政秋"，最常买的是叫"野菊"的杏仁味点心。这是落雁的一种，口感类似云片糕或薄荷糕，小小的圆圆的，不知不觉就吃掉了。青木正儿写过《落雁与白雪糕》，是很好吃的文章。落雁名字颇佳，做法据说本自明代的软落甘。大概是面粉蒸熟，微干后磨粉，晒干微炒，糖水浸泡，入模压紧。初夏有柚子饼，箬竹叶包裹，系金线，甘香柔软。求肥饼常年都有，名字很有趣，是米粉加砂糖或麦芽糖浆熬制的点心，十分柔软，雪莓娘即其变种。

生协书店以东的街对面，是大学综合博物馆，定期更换主题，本校学生不必买门票。常设展分自然史、文化史、技术史三块。自然史有大量昆虫、植物标本，文化史有古石棺、古器物、古文书，技术史有我完全不了解的精密仪器。自然史展厅光线幽暗，路过恐龙骨架，不时响起恐龙嚎叫的音效，还有隆隆雷声。若干年前有一场叫"海"的特别展，吸引了很多小朋友。说某课题组研究海龟一日二十四小时、一年四季的作息规律、活动范围。还在海龟身上绑了微型摄像机，拍到海龟求爱、交配的画面。留言墙上

❶ 日本公安警察是日本警察厅警备局下属维持公共安全与秩序的部门，对外从事间谍活动等，对内对暴力集团、日本共产党、新宗教团体、右翼团体等组织进行搜查及情报搜集等。

贴满了观众的感想小纸片，好几个人都画了背着摄像机的海龟，有位小朋友善用双关，给"カメラマン"（摄影师）的"カメ"（龟）标了着重号，很可爱。

漫长的学生时代，在生协食堂吃完饭，去楼下书店买几本书，到点心铺买一盒"秋菊"，再去博物馆转一圈，便是我难得清闲时固定的游乐路线。

随手翻翻谷崎润一郎的《细雪》，就能看到阿春（お春どん）的影子："从第二天起，幸子开始过时睡时起的病室生活，并不十分难受，但也不见怎样好转……幸子两三天没有洗澡，就叫阿春来帮她换下充满汗臭的睡衣，并要她拿来洒了酒精的热毛巾"，"很久没见着妙子和幸子她们，这时听阿春叙说妙子的近况……"

这位阿春的原型是久保一枝，原姓车，1919 年生于大阪的商人之家，童年时移居兵库县尼崎市。1935 年从尼崎的琴浦女校毕业，随后即往当时住在兵库县芦屋市的谷崎润一郎家担任侍女之职，因为是春天到来，遂被谷崎唤作"阿春"，不久随谷崎一家移居神户。1941 年，一枝回老家结婚，辞去了谷崎家的工作。她的丈夫久保义治是福井人，当时在大阪做公司职员。一枝虽已辞职，但与谷崎家有深厚的友谊，之后一直与谷崎一家保持亲密的往来。谷崎也时常拜托久保义治为自己做一些校正、报税之类的工作，相当于私人秘书。

战后的 1947 年，一枝夫妇在京都左京区吉田牛之宫町九番地开了家旧书店，谷崎为之起名"春琴书店"，后改为"春琴堂书店"。1955 年，书店迁至现在的牛之宫町三番地，位于京都大学本部校

久保一枝

区西南侧的十字路口。店内珍重悬挂着谷崎的手书匾额"春琴书店"，直到去世前不久，谷崎一直在这里订购图书，店里保留了他最后一张购书明信片，下单的是《实存主义辞典》（东京堂出版，1964 年），寄自"神奈川县汤河原町吉浜字蓬平 1895—104 番地"，日期为 1965 年 7 月 23 日，距其去世仅一周。待书从东京寄至春琴堂，谷崎已去世。谷崎晚年与家人长居热海，按说不必绕远路从京都订购东京出版社的书，可见谷崎与一枝夫妇情谊之深厚。

后来店里主要经营新书，不再卖旧书。书籍以文学作品为主，其中有不少谷崎的绝版书，以及谷崎各种版本的文集、全集。1993 年，久保义治去世，三年后一枝也病故。继任店主是一枝之子久保昭，他的妻子幸子、长子久保浩都常在店内帮忙。

或许是因为离生协书店太近的缘故，加上 Book Off❶、网络书店的兴起，春琴堂书店竞争力不强，处境堪忧，平常生意很是冷清。店里客人大部分都是慕名而来的谷崎迷，拍张照片，听些掌故，也无法做更多。2014 年 9 月，春琴堂一度关闭休整。不久重新开张，原店三分之二辟作驾校报名处，另外三分之一守住书店的方寸之地。而书籍数量自然锐减，还添加了整架漫画，不知能否顺利维持。此事还登上了《朝日新闻》："与谷崎有关联的春琴堂书店，重新营业，缩小规模继续生存。"

2014 年冬天的某个夜晚，与那位在此访学半年的友人去东一条某间鱼料理店吃饭。饭毕一道去春琴堂，那天是幸子奶奶在，与她闲聊几句，她一个劲儿道歉："现在店变得这样小，非常非常对不起。但我们会尽力维持。"我们二人都想买点什么，但店里实

近

旁

---

❶ 日本大型二手书、二手唱片连锁店，创始于 1990 年，对日本传统二手书行业有不小的冲击。

在没有多少书，最后只各买了一册谷崎的文库本。

啊，对不起，我又谈书店了。不过，请容许我再多谈几句。

一枝夫妇去世后，子女在整理遗物时，发现谷崎润一郎致一枝夫妇的102通书简（1943.3.6—1965.7.23），以及松子夫人的43通（1943—1971）。而一枝夫妇在世时，子女从未听说过有这些书信，因一枝对谷崎一家爱敬深沉，对外来一切探询、采访均三缄其口，甚至对自己的儿女都不曾透露一丝消息。1999年，芦屋市谷崎润一郎纪念馆整理出版了这批书简，当中多有与谷崎创作、出版、购书相关的记述，可补谷崎中晚年生活细节，是研究谷崎的珍贵资料。试检数通译出，如1944年7月29日：

> ……近拟送车小姐[1]父亲夏装数件。如你所知，小生的洋服已用卡车运去岐阜乡下，而时事如此，衣服徒然放着，实在可惜，因而打算运到热海来。小生已不再穿洋装，故而打算送给朋友。若你需要，全部送你亦无妨。眼下且先送夏装，回头再送冬装，衣服和外套都是纯毛上等之物，皆有许多。
>
> 让你久待的《细雪》上卷已付梓，奉呈一册。此为非卖品，仅印二百册。眼下情形，还请不要示人。而你或许还要作他用，遂让创元社再寄一册未署名的，这两三日应能寄到。中卷今亦在印刷中，不日将奉上。中卷、下卷中，多有你活跃登场。

书信语调温和，让人庆幸谷崎的柔情并不是仅仅奉献给了自己倾慕的美人。谷崎在战时连载《细雪》，被军部斥为"不合时宜""格

---

[1] 车小姐即阿春，车是其原姓。

调低下”，勒令停止刊载。谷崎只好自己私下继续写，完稿后低调出版，1946 年出版了上卷，1947 年、1948 年先后出版中、下卷。2014 年，本地新闻曾报道，帝冢山大学文学部的中岛一裕教授从旧书店买得谷崎制作的 248 册私家本中的一册，内附明信片，上有其俳句二首：

　　　妨碍了提灯　消去的春雪
　　　　提灯に　さはりて消ゆる　春の雪

　　　梅花香气里　晾着小鱼干
　　　　梅が香に　めざしを干して　ゐたりけり

　　谷崎存世俳句不多，这两句都很妙，他战后发表的第一篇作品《A 夫人的信》[1]中也曾收入这两句。“消去的春雪”“梅花香气”大概指自由、创作或任何风雅美好的事，偏偏一个“妨碍了提灯”，一个被鱼腥气打扰，可以窥见战时思想管制之下谷崎的幽曲心境。

　　1950 年 7 月 9 日，谷崎写信来，告知即将回京都过祇园祭：

　　　已全然是夏天的气候，大家都好吗？想着已快到祇园的祭典，那边应该很热闹吧。我也被人叫去看祭典，因而 13 号晚上搭夜行列车回来。这次在这边住了一个月，总觉得这一个月极漫长。

　　　热海这边后天即 11 号开始要上映《细雪》，打算大家再去看一次。

---

❶ 《A 夫人の手紙》，发表于《中央公论》1946 年 8 月 1 日。

谷崎晚年虽定居热海，但去京都仍用"回来"，足见他的心尚留在关西。1950年版电影《细雪》由阿部丰执导，花井兰子、轰夕起子、山根寿子分别饰演鹤子、幸子、雪子三姊妹，小妹妙子则由高峰秀子饰演。新东宝公司非常重视这部作品，几乎出动了旗下全部主要女演员。高峰秀子在回忆录《我的渡世日记》中曾回忆起这段往事，说谷崎夫妇待她非常温柔，请松子夫人的妹妹——妙子的原型森田信子教她说芦屋方言，请关东著名的京舞演员指导她跳京舞，将她当作晚辈一般疼爱。

一枝身体似乎一向不太好，1954年夏，谷崎有一封寄给久保义治的问病信：

> 很担心一枝的身体。近来她的病已有诸多有效药，性命应无碍。不过生意还有医院的事，你一定颇费心思。此际且请放宽心，充分疗养。医院似已定在京都的国立医院，我以为比大阪的更方便，如此甚好。八月中我们也要回去，到时会去探望。同封钱款暂作探病之礼，请收下。
>
> 一枝生病，我想也是她热心生意，过于劳累之故。

直到次年春天，一枝才出院，彼时谷崎又有书信问候，并致探病礼金。1955年8月4日，谷崎致信问候一枝夫妇中元节，并附礼金一万元。当时的一万日元，相当于现在的六七万日元，作为节日祝金，称得上相当丰厚。信里还殷殷嘱咐一枝今年切不可劳累，足见谷崎待人之周到。

谷崎订购图书，有时在信里写书名、出版社，到晚年更多是直接将报纸上的广告剪贴在信上，图书种类十分庞杂，广涉哲学、法学、汉文、天文学、佛学、美术、外国文学等诸多领域。谷崎原本出生于东京的商人之家，以日本传统社会的身份而论，并非社会上流阶层。但他又是新时代的知名作家，是被人唤作"先生"的名流，从前只知道他对美人们非常殷勤，留下诸多笔致优美的书信。如今读到他与一枝夫妇的书简，尤觉难得，这样真挚的往来，在传统身份社会固然难以想象，如今应该也很少见。

2018 年 3 月，因久保昭、幸子夫妇年事已高，书店生意过于萧条，春琴堂书店宣告闭门。店面已改为不动产公司，不过镌在小楼上的招牌"春琴堂书店"依然如旧，偶尔路过，总不免一番怀想。

近

旁

如今，春琴堂书店只剩下楼外的店名，楼内是一家租房公司

诸神栖息吉田山

吉田山是很好的散步之所，山中遍布大小神社，大多隶属吉田神社。走出学校正门，就看见吉田神社熟悉的朱红鸟居。除了节分祭，这里都十分安静。神社有附属幼稚园，早晚会热闹一阵。沿途有马醉木、绣球、雪柳、南天竹，附近有家东洋医内科诊所。进得山脚第一重鸟居，旁边是"手水舍"❶，第二重鸟居左右各立石灯一座，蒙在灯上的白纸分别写有墨书"日""月"。石阶两侧杉树高耸入云，排列着朱红立灯。夜里点灯后，幽光寂静，不熟悉的人或许会觉得阴森。大概是为节约用电，这几年立灯几乎减少一半，只有节分祭时才又摆出来。

刚来京都时，因为万城目学的小说《鸭川荷尔摩》的缘故，早早来此巡礼，当然也许了愿。然而不久即听前辈讲，京大生万万不能拜吉田神社，否则考试不通过，学分拿不到。如此恐怖的传言，一般人不知道。不然殿前挂满的绘马上，怎么写满入试合格的祈祷？心惊胆战了一阵，好在传说中的诅咒并未发生——大约又是京大生的恶作剧。

---

❶ 日本寺院、神社内用于清洁双手的小水池，通常安置可供舀水的长柄勺。

吉田神社正门

神殿前的浅池内种着鸢尾，四五月抽出青剑般的长叶。那无数绘马在风起来时相扣有声，除了考学的愿望之外，还有家人平安、生活幸福、请上天赐下麟儿、希望出国工作的丈夫一切顺利、请神灵赐我女儿一段好姻缘等等等等。其实看绘马内容这一行为还是有些猥琐，不过也不是偷窥的感觉，这些明明白白写出的心愿，恭敬写上自己的姓名甚至住址，令我也忍不住要为之添一份祝福之心。

平常这里很冷清，高树遮蔽了朱红建筑顶上的天空。偶尔有人来祈祷，远远的，击掌的声音听得一清二楚。硬币骨碌碌滚到赛钱箱里，咚，安静了。空旷舞台内有一张小桌，摆了一堆白纸包的桧木皮，可以写上心愿。木屋的纸幛深处有巫女，清晨露水初干的时候，她们会怀抱竹帚在白砂地上清扫落叶。朱红的裙裾与建筑的颜色一样，洁白的上襦像深林外蓝天上的白云。乌黑的长发，青色的发根，一根一根好像能数清。她们大多是通过考试的职业巫女，只有年节人手不够时才会从外面招些临时打工者。条件比便利店的工作稍微苛刻些，其中有一条很重要，不可以染发烫发，必须要乌黑的直发。也常常能遇到日常生活状态中的巫女。比如有巫女开来一辆面包车，抱着一箱东西大步流星穿过庭园。又比如有巫女坐在洗手池边看手机，小腿在袴底下晃来晃去，很可爱。但她一看到我，立刻站得很端正，小手机也藏起来了，我只好目不斜视，装作根本没有看到她。

吉田神社据说起源于平安时代前期，公卿藤原山荫将奈良春日大社的四位神灵请来吉田山坐镇。室町至战国时代，神道家吉田兼俱（1435—1511）创立吉田神道，在吉田神社内建立斋场所大元宫，祭祀日本各地的所有神灵。大元宫与神社本宫都是重要

吉田山中的小道

的祭祀场所，祭神是"天地神祇八百万神"，内有《延喜式》❶记载的全日本三千一百三十二位神灵坐镇。也就是说，若来此礼拜，可以同时拜会全日本的神灵。吉田兼俱的祖先卜部氏精通龟甲占卜术，其神道思想亦多见中国道教影响的痕迹。吉田神道从室町幕府时代至江户末期都有很大的影响力，地位比伊势神宫更高。不过，近代以来，直接祭祀天皇家祖先"天照皇大神"的伊势神宫被奉为日本最权威的神社，且随着国家神道的兴盛，吉田神道也逐渐不被人所知，吉田神社所藏文献、资料逐渐散出，剩下的部分今藏于天理大学附属天理图书馆。

提到旧藏文献，还有一处文库与吉田神社有些关系，即今藏于京都大学附属图书馆的清家文库。清家即代代担任宫中明经博士的清原家，吉田兼俱的第三子宣贤到清原宗贤家做养子，是清原家著名的学者，留有著述甚多。清原家与吉田家有很紧密的关系，因此清原家也吸收了吉田家神道研究的传统。从宣贤的曾孙秀贤开始，清原家改称舟桥家，亦作船桥家。战后，京都大学附属图书馆分三次购入、接收了舟桥家的旧藏典籍，当中最珍贵的部分被称为"清原家家学三十四种"，包括御注《孝经》残卷、《古文孝经》、《毛诗抄》、《论语义疏》等儒家经典文献，因为是清原家代代相传的古老抄本，与通行本多有不同，还有若干孤本，因而有很高的文献价值，被集体指定为重要文化财产。前些年京大图书馆公开了当中部分文献的电子版。

偶尔在吉田神社也会遇到婚礼。日本的婚礼通常有教堂婚、

近
旁

---

❶ 《延喜式》是日本平安时代中期颁布的一套律令条文，当中对于官制和仪礼有详尽的规定，全书五十卷，约三千三百条目，是研究日本古代史的重要文献。

神社婚两种，葬礼则多交给寺庙处理。日本传统认为，神社是清洁的地方，而"死"被视为不洁，故而神社大多忌讳葬礼。如下鸭神社、上贺茂神社等著名神社的婚礼要价颇高，也很难预约，不少人会选择在住所附近的小神社里举行仪式。网上资料显示，吉田神社婚礼人均费用在六七千日元。而下鸭神社的费用则超过四倍，上贺茂神社更是六倍之多，难怪吉田神社被人评价为"良心价格"。2015年，一位学姐计划在吉田神社举办婚礼，提前一年电话预约，却被告知预约早已满了。学姐怅恨道，也不说给邻居行些特别的方便，难怪会有京大生不可拜吉田神社的传说。

虽然没有机会看学姐在吉田神社的婚礼，一年四季，却旁观了不少陌生人的婚礼。难忘是秋天，新酒已成，枫叶渐红，山中开满胡枝子，满地滚落栗实与橡子。平日闭锁的神殿打开了，身着白无垢、鬓簪诸色绢制菊花的新娘与身着羽织的新郎在神职人员引领下缓缓步入。巫女头戴金冠与花枝，换上隆重的名曰"千早"的广袖长衣。乐师在殿内列雁阵，徐奏雅乐，筝、笛、鼓声交织，清音幽寂。巫女手持碧枝，在神前作舞。待舞乐静止，高脚乌漆盘，金银赤三色纸鹤昂然欲羽，白瓷酒壶，朱漆描金酒盏，庄严地奉至新人跟前。神官将酒盏递给新人，巫女上前为新人斟酒，凡三度。新人低眉对饮，是曰"三三九度"之仪，一敬过去（先祖），二敬现在（夫妇），三敬未来（子孙），人世的夫妻就这样结成了。之后是合影，新妇背着沉重的衣物，在新郎的搀扶下小心翼翼走在白砂地上，亲人们鱼贯而出。很多年前看电影《吴清源》，对其中的神前婚礼也留下了深刻印象，认为那仪式简洁且美，一度亦想举办。不过等到后来自己结婚，思想早已数经转变，认为神社文化多有"近代以来再创造"的部分，最难接受的还是传统婚礼中

"女子顺从丈夫"的意味过于显露，实在不愿配合——如此倒大大节约了一笔钱。

吉田山里有好几条路，分岔交错，总能走得通。人们经常走的路线是从吉田山脚下朝西的鸟居出发，走过神社本宫、供奉和果子之祖的果祖神社、专司料理的山荫神社、大元宫。常有附近小学、初高中的孩子在此训练短跑，呼啦一队过去。走过大元宫附近的山坡，一边是竹中稻荷神社，一边是宗忠神社的入口。宗忠神社属黑住教，与天理教、金光教同为幕末三大新兴宗教，创始人是黑住宗忠（1780—1850），已传至第七代。黑住宗忠本是冈山县一家神社的神官，生过一场大病，神志迷离之际认为自己与天照太神同魂同体，病愈后创立宗教，并把势力范围阔大到京都，且受到孝明天皇的推崇。当时政府主张神佛分离，贬抑佛教，抬高神道教，宗忠神社因与皇室关系不错，故而有很高的规格。和很多神道教组织一样，黑住教的理念也保守至极，不过在民间的活动非常低调，甚至不少本地人也未听说过这个流派。毕竟在普通人观念里，宗教、保守都不合时流，令人退避三舍。

宗忠神社大部分时候都十分安静，几乎见不到什么工作人员。舞台帷幕低垂，廊下有只上了年纪的白色柴犬。神社的一位妇人常在附近遛狗，狗看起来非常可爱，但脾气不好，路过的大型犬都被它狂吠挑衅，神社工作人员便向过路的人与犬反复道歉。那柴犬名叫"Koro"，2005 年 8 月生于长崎，神社的人说它是"九州男子"。据说原本是宠物店卖不出去的小狗，正打算"处分"❶，被这座神社收养，如今依然健在。

近
旁

---

❶ "处分"在日文里是一个残忍的词语，用于动物身上则意味着"处死"。

宗忠神社叫『Koro』的白色柴犬，如今已经十六岁

每年春季，这里也有祭典，殿外紫藤初开，殿内左侧是司礼的神官，右侧是乐者，皆作传统装束。乐器有日本筝、鼓、笙、笛、箫。神官先诵诗，乐者复奏乐吟唱，宛转优雅，十分悦耳。我很喜欢那架紫藤，可惜紫藤花期很短，不过数日便只剩绿荫。

天理教教祖原是奈良乡间的普通妇人，为治疗儿子的病，开始修行，自称见到天神降临，从此踏上传教之路。虽几经逮捕、拘禁，但传教热情不减。当初奈良那个小村庄也更名为天理市，是日本唯一一个以宗教团体之名命名的地方。虽有非教徒的市民抗议，但天理教在当地势力太大，政府根本无从插手。

天理教据说有二百万信徒，教规森严，有自己的电视台、报纸，东日本大地震后，捐款九亿多日元，是日本各宗教团体捐款数额之冠。进入奈良天理市，可以看到很多穿着朴素、表情严肃的人在街边扫地，或是行礼、唱颂词，外人看来难免不可思议。信众有自己的严密组织，可以在教义庇护下完成教育、社交、婚嫁、死亡等一生必需的过程，在外人面前大可保密自己的身份，以免冷遇和不必要的解释。

我的一位同门，小学时因父母工作调动，在天理小学校读过两年书。在他回忆中，每天早晚学校都有祈祷仪式（おつとめ），且歌且蹈。他说像做广播操一样，还能回忆起曲调与部分动作，表演给我们看，我们都颇觉不可思议。

有时在小巷内遇到一队居民，统一着装，一边走一边唱歌，内容无外乎劝善自省，有时是"小心火烛"，那也是天理教信众的修行。

宗忠神社东侧有一道下山的石阶，被樱树、枫树完全覆盖，两旁还有山茶、蜡梅、南天竹、杜鹃。站在石阶上，恰能望见真

宗忠神社东侧有一道下山的
石阶，被樱树、枫树完全覆盖，
两旁还有山茶、蜡梅、南天竹、
杜鹃

在宗忠神社内眺望真如堂的大殿与三重塔

如堂的三重塔，以及背后起伏的东山。此处风景四季皆好，百看不厌，更难得的是清静，附近居民与学生都爱散步到此。走下台阶，北侧是吉田山庄，原为东伏见宫家的别邸，战后改为料理旅馆，内中庭园、建筑皆保留旧时模样，日本棋院的"棋圣战"常在这里举行。往真如堂方向继续走，北侧有阳成天皇神乐冈东陵。吉田山周围还有两座天皇陵：南侧的后一条天皇菩提树院陵、知恩寺以东的后二条天皇北白河陵。而整个京都共有四十九座天皇陵，合七十四位。天皇陵由宫内厅管理，常人不得进入。而吉田山一带的这几处存在感也不高，通常印象就是一片绿地而已。但看谷歌地图的航空图像，就很有意思，能清楚认出前方后圆的构造，是古坟的一种标准样式。

真如堂及南侧的金戒光明寺，属紫云山区域。在大文字上能清楚看到吉田山与紫云山，两片错落的浓碧。前者标高一百二十一米，后者九十六米，都是温柔的小丘陵，并称"东双冈"，不属于东山连峰的范畴。2016年春搬到吉田山后，比从前更频繁地在这两座小丘陵间散步，与近邻的猫与鸟做了朋友，熟悉山里许多植物的花期果期，在山的怀抱里无数次得到抚慰。

走向真如堂的途中，有一户人家院里种着一树很大的白山茶。每年秋冬，都要来此看花。满枝珠玉，阶前檐头落满，堆雪一般，远远地就闻见流溢的清气。这是附近最喜爱的一株山茶。一日黄昏，偶遇这家女主人与小女儿，她们刚从外面回来。女主人温柔笑道："谢谢你喜欢，请尽情观赏。"小女儿叫优子，奶声奶气道："是我们家的山茶花呀。"日文里的山茶花，也就是茶梅。

真如堂又名"真正极乐寺"，山号"铃声山"，本尊为阿弥陀如来。三百余年历史的本堂木台阶上，常有人闲坐看小说。某位老师也说，上学时很喜欢到真如堂大殿廊下午睡，醒来后在树荫里读书，幽静极了，唯一缺点是夏天有蚊子。

真如堂是三井财团创始家族的菩提寺，寺内多见三井家的菱形家纹。每年4月都有三井企业新进的员工到此坐禅。日本一些老派企业常有这类传统，在寺庙住几日，晨钟暮鼓，抄经坐禅，以此增强企业的认同感与凝聚力。

除了红叶季，这里都很宁谧，散步的多为附近居民。据说若干年前更安静，绝少有外地人到此。某年京都旅游杂志上介绍了此地红叶，才声名大噪。不过因为不在传统旅游线路上，没有直

绿荫掩映的真如堂正殿

为三井家准备法会的僧人们

达的公交，山路交错，仍保持"本地人的寺庙"的清静。

本堂前有一株菩提树，不是桑科榕属的印度菩提，而是椴树科的南京椴。初夏开花，秋季结果，呼作"菩提子"。故宫英华殿的金线菩提，也是椴树果实。可惜这里无人爱串珠子，由之落满地。偶尔有人拣一粒置于钱包，据说有聚财之效。

白天，可以到后院看庭园。有一回，不小心误入僧人的办公间，没注意门口"闲人免入"的牌子。一抬头，窗边两位和尚在下棋，急忙道歉。"没事没事。"其中一位挥挥手，淡定落子，另一位也朝我点点头，继续看棋盘。有热情的老僧引路，那是1988年新造的枯山水庭园，名"涅槃之庭"，叠石作佛陀涅槃之相。老僧指点，何处是佛头，何处是佛肩，何处是佛足，不刻意拟形，倒也天然生动。旁有两株夏山茶，取桫椤双树之意。又有小石若干，指被佛陀感化的各类小动物。最奇妙的，是背后连绵的东山，整体居然也呈涅槃之态。无数次爬过东山中的大文字山，却从没有在这个角度观察过山景。几十年前造园师到此眺望远山，突然悟出这层深意，想必也曾感激过造化之功吧。

最喜爱在初夏夜，穿过漆黑熟稔的山道，来到真如堂前。道中常坐着猫，欲拒还迎。有一位黑白花是老朋友，常常对我主动亮出肚皮，随我抚摸。黑夜里，三重塔的轮廓更清晰。婆娑椴树，结满蜜色花苞。到大殿走廊下小坐，看月亮从树林深处升起，渐至塔尖，又到更高处，被殿檐遮蔽，看不见了。

大殿后是一片种满绣球的花园，黑暗中屡屡破坏蜘蛛经营的网。有些花已开放，绣球是雨天的花，一定要有充足的雨，颜色才好看。

边上是一片墓地，看墓石形状，应是僧人的冢。稍远处是更大片的墓园，近处有两株松树，在深青天底。那松树姿态很美，虽然正是松毛虫活动之时。我很喜欢"松"字，连"松虫"的名字都觉得很好。很想知道，安乐寺那对连夜离宫入寺、落发为尼的姐妹❶，是真迷上了佛法，还是那说法的僧人？

　　墓园年年有人用水缸养莲花，十分茁壮，6月底就开大朵花。而我用藕种养碗莲，两年不开花，第三年作弊，买了现成的一盆。2017年春，我终于鼓起勇气与养花人搭话，问他们莲花开那么好，有何诀窍。对方说："莲花很好养啊，每年翻一次盆，多出好多藕，种也种不完。"原来翻盆是关键。养花人叫"省吾"，是真如堂的司花师傅。后来我和他们一家成了非常好的朋友，他的两个女儿如今都念大学，也都选修了中文当第二外语。2020年初夏，疫病流行，学校停课，我每周六夜里都被他们接到家里吃饭。饭毕一家人学中文，非常快乐的记忆。

近
旁

❶　即松虫、铃虫姐妹的故事，详见后文《观苔》篇。

金戒光明寺

平常散步，走到真如堂就可以折回。倘若时间充足，可以继续南行，就到了阔大的金戒光明寺，本地人习称"黑谷"，当然要有"さん"的后缀。京都人说话温柔多礼，后缀特爱用"さん"，前缀特爱用"お"。大河剧《笃姬》第三十五集，大奥众人就曾取笑御所来的人："什么都要加'さん'，什么都要加'お'。"这是什么感觉呢，举个例子，就像"豆子先生""月亮姑娘""稻荷神社先生""菩萨大人""蚂蚁先生"。有一回在山上遇到一条挂在树上的大蛇，平生最恐惧的动物，尖叫都不会了，只是魂飞魄散。一对母女一点都不怕，竟上前观察："呀，真的是蛇先生呢，今年出来得真早呀。""是呀，蛇先生在晒太阳呢。"

这一片区域都叫"黑谷"，与"白川"相对，皆为地名。金戒光明寺为净土宗寺院，寺内塔头众多，有些可以进去散步，有些则谢绝访客。小庵小院内，住持与家人居住在一起，很温馨，生活气氛也很浓郁。此处地势高于城内，立在钟楼边，能看到大半个京都，很适于看夕阳与夜景。

金戒光明寺曾是日本近世史上一段凄壮往事的舞台。十四代将军德川家茂命会津藩主松平容保任京都守护职，负责维持京都

50
—
51

治安，实为监视皇室动向。松平容保率一千家臣到京都，将本阵驻扎在金戒光明寺。选择此地为本营，有三大理由：黑谷的地势形成天然要塞，视野绝佳；距御所仅两公里；寺内面积开阔，足够一千军士驻屯，寺内还留有会津藩军队向大方丈借用二十五处宿坊的文书。后来，幕府大政奉还，倒幕派的萨摩藩与长州藩控制京都，幕府派的会津藩自无容身之地。两派于京都南郊的鸟羽、伏见一带交火，幕府军告败。几次作战中死去的会津藩士再也不曾返回遥远的东北故乡，便收葬在金戒光明寺内。而回到会津的松平容保在会津会战中继续与新政府军对抗，笼城月余，最终投降，这是后话。

今日，在大殿东侧巨大的紫云山墓地中，有一片"会津藩殉难者墓地"供人凭吊。紫云山又曰"黑谷冈"，东面陡峭，西面平缓铺展，共安置一万余座墓碑。黄昏时，夕光作金紫辉煌之色，涂染满山。京都恐怕没有第二处地方，可以见到这幅光景。殿内传出悠长不绝的念佛声，就是我这样无有信仰的混沌头脑，也不免合掌默祷。

迈过莲池的极乐桥，面前有一条石阶，直通山顶文殊塔。平常人家，每逢盂兰盆节、春分、秋分、忌日、年末年始，都可去墓园祭扫。但实际对日期并无具体规定，什么时候想去都可以。京都名人墓地很多，百余年前，汇文堂书庄已出版过《平安名家墓所》，载明某某名人葬于某某寺，方便好事者按图索骥。网上也有人编了各种扫苔录，供人探索。对于凭吊名人墓地的行为，一般态度都很宽容，并无特别忌讳，大河剧片尾也常介绍片中某人葬于何处。小津安二郎在镰仓圆觉寺的墓，一年四季访者不绝。圆觉寺位列镰仓五山第二位，地方也很大。小津的墓不难找，那

黑谷紫云山墓地

今日，在大殿东侧巨大的紫云山墓地中，有一片"会津藩殉难者墓地"供人凭吊

著名的"无"字碑，许多人都谈过，网上也有详尽的文章，指点如何寻到。2014年8月，也曾到圆觉寺，徘徊墓园外，见园内某家人正以清水洗净墓石、供奉献花。盂兰盆节将近，家家都要准备扫墓。犹豫良久，还是没有进去。我虽很喜欢小津，但对他谈不上多么深刻的了解，不敢贸然拜访，更不必有墓前饮酒之类的风雅事。小津许多海外的影迷辗转到此，供奉清酒或香烟，这也很好。究竟什么做法是妥当知礼，并无定规，心意诚恳即可。一位师兄说，他的祖母告诫，从墓地出来，最好不要直接去神社。因为神社是"清洁"的地方，很忌讳"死"。听他这么说以后，我从金戒光明寺出来，就会特地绕过吉田山回到学校。

刚来京都时，最常拜访的是法然院墓地。那一处虽比紫云山小太多，但名气很大，有谷崎润一郎的"寂"字碑，还长眠着河上肇、梅原末治、内藤湖南、浜田耕作、九鬼周造、福井谦一等人。春天，"寂"字碑前垂樱盛开。那株垂樱与平安神宫品种一样，因年代不远，还很瘦小。平安神宫是谷崎深爱的赏樱名所，他奉行实在的都市享乐主义，赏花也不会走到太偏僻的地方，也不怕人多，在城里看完花，还一定要去附近好吃的店。就像他虽写《阴翳礼赞》，实际却安然住着明亮宽敞的洋式房。

1955年12月郭沫若一行访日，在京都短暂的三天，就作了探访内藤湖南、狩野直喜、桑原骘藏之墓的安排。这三位先生都是京都中国学的创始者，而狩野直喜、桑原骘藏都葬在黑谷紫云山。

山脚有一尊颇著名的五劫思惟阿弥陀像。拾级而上，道旁石碑林立，有路标，"文殊塔东北二十间许有山崎暗斋坟墓"，"竹内栖凤先生墓，文殊塔前左行七十步"。旧冢、新冢交错，还有久无人祭扫的废冢，将墓碑集中一处，堆得很高。江户时代中期，檀家制度[1]确立后，每户人家都有相应的菩提寺，普通民众死后，就葬入该寺。后人向寺庙定期敬奉香火钱，寺庙负责管理檀家的家族墓地。这种形式，现在仍为主流。不过，江户时代的墓大半是个人墓或夫妇合葬墓，今日常见"某某家先祖代代之墓""某某家之墓"的家族墓是明治之后才广泛流行的。这也是人口膨胀、土地紧张的结果。江户时代初期，日本人口约一千二百万，而到明治元年（1868），已有三千四百万。为节约用地，自然就将整个家族的墓合为一处，墓碑下存放家族成员的遗骨。若檀家中断给菩提寺的供养，乃至中断联系，寺庙用地又紧张，该墓遂成废冢。每家寺院墓地都有存放废冢墓碑之处，碑文漫漶，苍苔遍布。

沿途细看碑文，有云："这个孩子来到世上两年，随风而去。家人都爱她，想念她。"有云："吾母温柔善良，信州人士，抚育我兄弟姊妹五人，含辛茹苦，终年八十五。"有云："世代皆安眠于此，守护家族每一个人。"有云："法师一生持善念，欲度众生。"……都很可感慨。还有一座比较特别的墓碑，塑一手顶一石球，云："此傀儡冢是也，纪念被人类赋予灵魂的人偶们。"据说这是某位很有名的人偶师所建，每年秋天会有祭祀。想到北山宗莲寺纪念被砍伐之杉的杉冢，大阪四天王寺纪念花道用材的花冢，常照寺埋葬天下名妓、第二代吉野太夫腰带的带冢。

走到文殊塔前，回望城中风景，若是夕照正盛，满眼阴影逆光，撼人心魄。紫云山周围遍植松、樟、杉、竹，风起时，枝叶摩挲，汹涌如潮水。更有漫山无数卒塔婆轻声叩击墓石，不绝如缕，好似亡魂私语。身在此中，唯有静默。

---

[1] 简言之，德川幕府禁基督教，民众都须由与自家关系密切的寺庙证明自己非基督徒。由此，寺庙与民众保有密切的联系。

卒塔婆模仿佛塔（Stupa）之形，安置于墓碑之后，供养亡人之用，又音译作板塔婆、卒都婆等。长二尺至八尺不等，宽二至三寸，薄薄一片，竹木制成，不同宗派规格略有不同（净土真宗不设此），上书戒名、忌日、经文或梵字、供奉者姓名、供养年月日。可由菩提寺住持书写，近来印刷的也不少。每年盂兰盆节、忌日等时，可举行供养会，换上新的卒塔婆。

文殊塔北侧不远，有京都大学第一任校长木下广次之墓，相邻不远，有狩野直喜家族墓。据嫡孙狩野直祯回忆："笔者小时候，时常被祖父带着上坟，也总要同时参拜木下家族的墓地，并被告知，'这是大恩人的墓地'。直到现在，笔者还保持着小时候的习惯，到了黑谷墓地时，总不忘在木下家族墓前默立一会儿。"大概狩野直喜曾多受木下校长的照顾吧。

文殊塔前又一路标："闇斋先生茔域东距三十步许。"顺利寻得，墓石上有"山崎嘉右卫门敬义之墓"。左后方为闇斋父母的墓碑，"山崎净因出士之墓，妻佐久间氏祔"。净因是浪人，在京都做针灸医师。暗斋自小博闻强记，聪颖过人。十五岁出家，辗转多处寺庙，修习禅学。后倾心朱子学，二十五岁蓄发还俗，立志为儒学家。于上京区伊藤仁斋古义堂对面开辟暗斋塾，招收弟子。其思想重视大义名分，强调神道教体系下的君臣关系，对水户学、国学、幕末尊王思想产生重大影响。我对近世思想史完全不了解，便也不多说了。此外尚有"於玉娘之墓""於鹤娘之墓"，想是山崎家的女儿，亦未深考。

继续北行四十步许，即竹内栖凤夫妇墓。有关他的生平，曾经写过一篇文章。认识的国内朋友都不太喜欢他的作品，究其原因，还是因为我们以为日本画与中国画太像，不离"模仿"。虽然近代以来的日本画不论题材、表现手法、用具都做出了很大的创新。京都人对竹内栖凤很有感情，几乎每年都有他的画展，旧书店、拍卖会偶尔亦能见到他的作品，这也是"本地人"的骄傲。高产的画家，与高产的作家一样，很难件件精品。看画家全集，的确常有审美疲劳。纵然如此，也依然喜欢栖凤的画——除了那幅活灵活现的花与蛇，几次猝不及防在图书馆翻到，都令我大受刺激。

桑原骘藏家族、小川琢治家族也安眠于此。这两处都不太好找，也无多线索。去了几回，才偶然路过桑原家墓地。那一瞬又想：自己并不熟悉先生的著作与思想，如此唐突造访，实在鄙俗可恶。然而既有缘路过，便默立合掌吧。

此前读过一篇论文，讲小川琢治研究石佛的缘起、过程、成就，并附带介绍了小川家族的墓地。小川氏出身和歌山，在京都无有菩提寺与先祖墓地。琢治的好友、考古学家岛田贞彦是京都人，便将自家菩提寺——金戒光明寺西住院——介绍给琢治。从此，琢治一脉遂留在京都。

西住院有一株很好的垂樱，春来花枝妙曼。某日去时，老住持正打理庭院。恭恭敬敬行了礼，向他打听琢治墓。

他笑问："你学地理学吗？"

"倒不是……"

"那么，是物理学，还是史学，还是文学？"

我也笑了。原来很多人知晓琢治、前来祭拜琢治墓，不是因为琢治的专业，就是因为他那一家才俊的研究。

"你进来坐一会儿。墓不在这里，还是在紫云山中。但很偏僻，我给你画个地图。"老住持进内间洗了手，我在门边坐着，望见墙上画报，都是佛教方面的内容。不一会儿，他取来纸笔，给我指明路线，仔细画出钟楼、三门、莲池、文殊塔。深谢过，在墓园入口处买了两束佛花，按图索骥，很快寻得。在文殊塔东南部，竹薮遮蔽，十分冷清。墓碑是一座小小的五轮塔，地轮部正面是"小川琢治、小雪"，背面镌有"小川芳树、贝冢茂树、汤川秀树、小川环树"❶四人姓名，可惜剥蚀严重，很难认清。

3月底、4月初，山中开满樱花。之后，塔头内外遍开铃兰、芍药、牡丹、棣棠、金丝桃、花菖蒲、绣球、栀子、莲花，接连不断。如无扫苔之癖，来此看花也很好。

近

旁

❶ 小川琢治为日本地质学家、地理学家，出身和歌山儒者之家，后为纪州藩士小川驹橘赘婿，与妻子小雪育有五子二女。长子小川芳树为冶金学家；次子贝冢茂树为中国史学家；三子汤川秀树为物理学家，日本首位诺贝尔奖获得者；四子小川环树为中国文学研究者。

　　我的家乡在长江三角洲冲积平原，城中仅有五座小山，最高一座不过百余米。四望江海平川，一无遮挡，因而从小就对山怀有更多的向往。去南京的路上，遥遥看到隆起的山脉，会由衷感慨"果然是王都气象"。幼年、童年在山东、河北，见到华北大地枯索冷峻的群山，深为震撼。如今在京都久住，身处山峦环抱的盆地，朝夕望见远近山色——清少纳言与赖山阳都嘉赞的古都的山，亦觉安心。

　　每日起来，第一件事就是拉开玻璃门，看窗前的大文字山。山脚民居密布，我所居住的小楼周围紧挨着好几座同样规格的旧楼，名字都不错，银山、银月、清风、银雪、银河、银鹤，多取银阁寺之"银"。但建筑陈旧，隔音效果不佳，完全是向田邦子小说《春天来了》里直子家的样子，"昏暗的街灯下，树篱恣意乱长"。不过直子想象中的松树、枫树、八角金盘、南天竹，倒都有。还有罗汉松、山茶树，每年房东都会请造园公司的人来打理。杂错的屋顶遮蔽了青山，视野里只有大文字山隆起的顶部，"大"字也看不见。

　　这一小片山景，一年三百六十五日、一日二十四小时，都有

时时帮我确定方位的大文字山

不同的面影，我百看不厌。晴时，衬着蓝得发乌的高远天空，山里的树也翠得发黑。上弦月升起时，起先还在山那端，只看得到清亮的光色，照见山顶轮廓。慢慢升起来，不久便被檐头遮蔽。要到另一边的走廊，才能继续看月亮。春天的山萌出许多新绿，几片粉色、白色，是山樱。春末有隐隐的紫色，是成片山藤。真到山中去，又常常看不见藤花的影子，只见满地落花。秋天颜色最饱满，深绿、浅黄、金黄、枯黄、橘色、朱色、深红，点染得无比绚丽。秋月缓缓浮现于山中交错的松枝间，清光如海，无限慈悲。山明晰的影子，仿佛可以想象对面琵琶湖的万顷波光。没有蝉声，只有断续虫鸣。山中有许多毛叶山桐子，秋冬之际，高树结满累累垂挂的红果，非常醒目。下雪时，繁密的雪花遮蔽山体，朦朦胧胧只见轮廓。雪停，山头积雪与绿树，清澈极了。最爱潮湿的雨天，山中云雾缥缈，清楚见到云气流动，无数次感慨，那里像住着仙人。一下雨，山里的仙人就要出门会客了。偶有白鹭翩翩飞往云中，呆看很久。虽然这方狭窄空间瞥见的山，还被小楼附近几根纵横的电线打断，自然无法与清水舞台、文学部教学楼顶楼、吉田半山所见的风景相比，但它近得仿佛伸手可触，行动坐卧都能看到，是它送给我的小礼物，只属于这扇小窗的样子。

也许我对大文字山的感情，始于刚来京都时的一次爬山经历。当时在银阁寺一带散步，徘徊到山脚，遇见一位和善的老太太，问我要不要上山。我说好。她问："你住在这附近吗？"我点头。她笑道："真是太羡慕你啦，以后你可以经常爬。我要坐四十多分钟公交车才能到。"路上，她将自己描着粉色石竹花的棉手巾围在我脖子上，以免蚊虫叮咬。带我去拜山脚流泉边小小的地藏菩萨石像，取了泉水给我喝。给我讲山里什么季节有什么果实、野菜

雪后的大文字山

大文字山顶所见的京都街市

可以吃，又讲山中一共多少台阶，如果一一数清，可以许个愿，大文字山会满足你。狭窄陡直的山路突然走到尽头，整个京都霍然出现在眼前。云气从四周山谷绵绵不断涌出，瞬息万变。药玉般的青空，盘旋的苍鹰，棋盘一般整齐的街巷，蜿蜒的水脉，南部逐渐开阔的平野，西面、北面连绵的山峰。当时的感动，如今未有丝毫减损。

老太太将那块手巾送给我做礼物。后来每次上山，我都像带护身符一样把它围在脖子上。有一阵，组织了研究室的几位同好爬山，还起了"穿山甲协会"的名字。可惜本会活动极少，会员后来大多工作或结婚，很多时候还是我一人上山。日本人爱海，也爱山。本土宗教与佛教的修行，无不将深山当作修行的绝佳道场。深邃丰美的山景，也为修行者提供无限冥想、顿悟的灵感。在山里遇到的人，皆是朋友，因而打照面时都要大声招呼：

"早上好！"

"你好！"

进山的路并不难走，习惯后二十分钟就能到"大"字。如果奔跑的话，十几分钟就够了。本专业的某位老师，年轻时创下往返十七分钟的纪录，我佩服不已。沿途山溪清澈，植被丰富。山脚一眼泉水，旁边供着地藏，往来的人常在此饮水。有人写了本《吃大文字山》，老道的山客们一年四季都能到山中收获野菜与果实。蕨菜、葛根、蒲公英、蓬蘽、蛇莓、梅子、栗子、松球、柿子、菌类……取之不尽的感觉。接骨木、千叶萱草、八角金盘、金漆嫩芽皆可食。蒲公英嫩叶煮味噌汤，或裹面油炸。蓬蘽五六月间有很多，常常不洗就吃了。5月有菝葜，摘叶洗净、煮熟，包糯米饼吃，是端午前后的时物。初夏摘取樱树的果实，虽然味极酸苦，

蓬蘽五六月间有很多，常常不洗就吃了

鸟雀也不食，但勉强可做果酱、酿酒。野草莓是难得真正美味的野果。栗子非常多，且相当美味。10月刚开始，山中就陆续有落下的。开始还是青绿的毛茸茸的刺儿球，不容易打开。秋风起来，再来几个大晴天，栗子就熟了，刺儿也转黄，有的自己已经爆开，或者轻轻一踩就好了。或烤或煮或微波炉一转，都很不错。只是我迄今都没吃到多少，总是抢不过经常上山的人们。山顶小小的佛堂内供奉着弘法大师，上山的人如有心，可以上前敬香、击一下圆磬，合掌同弘法大师打个招呼。

晴朗无云的时候，能清楚看到西南方向大阪的高楼，甚至模糊的大阪湾。天气好的休息日，山里人很多。各种登山爱好小组、老年登山协会，无不装备齐全，有的还带了全套野营设备，在山头煮面。大文字山不过四百余米高，如此阵势略显夸张，因而也不常见，一般都只是对着眼前的高清京都鸟瞰图啃饭团而已。

附近初高中体育社团的孩子们一路奔跑上山，在教练一声呼唤下，又奔跑下山，像一群矫健敏捷的山鹿。大人们看见，都忍不住露出微笑。幼儿园的小朋友、小学低年级的孩子也是山中常客。就像滋贺的孩子——"湖国之子"们——无不要被带去琵琶湖游泳一样，京都的孩子也都要爬附近的山。小孩子们戴统一小帽、背书包、水壶、便当盒，浩浩荡荡一长队，前中后各跟一位老师，摇摇摆摆，仿佛学步的雏鸟，特别可爱。山路虽不险峻，但碎石青苔，台阶护栏皆无，不能说很安全。小朋友们因而走得很慢。遇有大人当面而来或从后面超过，孩子们就原地停下，齐声跟人家打招呼。老师们也会道歉不迭，大概是带孩子上山，挡了路，添了麻烦的意思。有一回，一群孩子听到我和朋友讲中文，就露出探询好奇的眼神。老师朝我们含笑打招呼，见我们友好地停下，便轻声对孩子们："想问什么问题，都可以问哦。"我们于是作出鼓励的神情。孩子们彼此看看，终于有一个鼓足勇气，很认真地问："你们是外国人吗？"

"是呀。我们在这里留学。"

"你们的日语好厉害。"

"没有啦。"

"你们来自哪个国家？"

"中国。"

"哇，中国，好厉害，有大熊猫呢。"

大家都笑。

许多人爬到"大"字中心就折回了。这里的确是风景最佳之处，但还不是山顶。若有兴趣，可以继续上去。前方林木越密，邂逅各种小动物的机会也更多，有些地方很不好走。山顶很平凡，只有石标提示此处为制高点。周围山峦起伏，无有开阔的视野，只能看到伏见方向的楼宇、田野、大河。因此也难有"啊，到山顶了！"的兴奋感。不过，稍微翻过山顶一点，就有一大片栗子林，知道的人不多，要拣多少能拣多少。如果翻过山，沿路一直走下去，大概十多公里外，就能抵达大津市的琵琶湖。那里有近江神宫。虽然叫神宫，级别很高，但和平安神宫、明治神宫一样，历史都很短，建于 1940 年。近江神宫比想象中小很多，太崭新，转脚就到头的地方。然而喜欢《花牌情缘》❶的人对这里都有些特殊的感情。近江神宫的祭神是天智天皇，即写下《百人一首》中"秋田假庵，粗苫湿露濡我衣"的那一位。故而近江神宫被称作歌牌殿堂，

❶ 日文为"ちやはふる"，是一部很受欢迎的漫画作品，也曾被改编为真人版电影。

举办各种竞技歌牌比赛，也是名人战、女王战的决胜舞台。正如《花牌情缘》中所讲，每年夏天，这里会举行全国高中歌牌选手权大会，云集各地高手，是歌牌爱好者心目中的圣地。

入夜的琵琶湖，潮水打着岸边。对岸是草津市，沿岸灯火一线，倒映水中，随夜风荡漾，潮声将思绪携远。

百余年前，德国人西博尔德路过京都，前往江户。一路走来，开国前日本贫苦美丽的乡村、丰富的植物、勤劳的农人，在西方人眼中是浮世绘一般的风情。他在《江户参府纪行》里写道：

> 走过四条桥。街道附近的样子令人很不快。道路两旁的居民非常贫穷的样子。虽然也有大商店，但和刚到京都时路过的地方相比，要差很远。走过这片贫穷的地方，就是一个叫山科的村子。在这里，我们看到了很多车子。这些车都不成什么样子，车轮非常高大，是牛牵着走。朝前再走一段，就到了近江有名的琵琶湖东南侧的大津城内。路边有许多专门卖食物和旅行用具的小商店。据说这里的旅行者非常多。我们在一家茶屋歇脚，在湖上眺望台远望风景的乐趣因坏天气和寒冷的东风而有所削减。湖水在强风下波浪滚滚。能看见远处绿色的湖岸、村庄与市镇明亮模糊的轮廓，岸边船只吞吐甚繁。北边和东边有覆盖积雪的高山。不久走过藩侯本多下总守康祯的城池所在的膳所。这里一路都有成排的松林，南面是濑田。东边的大湖在阳光下熠熠生辉，岸边赤杨、柳树、松树十分繁密。西面有稻田，背后是森林覆盖的高耸群山。湖水东北方向的群山树木不多，只有几片小丛林。湖水流往东南方的江水，在濑田附近有一座桥。江水最初只有三十二

间[1]长，第二部分有九十六间长，汇入大阪海著名的淀川，再由这里发源，最初叫作濑田川。濑田是指河川两侧的部分。夕阳西下，无限广阔的土地，一眼无法望尽。九点到达草津，是夜宿于此。

今日 JR 琵琶湖线东海道本线的站名：京都、山科、大津、膳所、石山、濑田、南草津。与当日西博尔德所走的路线大致相同。

京都不少学生都有过夜爬大文字山的经历，往往由几个前辈带领，准备好手电筒、食物，等待天黑就上山。我也经历过山中的黑夜。丛林流水声、兽的动静格外清晰，淡淡的天光自林间稀疏洒落，此外一片黢黑。偶尔能看到一点远方城里的灯火，缥缈如在天际。漫长难熬的黑暗之后，终于一点一点接近"大"字中心，眼前豁然开朗，整个古都刹那拥入怀中。贺茂川、高野川汇入的鸭川，下鸭神社，御所，吉田山，平安神宫，橘红色的京都塔……再熟稔不过的地标，白天看时已很迷人，夜里全部缀着星星点点的光亮，美得足够忘记肉身的存在。京都没有刺眼的城市灯光，更没有通透招摇的光束。建筑外部的灯光安排得十分吝啬，唯恐夺去星月的光辉。寺庙、神社、桥头，都用淡黄的灯光，模拟油灯或蜡烛的效果。下山已不再那么恐惧，一行人唱着歌，突然看到头顶枝叶掩映的月亮，巨大一轮自云海间浮现。在京都总能看到很好的月亮。

近
旁

---

[1] 间，日本旧长度单位，1 间相当于 1.1818 米。

远

方

走出金戒光明寺山门，再往西南方向走一段，就到了平安神宫。这在我的概念中，已算"出远门"，一般都是骑自行车，或搭公交车前往。那一带有国立近代美术馆、市美术馆、有邻馆、细见美术馆，而"博物馆巡礼""美术馆巡礼"，是可以写进个人简历"兴趣栏"的。国公立、私立博物馆、美术馆众多的京都，正是适合巡礼的好地方。

与大蜡烛一般的京都塔一样，平安神宫的大鸟居也是京都的重要地标。登山时看城内，只要望见大鸟居，就能迅速把握方位。平安神宫、明治神宫都是近代以来新建，自然谈不上历史悠久。但建筑设计、庭园构造皆十分不俗。倘若放下求古的执着，也能欣赏其美。

古都的"古"，并不仅指文化遗产历史多么悠久，很多被指定为物质文化遗产的建筑，都是后来重建。这也是千余年来屡经动乱、战火的古都的宿命。然而古都的魅力在于从未完全丧失生命力，烧毁的寺院可以重建，荒废的旧宅可以翻新，一代代的人被吸引到这里，贡献青春与热情。不论政治中心如何变迁，宗教、学问、艺术始终涵养于此，也使之可以长久保有"文化之都"的骄傲。如今，京都无比娴熟地扮演着游客想象中的古都模样，亲切地将该展现的角度、细节都叮嘱给游客。无数的旅游书、旅游杂志反反复复告诉你，京都该怎么玩，怎么享用，大家都还没有厌烦。全日本的小学、初高中生，修学旅行至少有一回要来京都。走在街上，经常能遇到那些外地来的小孩子，一边走一边拿小本子抄写路边指示牌上的介绍，学习这教科书般标准的古都。

有些京都独有的古老技艺，在新时代的经营方式下重新门楣光耀。这是技艺本身的幸运，可以留在京都，才有继续的可能，才有人愿意扶助。这同时也是京都不可或缺的技艺。因此，不少茶铺、和纸店、香铺、铁器、锡器、旧书店……初代主人很可能都不是京都人，但后来都只有在京都才能生存光大。一件东西，但凡标上"京都"二字，便倍添光彩，可以信赖。连超市里本地生产的蔬菜，也要比外地的包装更精致、价格更金贵。这是被周边城市诟病已久的"京都式的骄傲"。然而这种地域情感，各处皆然，其实很容易理解。比如滋贺县首府大津市，也因紧邻京都，而对滋贺其余诸市怀着骄傲的态度。地域鄙视链底端的地方，只有坦然承认自己是乡下，要么进城奋斗，要么守着乡下的悠闲。这些年，去外地考察或旅行，被问起从何处来，答说京都，对方的反应往往很耐人寻味。东京人自然不会对京都有什么夸赞，而若是去和歌山、高知、足利等旅游业很不发达的地区，经常听人感叹："京都啊，多么好！谢谢你来我们乡下地方玩。"

平安神宫一带的地名叫作"冈崎"，北接吉田区域，东邻鹿之谷、南禅寺，南为粟田口，西为圣护院。冈崎古有法胜寺、尊胜寺、最胜寺、圆胜寺等六所大寺，合称"六胜寺"，为白河天皇之后院政时代的中枢区域，曾繁荣一时。然而伴随院政的衰微及频

元月一日，热闹的平安神宫

初夏的平安神宫

仍的灾害，应仁之乱后，几近全废，如今早已化为灰烟，仅存"法胜寺町""尊胜寺町"等地名。幕末维新之时，冈崎地区居民被疏散，益发萧条。明治时代，东邻的蹴上地区引来琵琶湖之水，建成日本最早的水力发电所。经蹴上分流，一条西行，经夷川水库、夷川发电所汇入鸭川。另一条分线北行，经南禅寺水路阁、哲学之道、松崎，最终汇入高野川。冈崎一带的疏水道两岸遍植樱花，始于南禅寺，途经平安神宫，止于夷川水库。川中可行船，夜中春灯如雪，是此季经典的游乐路线。我虽未坐船经过这里，但在桥上见过碧波上穿花拂柳的游船，总是由衷感叹：若无游客参与，京都也不是京都了吧。

明治时代，也是博览会兴盛的时代，"富国强兵、殖产兴业"的口号下，以东京上野公园为始，建成了包含有动物园、植物园、图书馆、美术馆的庞大博物馆。1877年，上野公园召开第一届内国劝业博览会。因此，可以将冈崎公园一带类比作东京上野公园一带。随后的1881年和1890年，上野公园又相继举行两届劝业博览会。1895年，冈崎疏水道北侧地区召开为期四个月的第四届内国劝业博览会，这一带因而集中建成了美术馆、工业馆、农林馆、机械馆、水产馆、动物馆，访者如云，占地面积、展品数量、到访者均胜于东京。周边道路、旅舍也大加完善，为日后京都发展成观光城市建设了很好的基础设施。至于1903年的大阪劝业博览会，更是规模空前。当时张謇曾访问大阪博览会，亦深受启发，日后在南通建成的博物苑、公园，都可部分反映日本博物馆的设置理念。

平安神宫一带其实是很洋气的地方，包括每年秋季举行的时代祭，虽然人们都穿着古代衣裳，却可视为盛大豪华的变装舞会。

平安神社的巫女

清少纳言与紫式部同车端坐，巴御前威风凛凛，小矮马上的楠木正成、织田信长、羽柴秀吉均向人颔首微笑，在镜头前摆出潇洒的表情，更有坂本龙马、近卫忠熙、和宫……与其说体会到"古典""传统"，不如说是"有趣"。千余年历史中的著名人物衣装绚丽，济济一堂，散步数小时，与民同乐，实在很有意思。不过我只在刚来那年兴味盎然地围观过一次，后来再没有去过。

市立美术馆常有京都市出身的画家、艺术家展览（譬如"京展"），还有海外请来的各种油画展。波士顿美术馆的印象派展览、梵高特展，都是京都人无比热衷的主题，隔一阵总会展出。国立近代美术馆的主题更丰富，不仅有京都籍艺术家的展览，还是各种前卫艺术的舞台。看完两处美术馆，与大鸟居、平安神宫的应天门留影，再从附近神宫道、仁王门通林立的咖啡馆、餐馆中随意挑选一处，度过优雅闲静的时光——这不单是游客的爱好，也是自矜于审美能力的京都人喜爱的消遣方式。

国立近代美术馆旁是劝业馆，这是京都最大的活动会场，本校的毕业典礼、开学典礼都在这里举行。每年五月京都古书研究会也会在此举办书市。我曾参加过法学研究科的入学典礼，记得校长率领各院系领导鱼贯登台，于金箔屏风前呈雁列坐下，台上基本全是男性，偶尔一位女教授，也总是坐在边上，令我心中不甚愉快。后来在学校待久了，才知道教授团队更是性别比例严重失衡。礼堂太大，为了方便大家都看到前台的状况，屏风两侧各有一面巨大的荧幕。先是奏校歌，"花香九重，在千年之京。朝踏其土，夕仰其空"，"樟叶拂绿风，钟声敲响"。我在国内读书时就从不关心校歌是什么，如今也不会有任何多余的情绪。之后校长致辞，好在仪式简洁，半小时左右就宣告结束，众人愉快合影。

害怕人群的我，后来无论如何都不想再凑这样的热闹。因此后来去念历史，硕士入学典礼就没有去。但博士入学那年，好友香织的父母特地联系："这恐怕是你人生最后一个入学典礼，要好好参加才是呢。你一个人很寂寞吧？我们去看你吧！"于是我慌慌张张去了，正装什么的也没有换，只穿着平时宽松的布长袍。劝业馆内外人山人海，家长们扶老携幼，正装出席，也有穿着非常漂亮的和服的女性。写有某某大学某某年大学院入学式的白地黑字牌子前，排了蜿蜒的长队，为的是合影留念。我与香织妈妈也像标准的日本母女一样排队拍照。那一年，新上任的山极校长致辞，讲到自己研究倭猩猩的经历，家长们都觉得新鲜有趣。"你们到底见惯了，一点反应都没有，家长席上的我们，都不停拍照，录像的也很多。"香织妈妈说。山极校长很擅长演讲，提到贾雷德·戴蒙德的《枪炮、病菌与钢铁》，说作者所涉领域极广，并不局限于某一学科的视角及资料。"在自己的研究分野之外，也请多多探索感兴趣的领域吧！"他当校长之初，学生们未尝没有期待，但过了几年，很快发现他与前任校长一样，对校内激进学生打压得毫不犹豫。因而他很快被人讥为"猩猩校长"，成为学校堕落的标志之一。

与近代美术馆隔河相望的，有京都观世会馆，是欣赏能乐的地方。能乐的流派大约有观世流、宝生流、金刚流、金春流、喜多流。观世流由观阿弥、世阿弥发展而来，一直受到室町幕府、江户幕府的庇护，在京都有很深厚的基础，至今仍是势力最强的一派。观世会馆每月都有例会，规模最大。其余还有门下各位能乐师的定期演出、老能乐师的庆生演出、年轻演员的专场、市民狂言会等。京都很适合观赏能剧，也许是能与古典文化关联深厚、文辞

南禅寺清幽之景

又深邃古奥的缘故。观世会馆的学生票为半价，大力欢迎年轻人，但实际到场的还是中老年居多。有些妆饰富丽的夫人，穿着优雅的和服，做了非常漂亮的头发，牵着小孩子来看剧。小朋友很无奈的样子，几乎全场都在睡觉。我也经常半途睡过去，中间演狂言时再醒来，精神一振，不一会儿又犯困了。开始很觉惭愧——到底是外国人，不懂这种高雅艺术。后来看前后左右老太太们睡倒一大片，才稍稍心安。例会一般从上午十一点演到下午四点多，三场能，一场狂言。中途短暂休息，可以预订便当吃，或者在会场内的小餐厅随便吃点。这非常消耗体力，也很花时间。我一般都坚持不到最后一场，早早撤离，去附近逛旧书店了。当然，这也是我刚来前几年时的活动，后来再没有闲情去过。

大鸟居东侧不远是动物园，在路边也能看到墙内一群粉羽的火烈鸟，朝夕高鸣。从周很喜欢逛动物园，可惜他来时大多是冬天，许多动物都躲在屋内。我对隔着笼子观赏动物的行为始终不太能接受，故而总让他独自前往。从动物园继续东行，就到了南禅寺。这一段路有很强的"旅游"的感觉，大概是因那一带交通干道纵横、车流人流密集的缘故，通往南禅寺中门的道路又遍布旅店、料亭、停车场。因此我极少走过这里，而是喜欢从哲学之道步行至南禅寺，从北口的大寂门进去，便是"散步"的清静之感。

再回到神宫道，两侧有不少书画店、古董店、摄影作品展厅。观光专用公交100路会走这里，在三条通左拐，经东山三条复左拐南行，直往八坂神社、清水寺而去。100路号称快速公交，有一站在白沙山庄门口，即"银阁寺前"，离我从前住的地方极近，似乎比"银阁寺道"的17路方便很多。但某年红叶季，偷懒乘100路，却有过一回惨痛的教训。当时有事去京都站，出门刚好

从哲学之道步行至南禅寺，从北口的大寂门进去，便是「散步」的清静之感

看到 100 路，急忙奔上。旅游淡季，这趟车的确不慢。然而那日晴空万里，平安神宫、冈崎公园一带游客满坑满谷，水泄不通。短短三公里，竟堵了将近一小时。许多盛装的和服美人自枫树下款款而过，这般好风景，我们却困在车内。司机安慰乘客："要在前方知恩院或祇园下来的乘客，可以选择就此下车步行。相信您步行也会比我的车开得快。"车内一片笑声。司机又说："照此速度，开到京都站，恐怕一个半钟头也不够。"众皆惊愕。司机道："诸位请在前方东山三条转乘地铁，步行加上换车，半个小时后肯定到了。不需要再买地铁票，会有工作人员引领大家。"我只好听他的建议。到站果有若干制服男子百般道歉，把我们送入地铁特别通道，将我们塞入已成沙丁鱼罐头的车厢。

17 路公交穿过市中心商业区，沿途车站较少，避开八坂神社、清水寺等景点，的确要比全程经过主要景点的 206、100 路快很多，本地人似乎较常使用。然而也不是一直都畅通无阻。有一回，四条河原町至市政府前有大队游行队伍，抗议核能发电。为保护游行队伍，有大批警察出动，分时段封锁路面，间歇性放行车辆。途经市政府前的 17 路只有耐心等待，车里人无可奈何，纷纷隔窗拍照留念。那一回，平常半小时的路程，足走了一个半小时。不知是我的错觉还是什么，近年来京都街头游行越来越少见。当然 2020 年之后，这样的活动更是绝迹。

平安神宫附近的京都图书馆

有邻馆的旧梦

远
方

　　每个博物馆、美术馆都有自己的个性。其中国立、公立的展品丰赡、研究实力雄厚，气质通常端庄持重，少有偏颇，仿佛官方教科书、纪录片。私立的特点就很明显，藏品类型反映出主人的取向与品位。比如三重县四日市的澄怀堂美术馆，以中国古代书画为主，是日本难得的中国书画主题美术馆。澄怀之名，本自《南史》，言宗炳"老疾俱至，名山恐难遍睹，唯澄怀观道，卧以游之"。藏主山本悌二郎出身汉方医儒者之家，曾为犬养毅内阁的农林大臣，从父辈开始，即收藏古代书法，后出版《澄怀堂书画目录》十二卷。又如位于平安神宫大鸟居西南侧、仁王门通南侧的有邻馆，创始人藤井善助财力非凡，与中日政商界人士交谊深厚，所收多见端方等政界人士旧藏，有青铜器、画像砖、玉器、文房具、陶瓷器、书画、佛像等，范围庞杂。其余藏品不提，单说清廷流出的龙袍、龙床、玉玺，就与澄怀堂文人儒者的气质大相径庭。

　　远远地，就望见有邻馆朱红廊柱、覆有黄琉璃瓦的中国式八角楼阁，这些琉璃瓦据说都为乾隆年间烧制，专从中国买来。藤井家出身滋贺，即所谓的近江商人，商贸范围多在和歌山、山口一带，都与中国有贸易往来，因此从藤井善助的父辈开始，就收藏不少中国书画。善助少年时曾留学上海日清贸易研究所（后为东亚同文书院）。1908 年，当选众议院议员，后结识犬养毅，倾心中国文化。他的收藏，受到犬养毅、内藤湖南、长尾雨山的很多建议。有很大部分购自山中商会及茧山龙泉堂。山中商会于辛亥革命次年大举收购恭亲王府旧藏，一年后举行拍卖会，犬养毅与内藤湖南也为之介绍了不少清廷内府书画。1926 年，善助创设有邻馆，取"德不孤，必有邻"之意。藏品琳琅，规格甚高，有国宝一件，即著名的唐写本《春秋经传集解》卷第二残卷，并重要文化财产九件。

如今，有邻馆一般只在每月第一、第三个周日中午至下午四点开放，1 月、8 月为休馆月。每年 5 月、11 月设特别展。馆内分本馆、第二馆，重要藏品均在本馆。本馆一楼以佛像、雕刻、画像砖、瓦当、石经等为主；二楼主要有青铜器、铜佛、玉器、漆器、文房具，还有一件清代科举考生抄满四书五经及注释的夹带衣——宫崎市定著作《科举》中曾收录过这件资料；三楼有陶瓷器、玉器、螺钿床、龙袍、书法、绘画等。第二馆邻接本馆，为法国人设计的文艺复兴风格的二层木构建筑，建材也都是从法国运来。这也是豪商才有的手笔。第二馆内展品平平，风格混乱，书画、乐器、藤井家祖先遗物散列其间。并有琴房、演讲厅，供举办演讲、音乐会之用。

国内关心文史的师生来京都，都会去参观有邻馆，大家的趣味多集中在青铜器、画像砖、佛像、石经、书画等方面，与一般日本游客不同。黄庭坚《李太白忆旧游诗》、鲜于枢《杜甫茅屋为秋风所破歌》、许道宁《秋山萧寺图》、王庭筠《幽竹枯槎图》、华嵒《虎林十二景》等，是我印象颇深的几种。几次去，都遇到熟人。

远远地，就望见有邻馆朱红廊柱、覆有黄琉璃瓦的中国式八角楼阁，这些琉璃瓦据说都为乾隆年间烧制，专从中国买来

此外就是本国的老年旅行团，似乎是有邻馆与一些旅行社结成的合作。有一回，遇到一群来自大阪的老爷爷老奶奶，对万历年间的彩绘香炉、乾隆官窑粉彩山水图唐草纹双耳杯、清代堆朱屏风、清代掐丝珐琅凤凰立像熏炉、龙袍、龙床等明艳华贵的器物大感兴趣，赞不绝口。路过那件作弊衣，先是好奇，后来读了解说词，大为惊叹，呼朋引伴过来欣赏。

有时听他们聊天，也忍不住多解释几句。老人们极为热情亲切："啊，中国的学生，真是厉害！"然而我总觉馆内萧条寂寞，每次去，心情竟都是寥落。不知是经费不足还是人手欠缺，馆内解说词还是几十年前手写的旧物。固然墨迹温泽，惹人怀恋，然而也能清楚窥见个中冷清。偶尔听说中国拍卖会上的某物正是有邻馆之物，似也印证维持艰难的猜想。在日本，除了部分研究者，而今恐怕少有人对这些中国文物感兴趣。要吸引普通观众的注意力，确实也只能将龙床、龙袍，以及那些即便蒙尘也不改华美绚丽之姿的器物摆在醒目之处。

关西一带的很多收藏多来自清末中国外流的文物，因其时日本学者于此特别留心，又有实力雄厚的财团支持，一时风气蔚然。然而收藏之事，仅凭一代一人之兴趣心血很难维持长久，只有专业管理、财团支持，才得传诸后世。或者说得更直白些，必须足够富有，也足够胸襟开阔，方能容养出色的管理者及研究团队。去东京书道博物馆，亦觉馆内冷清，布置陈旧。然而书道博物馆已改为区立，常与东京国立博物馆联合布展，主任研究员锅岛稻子有很多精彩研究。相比之下，对有邻馆的担忧又添一层，当然这一切只是我的臆测而已。

泉屋博古馆

有点舍不得谈泉屋博古馆，因为我非常喜欢这里。这么早就说完了，不知道接下来还有什么更深情的地方呢。

从家去泉屋博古馆非常方便，直走鹿之谷通，大约一公里多便到了。那里的收藏主要有青铜器与明清书画两部分。日本书画也多有名品，只是不太受我国观众关注。有关泉屋博古馆的来历，从前写过一篇《清风馆与泉屋博古馆》，这里不再重复，因为即使不了解来龙去脉，单看展览也足够开心。

我喜欢泉屋的大院子，草木扶疏，浓荫满地。中庭可眺望东山，院内四时花事不断。与中国有关的、品位上佳、环境优雅且布展优秀的财团博物馆，还能想到东京的东洋文库、根津美术馆。奈良的大和文华馆，兵库西宫黑川古文化研究所，三重县四日市的澄怀堂美术馆也很好。滋贺的观峰馆以近现代书画为主，非我兴趣，不好评价，但名字是很好的。

泉屋的青铜器收藏庞大丰赡，素受瞩目，也多受内藤湖南指点。《泉屋清赏》六册、《增订泉屋清赏》五册、《增订泉屋清赏续编》一册、《删定泉屋清赏》一册、《新修泉屋清赏》两册、《泉屋博古·中国古铜器编》一册、《泉屋博古·镜鉴编》一册，均可窥

泉屋博古馆庭院中的流水

泉屋博古馆的庭院

得其妙。

　　明清绘画是住友宽一专注的收藏。他极爱徐渭、石溪、八大山人、石涛，这在当时也是很难得的眼光，想来与他的出身、教育背景、性情大有关系。他虽为住友春翠长子，但醉心宗教与艺术，无意继承家业，早被废嫡，而由弟弟友成继承家业。宽一去世后，大部分藏品都寄赠泉屋，也是最好的安排。这些书画作品在各主题展中才交错露面，这些年，陆陆续续看到了徐渭的《花卉杂画卷》，渐江的《竹岸芦浦图卷》，石溪的《报恩寺图》，石涛的《黄山八胜图册》《山水精品册》，吴历的《秋景山水图卷》，华嵒的《鹏举图》。沈铨的《雪中游兔图》看到过好几回，或许是因题材、色彩惹人喜爱，且沈南蘋在日本近世绘画史上有很大影响的缘故，才格外令人注意吧。著名的《安晚帖》，一次只展示一页或两页。似乎只看过《猫图》《木莲》《瓶花》，2015年5月至7月的展览中看到了《鳜鱼图》，不知何年才能看全。

　　日本绘画的收藏范围则更广，涵括中世歌仙绘、狩野派、文人画、圆山派、四条派。中国人看日本的绘画，总难有好评。雪舟是获得中国人认可的，因为他来过中国，深得中国画神髓。强调装饰性的金银地屏风绘，虽技法、情趣有青绿山水的遗影，或隐约有工笔重彩的魂灵，终究不符中国近世文人的审美情趣，今人论之，也不觉多么欣赏。文人画，域外画家自难超越本国画家，中国人看，更觉高人一等。歌仙绘，用典纯和风，所题假名中国人也读不懂，当然不感兴趣。狩野派虽学中国，但也匠气，精品难得。这同西洋人看日本画的感觉完全不同。他们眼中看到的是陌生的艺术形式，充满好奇与想象，反能激发研究的兴趣，有更

泉屋博古馆的常设青铜器展
与应季变化的特别展

新鲜的认识。因此，浮世绘、枯山水、漆器……如无西人热情的鉴赏之眼，大概不会有后来的种种潮流。幸好漫画是一件我们原本没有的东西，无从比较，便得到了更多的爱。写到此处，突然想到内藤湖南的喜恶，他讨厌细腻的日本画、岐阜提灯、侘、寂、茶汤、民艺，而中国的东西则都喜欢。这非常有意思，确也是湖南先生对中国文化爱之深切的旁证。

大概我审美能力不够的缘故，只要有趣、生动的画儿，都会喜欢。泉屋的《浮舟图》，绘《源氏物语》中《浮舟》一帖的意境，土佐光起的《菊花图》，狩野常信的《猿猴捉月图》，浦上春琴的《蔬果虫鱼帖》，椿椿山的《玉堂富贵·游蝶·藻鱼图》，吴春的《蔬菜图卷》，山口素绚的《梅实图冲立》，皆印象深刻。日本画家画人物，大概有三个方向：中国的高士、美人、童子，古代日本人，作江户时装束的日本人。高士还好画，左不过在山水中添上模糊几笔。美人就难办了，衣装发饰，皆未亲见，仅来自纸上流传及想象，越是后世人，画得越不像。即使衣服难得准确，姿态神情也大有偏差。还是画本国的美人形神准确，风姿绰约。

记得一件小事。多年前，陪国内一位朋友去泉屋观展。流连于青铜器馆，只有我们二人。馆内解说员是位老奶奶，在角落温柔地注视我们，某个契机，大家开始聊天。"年轻人喜欢博物馆，真好呀。"老奶奶说，又对我，"你的汉语真好。"此前我一直努力少说话，这时只好说，我是中国人。老奶奶竟对我们深深鞠了一躬，"对不起，遇到中国人，我总要说句对不起。虽然我们曾经做过的事，并不是一句'对不起'就能原谅的。"我有些无措，后来看到张律导演的电影《庆州》里有一段，深觉共鸣。电影主人公崔贤在庆州一家茶屋偶遇一对日本游客，那对举止优雅的老太太突然对崔贤道歉，也是为日本历史上对韩国做的事。崔贤甚觉尴尬，不知如何回复，也不愿简单接受，干脆装作听不懂日语。当然，对于泉屋这位老太太的善意，我还是觉得感动。那位朋友更是念念不忘，此后每到京都旅行，必去泉屋。

偶尔进城

前面已说过，在我的地理概念中，平安神宫已算遥远，三、四条河原町就是繁华闹市。进城需要动力，虽然从家或学校出发，3 路、5 路、17 路，不到半小时就能抵达。

我一向不喜欢逛街，也不喜欢排队。进城一定要有非去不可的理由，事先将想买的东西列在单子上，目标明确，尽量高效率地完成任务。从家附近搭上公交车，在市政府前下来，一路步行往南。市政府一带有地下商业街，没什么特别有趣的店，但有我依赖的无印良品。三条河原町街面还有一家更大的店面，有几年闭店装修，2015 年夏天才重新开业。地下的临时店铺货物要少很多，仿佛逛便利店。放假在家的时候，北京朝阳大悦城的无印良品也是我出门的重要理由，不过店里的衣服经常没有小号，只好随便买点文具。

接下来可以逛的，就是三条到四条之间这片区域，主要有河原町通、寺町通两条路。这是汇集本地人与游客的热闹地带，诸国料理、美体按摩、手机店、西服店、乌冬面店、酒吧、咖啡厅、快餐店、冰淇淋屋、和服小物店、寿司店、眼镜店、化妆品店、夜店服饰店、花店、袜子店、游戏机厅……当然也有旧书店：菊

闹市风光

三条河原町的菊雄书店

热闹的寺町通

雄书店、赤尾照文堂、平安堂、大学堂。旧书店能坚守在如此寸土寸金的闹市区，多有不易，需要雄厚的财力。2012 年，赤尾照文堂店铺缩小一半，一楼租出去专卖京都特产；2020 年，干脆搬到寺町通二条附近的小楼，据说也是为节约成本。原先电影院附近有一家很大的纪伊国屋书店，也早已关门，改成了热闹的游戏机厅。姊小路通有一家竹仙堂，经营古文书、古写本、和刻本、拓本等类，可惜似乎门槛很高，不大欢迎乱逛的门外汉。

我喜爱寺町通，最喜欢的一段在梨木神社至三条之间，三条继续往南至松原町一段也很有意思。书画典籍老店佐佐木竹苞楼、本能寺、佛教书店其中堂、文荣堂、印章店、画廊、茶铺、念珠店、木屐店……有一家叫"白竹堂"的扇子店，暖帘上写着"唤风"，很妙。有两家面对面开的药局，店员各自举着招牌给过路行人发优惠券。这些客流量大的街区，招徕生意的人非常辛苦。大多是打工的小姑娘，一遍一遍不停地说："欢迎光临！进来看一看好吗？本店有特定时间段优惠，某某折优惠。"嗓子虽完全哑了，依然竭力招呼着，极敬业。常见服装店的小姑娘到不远的分店调货，穿很高跟的鞋，一路狂奔，正是这一段街区的气氛：年轻，热闹，卖力，一如蛸药师堂永福寺旺盛不灭的香火被寄予的希望。然而这原本至熟悉的风景，在 2020 年春天之后，也骤然消失。眼下虽然略有恢复，但比起海内外游客云集的往昔，则恍如隔世。

三条有家电影院，虽然一个人看电影略显寂寞，但我喜欢这样的自由。周三是女性之日，女性观众买票有优惠。喜欢看晚场，但结束后往往已无公交车。若有兴致，不妨顺着鸭川一直走到贺茂桥下。春夜最好，沿岸尽是樱花、木瓜花、雪柳、棣棠，热闹极了。星月似也更辉煌，倒映流水，照见花树，令人不忍离去。真有人

一家门帘上写着『唤风』的扇子店

城里的黄昏

迟迟不回家，在花月流水中饮酒到夜半。跑步遛狗的人也不少，因而不会冷清。秋冬的河边就有些萧瑟，鸟雀早早隐去，我也总是匆匆过桥，穿过寂静的街巷回家去。回想起来，读博的后几年，完全没有去三条看过电影，除了太忙，也因为近年的日本电影实在无趣。

逛完新京极，走到四条街面，虽仍是车水马龙的喧嚣景象，但气氛已与步行街有很大的差别。阪急河原町站的多个出入口吞吐大量人流，市内其他任何地方都看不到如此密集的楼群与商铺。沿途有三井住友、三菱东京、瑞穗等各家银行，丸井、高岛屋、大丸等各家百货商场，直到四条乌丸，这种繁华才缓缓沉寂。继续西行是四条大宫，就到了很市井、家常，且略显陈旧的地方了。

日本百货店的历史很悠久，最早是卖和服（吴服）起家的三越百货。随着近代铁路的发展，铁路公司（私铁）也开始在重要的车站开设卖场，比如大阪梅田站的阪急百货店，便号称是世界最早的铁路公司直营商场。也就是说，日本百货店起源大略有两类：一类是和服老店系统，如大丸、高岛屋之类；另一类是电铁系统，如阪急百货店、东急百货店、阪神百货店、名铁百货店。

关西地区著名的阪急电铁最早铺设的铁道在大阪、兵库一带，20 世纪 20 年代开通了京阪线，不过最初京都这边的终点在西院，1931 年线路延长至大宫。大宫到河原町这一段铁路，则要等到 1963 年才开通。之后的 1976 年，四条河原町也建成了阪急百货店，与高岛屋隔街相望，一度是京都人心爱的时尚卖场。不过到2000年之后，因京都站区域新建的伊势丹、永旺等商场吸收了不少客流，加上四条一带竞争激烈，阪急百货经营逐渐艰难。我刚来京都，就遇着它闭店，后继者是丸井百货，不同于高岛屋、大丸主要面向中年以上客户，而将目标顾客群设定得更年轻，对当时刚刚涌来不久的海外游客也表现出更大的热情。

每年毕业季前，各大商场都有袴装专场，到初夏就是浴衣专场，年轻人去得最多。大学毕业或研究生毕业，女孩子们都可以穿袴装或振袖。我曾经很喜欢袴，因为穿着简单，行动也便捷，这要感谢明治年间的华族女学校将原为男服样式的袴装引为女生校服。此外，歌牌比赛时女孩子们也穿袴。毕业式前后，校园内、街上，都是三三两两的袴装姑娘，非常可爱。之前对硕士毕业典礼完全不上心，直到在学校看到盛装的同学们，很觉羡慕："以后我也穿就好了！"我的好友香织本科毕业时，也专门去伊势丹商场挑了袴装。香织母亲安慰我："你还有一次毕业的机会，博士毕业时再穿吧！"但等到博士毕业那年，偏赶上新冠蔓延，别说穿袴留念，学校干脆取消了毕业典礼。不过我对传统服饰的热情，也早已退回到纸面，不再有实践的闲心。然而丸井百货也没有在四条黄金地段坚持下去，同样是因为竞争激烈、经营不善，在2019年时宣布次年闭店。转年遇到紧急事态宣言，干脆提前关门，退出了京都市场。

京都人最爱的百货店当属大丸与高岛屋，在街头或公交车上，经常能看到本地人手中的购物纸袋，不是白地玫瑰花纹样的高岛屋，就是绿、赭、白三色条纹的大丸。大丸滥觞于京都，历史可追溯至1717年京都伏见地区的吴服店"大文字屋"，1726年在大

大丸百货的暖帘，用了大丸购物纸袋代表性的绿色与白色

京都人喜爱的大丸百货

阪心斋桥开分店,随后又去名古屋开了"大丸屋"。明治维新之后,大丸几经改革,终于在战前由传统吴服屋成功转型为百货店,先在商业天堂大阪站稳了脚跟,随后扩张到各大城市。不少京都人似乎对大丸有别样的好感,比如我韩语班的两位日本同学,平时购物都去大丸。问起原因,说家里长辈也喜欢大丸,对大丸的纸袋有非常高的忠诚度。我偶尔也会去大丸地下一层买点心,那里有名店老松的夏柑糖,在四条附近是唯一一家。

但我最常去的还是高岛屋,特别是2017年冬在四条高仓附近的外语教室学韩语以来,课后总会顺道去高岛屋地下一层买食物。想来大丸离乌丸地铁站很近,方便本市居民移动。而高岛屋楼下是阪急站,并不在市内线路上。不过我要搭的公交车站恰在高岛屋附近,这也是我选择高岛屋的重要理由。听说老一辈京都人若手里拎了大丸的纸袋,则绝不会进高岛屋,反之亦然,因为这是"没有礼数"的行为。据我观察,如今似已不太讲究这种规矩。2020年7月,日本实行塑料袋、纸袋收费计划,街头百货店纸袋少了许多,人们也开始习惯携带购物袋。

提到纸袋,虽是近代以来美国的舶来品,但在日本也形成了独特的文化。京都不论老铺还是百货店,都有自己设计的纸袋,是行走的广告,也是街头风景的一部分。高岛屋纸袋所用玫瑰花环纹样诞生于战后复兴年代,如今设计经历了四次更新。曾收到房东夫人所赠从前买下的围巾与包,仍留着高岛屋的玫瑰纹样纸袋,是现在已不用的旧设计。前几年鸠居堂京都本店也重新设计了纸袋,由从前的茶色变成了白色。整理杂物之际,有几个鸠居堂旧纸袋,我也未忍丢弃。

然而日本的过度包装显然太不环保,通常是一层包装纸,一

高島屋門前

层纸袋，并贴心地询问客人要不要"递送纸袋"❶。有时东西买多了，会再套一层。若是下雨，外头还要套透明防雨袋。重视环保的欧美人到日本往往大感惊异。2020年7月之后，高岛屋地下食品卖场终于不再像从前那样大方赠送双层纸袋，不过结账时店员往往眼疾手快，行云流水般为一切蔬果分别套上保鲜袋，贴牢胶带，再帮客人整整齐齐装入环保袋。我经常制止，牛油果不需要套袋子，苹果、香蕉之类外面已套了塑料袋——店员踌躇，总会再确认一句："您真的不要吗？"

"没关系，我可以先收起来吗？"

"当然可以，我来帮您？"

我进城通常背双肩登山包，这显然不是京都女人会有的举动，她们举止无不娴静优雅，穿着无不妥帖精致，绝不会把土豆、番茄一股脑儿装进登山包。不，她们根本不会背登山包逛高岛屋。而我还不时将白葱、水芹、山药等形态修长的蔬菜插入侧袋，并堂而皇之地到楼上商场买衣服，多么"没有礼数"！曾看到网上有人给高岛屋写的差评："这里的店员会盯着客人观察其衣装首饰，据此区别待客，令人不悦。"万幸我目前并未因此有什么不悦的遭遇。

2020年6月开始，我每周会去大阪出勤一天，搭公交车到四条换阪急，晚上回来刚好可以在高岛屋买菜。当时因为紧急事态宣言，商场缩短了营业时间，刚下电车，奔进商场，就听到关门前的《友谊地久天长》。好在店里依然人头攒动，店员也趁着最后一点时间努力宣传打折食品。一次买足一周的食材，需要充分的

❶ 日文叫作"お渡し袋"，即转赠他人时的新纸袋。

计划，我迅速对旬物❶摊与各地特产摊进行扫荡。大包小包离开时，一楼卖场的柜员已在柜台上盖好罩布，端然立于道旁，凡有客人路过，即齐齐躬身行礼。我做不到目不斜视，总是低头回礼，快步出门。

吴服商起家的高岛屋一向自矜于出众的审美，生活用品之外，楼上还有吴服部、画廊、艺术品专柜、各地名品卖场。春天可以买茶器，初夏是团扇、风铃与酒器，秋天有各色厨具、餐具，冬天似乎布制品格外多。明治年间，高岛屋专为东京、京都的歌舞伎舞台创作背景幕布。1909 年，创设高岛屋美术部。富冈铁斋、横山大观、下村观山、竹内栖凤、河井宽次郎等人都在高岛屋开过展览会。高岛屋的包装纸、海报都请名家设计，北野恒富为高岛屋创作的美人画就曾风靡一时。

每年中元节、岁暮，日本都有向人赠送礼物的风习，二者合称"盆岁暮"。各家百货店趁机推出各自的名品礼单，可在店里购买，也可网购或邮购。每到 5 月，商场就开始有中元节的广告，进入七月更是随处可见；到了 10 月，就开始宣传岁暮的礼单。百货店之间也展开激烈的竞争，各自选定丰富的名品，印成精美的小册，做出好看的网页。高岛屋的"盆岁暮"活动叫"赠以美事"（美事を赠る），将"美事"训作"みごと"，意同"見事"，即出众、优秀之意。同时又与训作"びじ"（美事）的汉文词双关，即"美好的事"。与其他商场径呼"夏天的礼物""岁末礼"相比，这名字的确起得很妙。

为呼应"美事"，高岛屋每年都会请画家设计印在礼品册封

远

方

---

❶ "旬物"为日文词，即应季蔬果之意。

祇园祭期间，高岛屋内张挂的灯笼

面和海报上的主题绘，对画家而言也是难得的宣传机会。前些年，高岛屋请过设计师木村英辉，他喜用宝蓝、朱红、黑、金等强烈的色彩，绘出跃动鲜活的海产与蔬菜。为吸引年轻人的注意，2016年还请漫画家松浦浩之画过漫画风格的美人。大概这种创新不大受欢迎，2018年回归传统，起用日本画家福井江太郎，中元是金地宝蓝玫瑰，岁暮则是金地玫红，极华丽。而我最喜欢的还是2019年漆原樱的作品，当时她刚从美术大学毕业，才二十六岁，以温柔细致的笔触描绘了种种食物。夏天是戴着草帽的女生自行车篮里的南瓜、茄子、玉米、番茄、秋葵、青椒……冬天是热腾腾的汤锅、大螃蟹、煮好的海带高汤、划好十字的香菇、整棵大白菜……这风格深受女性客户喜爱，毕竟百货店里最多的还是女性。2019年末，路过高岛屋，看到漆原作品时心中涌起的宁静的喜悦，现在还记得。2021年中元的主题绘是青空白云，小麻雀衔着樱桃，很可爱。作者是日本画专业出身的山崎铃子，也很年轻。

高岛屋还有"上品会"，强调"翻古为新"，集中和服织染、刺绣等各方名家，每年举行一次竞赛，是和服界的盛会。记得2015年的主题是"感动的美景"，首奖作品以屋久岛风景为题材，名为"屋久岛秀景"。衣裾绘满屋久岛特有植物，背部为屋久岛中部的"千寻之泷"，肩部是起伏缥缈的群山。设色清雅，极富现代感，表现手法却丝毫不与传统服饰有任何冲突，裁剪尺寸等方面也严守法度。与之相配的腰带名"春之濑"，是一幅菜花流水图，描绘春阳下明丽的黄花与背后闪烁的波光。水波作模糊远景处理，很精妙。2021年的作品中有两件竹林图令我难忘。其一是浅黄地绘淡青竹纹，如晴日风景；另一是黑地薄青竹丛，如深山静夜。这些昂贵的作品是奢侈品，不太容易在街头看到。2010年之后，京都街头穿和服的年轻人越来越多，随着旅游业大兴，和服租赁店也到处都是。有一阵街中充斥着廉价和服的光景，也有不少传统人士对之揶揄不满，痛心游客破坏了古都的典雅情趣。

和服与现代社会的相处的确出色，称得上传统服饰"近代化"的典范。在裁剪、尺寸、穿法等基本的问题上，从未肆意更改、胡乱创新。只在用材、配色、技法、装饰物上大做文章，"翻古为新"。原本传统服饰并非只有一种形式，应该有适于各种场合的类型。而和服样式比较固定，大面而言仅有上下一片的和服及上下两截的袴装。于是在纹样、色彩、衣袖长短等方面作出种种区别，既有丰富的表现方式，又可以一目了然地区分功能。

若论我国的传统服饰，一般而言有汉服、旗袍。早年汉服样式众多，各派纷争严重，孰者为美，孰者为正统，莫衷一是。就像中国国花有十种，福娃有五位，汉服自然也是汉唐宋明，争论不休。倘若仅以时代区分，便也罢了。各朝代代表性服制、不同场合该有的样式、裁剪方式、里外上下的配饰，皆无定准。好在最近几年，汉服产业上游的高端制作进化甚速，尤以明代服饰最成系统。短视频的表现力也较照片更为丰富，服饰不再是静止的摆拍，而与周边环境、岁时节俗、人物的行动语笑融为一体，呈现出新的活力。

一件衣服穿在身上，行动举止都要合适，并不可与周边环境有太大冲突。有些过于宽大的衣袖、一进地铁便被大风完全掀起的裙摆，皆不够优美，也是长期以来大众乐于讽刺的"汉服"印象。因而百余年来，日本各种女性杂志事无巨细地指导人们穿着和服如何行走、如何落座、如何乘电梯、如何进电车、如何弯腰、如何起身、如何擎起高脚酒杯、如何做家务……这些琐碎细节的规训意味姑且不予评价，但确是和服能够融入现代社会的关键。

再说旗袍，原是距离我们时代最近的传统服饰，却常常走样。市面上难以见到一件标准裁剪的旗袍，侧面布纽要么沦落为拉链，要么索性缝死，套头穿——传统服饰一般都配有相对精心的发型，怎么可以有套头的衣裳呢？既已决心费事穿旧时衣裳，则不必几粒布纽都懒得扣。更不用说宽阔的领口、领口下一弯镂空、举手投足即耸起的西式裁剪的肩部、开衩极高而无衬裙的下摆——难称古典之美。或曰，旗袍并不算古典服饰，是现代而时髦的装束。那么且看旗袍流行年代的样式与今日的差距，何止千万里。十多年前，大学生毕业，爱穿民国时代的校服留影。男生的中山装也就罢了，可惜女生除了黑裙勉强过关，关键的衫子往往不对。不过姑娘们不了解"民国校服"到底应该是什么模样也属正常，原本青春妙龄，穿什么都可爱，不宜横加指点。

好在过去三五年间，旗袍也进化迅速，虽然仍能看到不少奇异造型，同时也诞生了形制严格复古、审美出众的旗袍。我更喜欢颜色素净、布料普通的袍子，可以当连衣裙穿，不必太注意造型。曾请熟识的裁缝姐姐做了几件棉布素袍，夏天时常穿，就算在异国，也不引人注意。某日身边师友谈到旗袍，我说，我现在穿的就是呀。众皆讶异，因为我喜爱的传统服饰不出"简洁朴素"的范畴，与他们印象里玲珑的旗袍丽人大不一样。

对审美别有心得的高岛屋也经常举办画展，记得 2015 年有一场"琳派的绚丽"，那年是琳派四百周年纪念，京都许多美术馆都纷纷推出主题展。这个"四百周年"，是从琳派始祖本阿弥光悦1615 年自德川家康处领得京北鹰峰之地算起。高岛屋展览的藏品出自细见美术馆，主要有宗达、光琳、酒井抱一、神坂雪佳的作品。

京都是琳派的发祥地，优雅的宫廷文化、细腻的岁时风物、富裕的市民阶级，都是琳派诞生的背景。这里的屏风、团扇、香包、笔筒、茶碗、手炉、砚台、砚箱、腰带、和服……随处可见琳派的纹样与绘画。因而琳派是享乐的、潇洒的、活泼的、合乎世俗审美又脱俗的，是可以穿在身上、捧在手上的美。观展者摩肩接踵，不少穿和服来的女子，与墙上的画儿相得益彰。我也喜欢那些花花草草和温柔回首的鹿。展厅外是偌大的周边产品卖场。图册、明信片、文件夹、一笔笺、手帕、扇子、提包，这是新时代的用法，悦人心目，购者如堵。我亦未能抵挡诱惑，毅然投身消费的洪流。提着高岛屋家印有玫瑰花环的白地纸袋，愉快地登上 17 路车，踏上归途。

京町家

町家是京都城内兼有营业、居住功能的住宅样式，定型于江户中期，多为二层木构建筑。有称作"红壳格子"的细木窗棂，外面的人看不进来，里面的人方便观察市街，且具防盗功能。二楼有"虫笼窗"，竖格窗棂，不可打开，只用于采光与通风。外墙有一圈"犬矢来"的细密竹栅，一端在半墙，一端在地面，弯成弧度，可引导雨水，也可防止犬猫粪便污染墙根。这三点，是町家住宅最显著的特征。町家正面很窄，纵向深入，称作"鳗之寝床"，形容其纵深如鳗鱼。

1864 年禁门之变，长州藩势力与会津藩势力曾在市区发起对抗，几乎有三万间民居毁于战火，因此现存的京町家绝大多数是那之后新建。据 2009 年统计，全京都市共有四万七千余家町家，到 2016 年，减少至四万家左右，平均每年减少一千余家。

很喜欢穿行町家林立的宁谧市街，门前葱茏盆栽，门上古旧名牌，檐下燕巢，深红窗格内斑驳人影。偶尔木门拉开，暖帘掀起，与主人家目光相遇，往往会得到微笑颔首的好意。不过，木构建筑的寿命有限，如何维护町家，对京都人而言，实在是重大难题。再者，京都人口老龄化严重，市区人口平均年龄约在四十五岁。

『蓝瓶子』咖啡馆南禅寺店内部，保留着町屋原本古旧斑驳的面貌，也具有某种风情

由町屋改造成的『蓝瓶子』咖啡馆，在南禅寺附近，很受年轻人欢迎

町屋的角落

町屋改造的咖啡馆内部总少
不了点睛的花束

古都产业主要依赖旅游、教育，年轻人就职机会少，大学毕业后多流往外地，留守町家的也以老年人为主，有后继无人之虞。因此，2002年，京都成立了特定非营利活动法人"京町家再生研究会"，旨在调查、研究京都的町家与町家街区，以复兴、再利用为目的，从事维修、改装、保护等事业，守住町家的独特魅力。

京町家再生研究会有不少有趣的人事。每一位买下或租下旧屋的人，如何与建筑师交流，如何商定修复、改造的计划，如何利用空间，如何经营，如何再现活力，都有参考价值。比如一对年轻夫妇，买下了东本愿寺附近一家古老的町家。房屋已略歪斜，经历过阪神大地震的夫妇想进行耐震改修，遂在建筑系师生的共同努力下，历时八个月，提高下沉的支柱，加固基础，更换腐朽的柱基，稳定房梁，终使旧屋焕然一新。这间屋子曾是豆腐店，因为夫妇很喜欢古朴陈旧的趣味，所以连灶台烟熏火燎的痕迹都被妥善保存。旧屋新修的原则，首先是"尽可能维持原貌"，而后才是"创造合适的居住条件"。第一条是出于对传统的尊重，第二条则是复兴传统、再现传统的关键。这也是日本维修古建、文物的基本原则。绝不刻意造新，而是尽力保存"旧"貌，并努力使其延续更久的生命。想起在别处见到的全新维修、粗糙彩绘，甚至全体拆掉重修的现象，不免叹息。

佛教研究者末木美文士[1]曾言，在光线明亮的博物馆玻璃展柜内看到出展的佛像，觉得哪里有些不对，佛像本身似乎也无依无靠。佛像本该安置在幽深的佛殿内，受人顶礼膜拜。这大概也出于对"空间感"的挑剔。佛殿暗淡的光线、明灭的烛火、缭绕

---

❶ 末木美文士，1949年生，东京大学文学部印度哲学专业出身，日本佛教学者。

的香烟，正是我们默认"佛像"最应该处在的空间。还好现在大部分博物馆或出于文物保护的目的，或为了营造与佛像契合的氛围，都会精心设计光线，还原其静谧肃穆的宗教感。对町家灶台烟火痕迹的珍视，也同出此心。换成崭新明亮的灶台当然也很好，但能留住灶台边往昔"草草杯盘""昏昏灯火"的氛围，也是令人感激的用心。

我也熟识几户住町屋的人家。有一家是三位爱书的年轻人，租了表千家不审庵附近一座一百五十多年历史的老屋，虽衰朽不堪，但不要紧，一点一点来。从安装新锁开始，擦拭每一寸窗棂、墙壁。请来有二十余年工作经验的町家建筑职人设计改装方案。挨家挨户跟附近人家打招呼，说要努力经营一家令周围人都喜欢的旧书店。日复一日努力，清水洗净的窗玻璃重又安好，洒进室内的阳光初生般明净。春天已到来，是京都最美的时节。将原先泥土糊的墙壁全部撤去，换成更结实的竹骨架。旧土以水化开，混入干草屑、砂子，可以重新糊上竹墙。工程浩大，汗水滴在新土里，与这间屋子渐渐有亲近的感觉，崭新的面目益发清晰。多余的竹片劈开装饰四围墙壁。固定廊柱，刷新门框窗棂。将新写的招牌挂到门前。信箱上也可以写上店号。安装书架，布置图书。填补各处细节。唯一一位女性店主心最细，书架空余处摆放一系列木头小娃娃。窗台上搁一台旧打字机，一把古老的算盘。和所有旧书店一样在门口摆出特价书箱。某个瞬间，三位店主清楚感知，这处空间流动的某种气息，独立崭新的生命已诞生。书店在宁静的深巷，隔壁是一座地藏佛龛，书店门前摆着特价书箱。进门，店主在柜台内点头招呼，又静静埋头读书，不作任何打扰。书店不大，只有一间，大片玻璃窗，光线很好。不一定每次都能遇到什么好书，但在这样的空间里发一会儿呆，也很乐意。

离此不远还有一个发呆的好去处，是一对夫妇改装的町家老屋，门口有四季植物，暖帘低垂。进门玄关摆着鱼缸与盆栽，木门内有一只竹风铃，拉动门时即叮咚作响。小方桌边围坐的人们或轻声交谈，或读书，或写作，或喝茶。有父亲和孩子来，在厅内长条木桌上做轨道模型。小孩子在草席地上滚来滚去，一会儿问父亲有没有完工，一会儿又凑上前帮忙。墙边靠着若干木质书架。摆满杂志、文库本、漫画，与私人书房无异。小音箱上摆着与猫相关的各色饰物。廊柱上挂着的手绘日历画的也是猫。屋子西首面朝庭园，在走廊内可以看到院内修剪得很随意的松、柊、山茶。青苔盆景蹲在水台边。竹筒内有水滴落下，荡漾起石钵清水的涟漪。阳台推拉门底部有很小的活动门，方便猫的出入。廊内指向洗手间的方向画着小小的猫爪印，非常可爱。

主人家非常温柔，做很好吃的东西，养一只猫，喜欢读书，愿与各种各样的人相遇。热爱旅行，会买青春18❶的车票踏上遥远漫长的路途。旅中见到大山大河，极为感动。回到家中，看到小小的庭园，觉得安心，出发正是为了归来。做简单的饭菜，泡一杯茶，和猫在一起。店里常举行各种读书会、讲座、摄影展。"最喜欢町家老屋室内的氛围，光线不会很亮，墙壁的颜色很温存。庭园里种什么都好。氛围这种东西，最为难得，要与屋子相处很久，才可能培养出来。"主人曾这样说。

曾经短暂地去过一间花道教室，后来主人搬去同志社附近翻

❶ 20 世纪 80 年代初，日本国有铁道针对学生放长假期间推出的周游券。以学生正值青春，而将此周游券定名为"青春18"，不过并不限制购票者的年龄，也不设儿童优惠票价。

新的町家老屋。室内花花草草，壁上绘画纤细可爱，新装修的洗手间细节完美。提到洗手间，是最能体现日本之心的地方。清洁是最底线，往往有体贴的巧思。虽然老辈人会怀念和式厕所，但现代人更喜欢的当然还是洋式。温馨舒适的洗手间，不仅需要先进的技术做保证，还需要主人周到细致的用心。比如淡化生理反应的羞耻，营造松弛、悠闲、私密的氛围。洗手台要有点缀的植物，墙上要有可寓目消遣的装饰。或是一截细竹劈成的小花器，斜插一枝绿藤；或是一幅清凉幽静的小画，随季节更换。最好是有自然窗，高处窗棂外鸟雀轻啼，二三纷披花枝映着天幕。

重新焕发生命的町家老屋，不论改造成咖啡馆，还是旧书店、理发店、饭馆、居酒屋，都有独特的空间感染力。一进屋内，立刻能感受屋子的气息，混合了往日漫长的历史，以及新主人明确的个性。我曾经很憧憬住町屋，但本地友人省吾极力制止，告诉我维护旧屋极费事花钱。一位买了町屋的老师亦诉苦："房子买下来倒很便宜，但装修简直花了双倍的钱，千万不要轻易尝试。"

远

方

花之宿

谷崎润一郎的小说《细雪》里，二姐幸子非常喜爱樱花。很多古人反反复复歌咏过同一主题，留下了无数诗歌，少女时代的幸子读这些时大都毫无感受，认为很平凡。后来岁月流逝，终也体会到古人盼花惜花的心情。而看花，则一定要去京都，"芦屋分家附近也有樱花，坐在阪急电车上朝窗外望去，也可以远眺樱花如云的美景。本不限定必去京都赏花，但幸子认为不是京都的樱花，看了也是白看"。

谷崎是东京人，日本桥边出生的地地道道的江户子，机缘巧合定居关西，却把京都的风景看得如此透彻，即便对其混乱的情史大不以为然，也不得不为他的文章折服。还有一人笔下的京都很好，便是川端康成。他也不是京都人，出生于大阪，且成年后多数时间住在关东。或许是异乡人的视角，更能写出京都的妙处。

谷崎第一次到京都，是明治四十五年（1912）4月的事。此前一年他刚在同人杂志《新思潮》发表小说，获永井荷风激赏，略有声名。本该在东京大学念书，却因未交齐学费而退学。对于一心想当作家的谷崎而言，读书进学并不是什么大不了的事。当时他在《东京日日新闻》连载小说，报社社会部主任向他约稿，给他出旅费，让他去关西游玩。

此行的谷崎完全和普通游客一样走马观花，根本没想到数十年后自己会在此定居。到京都后，他与友人夜夜笙歌，髀肉复生。五月里与二位友人、二位艺妓同搭电车往岚山。望见郊外的田野，广袤原野上开满紫云英与菜花。远处比叡山、爱宕山笼罩在雾霭中。电车路过太秦广隆寺前，谷崎也来不及进去拜望传说中美丽的弥勒半跏像，电车匆匆而过，遥望车折神社的鸟居，很快就抵达终点渡月桥。

他们沿天龙寺后的竹林小径漫然散步，这一带是古代贵族喜爱的隐居之所，风景极幽丽。龟山与小仓山一片苍翠，这个季节漫山遍野正开着无边无际的紫藤花。他们造访了嵯峨山中的落柿舍，五十多岁、白发苍苍的庵主招呼他们进去小坐。落柿舍是松尾芭蕉弟子向井去来的屋舍。写完《奥之细道》后，松尾芭蕉曾在此小住月余。至于落柿舍的名字，是因院中柿树某年挂果累累，丰收在望。向井去来将柿子预订给一位商人，奈何一夜风雨，柿子尽数落地，乃赋此名。

之后谷崎一众还去了祇王寺、清凉寺。谷崎体胖，不擅远足，这天却走了这么多地方，还有两位盛装的艺妓相伴——实属不易。难怪他很快就对京都城内密集的人工建筑审美疲劳，躲到郊外的宇治散心去了。藤原赖通在宇治川畔平等院内筑凤凰堂，视如极乐净土。我印象最深刻的，是凤凰堂中堂壁上五十二尊木造云中供养菩萨像。诸菩萨各执琴、琵琶、横笛、竖笛、笙、太鼓、经幡、莲花，姿态舒展，委委佗佗。谷崎也很喜欢凤凰堂，连去了两回。5月宇治有新茶，想必他在那里也尝过了。宇治是《源氏物语》最后十帖的舞台，二十余年后，谷崎在中央公论社社长的建议下着手翻译现代日语版《源氏物语》，历时三年乃成初稿。他直到晚年都在不断修改译稿，《源氏物语》也成为影响他最深的作品。回顾往昔，原来前缘早定。

大正十二年（1923）9月1日，发生了关东大地震。其时谷崎在箱根，妻子千代与女儿鲇子在横滨家中。虽然家里没有人受伤，但恐怖的记忆使他无法平静。想回家，但交通完全瘫痪，索性坐船去大阪，投奔彼处的友人。这也成了他移居关西的一大契机。

不久，妻子千代、妻妹、女儿均来到关西，与谷崎一起暂居京都某寺，其地僻远，去澡堂、买东西皆不便。很快换了家寺院住，不满一月，又因为难耐京都的严冬，举家迁往神户六甲山。

四年后，谷崎在京都九郎右卫门町福田家第一次见到了比自己小十七岁的森田松子。当时大阪中之岛公会堂召开文学演讲会，芥川龙之介、佐藤春夫等人都从东京过来，盛况空前。芥川与谷崎夫妇同游京都，观看人形净琉璃。福田家素与松子相交，知道她十分喜欢芥川的文章，就把芥川入住的消息告诉了她。她在回忆录中写：

> 我被招呼进房间，本以为只有芥川。却听介绍说，这位是谷崎先生。很快平静下来，寒暄之后，稍微有点不好意思。他们两人则继续着方才一直讨论的文学问题，我就默默听着。

松子当时还是根津清太郎的妻子，已育有一子一女。但清太郎曾与松子的幼妹信子私奔，夫妻感情不善。谷崎与之相识后，常去根津家做客，竟与清太郎关系不错，并认识了森田家的另外三姐妹：大姐朝子、三妹重子、小妹信子，她们后来成为《细雪》

四姐妹的原型。每年无论如何都坚持去京都看花的幸子，就是松子夫人。小说里的赏花方略，是"从南禅寺瓢亭吃晚饭，观看每年不可少的都踊，归途中于祇园赏夜樱，当晚投宿在麸屋町的旅馆。翌日从嵯峨去岚山，吃中之岛茶店买来的便当，下午返回市内，到平安神宫看花"。其实谷崎一家每次到京都赏花，都住在东山区的旅店喜志元，呼之曰"花之宿"。此处所说的"一家"，当然指的是与松子夫人一道。

在此似有必要对谷崎的情史略加说明：他初与艺妓石川千代结婚，竟不喜其婚后贤淑风范，公然引逗妻妹圣子，并与弟子佐藤春夫约定，将千代让给他。不料事后因与圣子结婚无望，遂悔让妻之约。佐藤春夫已与千代深有情愫，愤然与谷崎绝交，回到家乡养病。1930年，谷崎还是和千代正式离婚，第二任妻子是文艺春秋社的记者古川丁未子，但同居不到两年又分居。谷崎准备把千代嫁给另一位弟子，远在家乡的佐藤春夫听说，立刻赶来，总算与千代结婚，也与谷崎冰释前嫌。与丁未子感情不谐之际，谷崎已与松子同居，一时舆论沸腾，其曲折情事也成为文人无行的佐证。不得不承认，在认识松子后的几年内，谷崎创作极丰，如《卍》《食蓼之虫》《乱菊物语》《吉野葛》《盲目物语》《青春物语》《春琴抄》《阴翳礼赞》等均写于其时。同居两个月后，谷崎在给昔日友人的信中说："鄙人对松子夫人的尊敬非常执着，想与她结为夫妻。不过鉴于过去结婚生活的体验，也并非不担心最终没有好的结局。还是让夫人用母家姓氏森田，我就如《春琴抄》中的佐助一样度此生吧。"为满足谷崎创作需要，松子会照着他小说主人公的形象打扮自己。谷崎也特地跑到奈良去搜罗古色古香的东西装点居室，大到家具，小到各种日用品，极为用心。

昭和八年（1933）6 月，谷崎在《中央公论》发表《春琴抄》。晚年忆及往事："与 M 子公开结婚以前那段时间，为了避人耳目只有悄悄相处——不，其实此前出入根津家，与当时还是根津夫人的她交往时，我的写作就渐渐受到她的影响。从《盲目物语》到《武州公秘话》即可稍见眉目。明确想着她才写下来的是《刈芦》。到写《春琴抄》时尚未公然同居。M 子的父亲在高雄神护寺中有一座叫地藏院的尼寺。M 子陪我在那里避居了十天，在那里我写完了作品的大部分。"

M 子自是松子无疑，避居地藏院，是为躲避追逐桃色新闻的记者们。松子在回忆录中写道："写《春琴抄》时，我带他去父亲和族人建立的京都高雄山地藏院暂居几日。到京都已是初更，走在清泷川上的山道，头顶林木繁密，山猿长啸，令人毛骨悚然。次日清晨，山气凉爽，枫叶碧青，远远听见清泷川泻下绝壁的飞瀑声，这般清闲境地。写作进行得很顺利，我就满足地下山了。《春琴抄》在这里完成了大半。"

《细雪》中，谷崎也不忘记下这笔："那夜贞之助和幸子留在京都又宿一晚。次日，夫妇俩访问了幸子父亲在全盛时期建于高尾寺境内一个叫不动院的尼寺，与院主追忆父亲生平，度过清幽半日。这里的红叶很有盛名，但现在为时尚早，枝梢一片新绿，只有庭园水管旁的花梨刚绽了一朵。他们欣赏寺院风光，喝了不少杯山间清泉。"

神护寺是京都右京高雄山中的真言宗古寺，山中有清泷川，其上是朱红长桥，林木蓊郁，风景极幽静。《古都》中的千重子每年都要到这里看新生的嫩绿枫叶。

1935 年，谷崎与丁未子离婚，并与松子结婚。译完《源氏物语》

后，他的创作陷入低迷，直到 1942 年写《细雪》为止。前文已提及，因为太平洋战争爆发，日本国内的思想钳制极严厉，《细雪》因细写爱情琐事而被军部评价为"格调低下"，屡屡遭禁。上卷完成后，谷崎只好自费出版了二百四十八部私家版分赠友人，其中也有留给松子三妹重子的一部。1944 年 7 月，他在给重子的信中道："《细雪》上卷终于完成，第一个要给的就是您。中卷还没完成，恐怕尚需相当时间。比起作者，还是您拥有这部作品的第一权利。这是鄙人最大的长篇，也想将之写成个人的最高杰作。"

重子即《细雪》中集美貌、温柔、古典于一身的雪子，是谷崎最高的理想女性。由于警察介入，直到日本战败，《细雪》都没有顺利出版。前两年，网上出现了一部私家版《细雪》，卷首有谷崎赠给东大法学部长穗积重远❶的题签。这部书最后以十六万日元落槌，比起动辄数十万日元的线装书，称得上非常便宜。

1944 年 4 月，谷崎与家人离开了居住多年的关西，去往热海别墅，开始战争疏散。《细雪》中卷大都是在热海写就。是年九月末，谷崎曾回过一次关西，有两天去了京都。仍是在岚山散步，闲逛各处寺院，黄昏到达嵯峨的厌离庵，庵主招待他茶点。此处曾是歌人藤原定家的宅邸，深林掩映，秋虫唧唧，安抚他半日劳顿。次日谷崎往清水寺，过旅店喜志元，但老板娘因防空训练已避居他处，故而未能叙旧。

再度入住喜志元，是日本战败那年的秋天。对于战败，谷崎似乎没有特别的情绪波动，倒是《细雪》终于能出版了。旅行路过京都，照例住在喜志元，去得太早，店里还没营业，只好先要

❶ 穗积重远（1883—1951），日本著名法学家穗积陈重的长子，法学家。

谷崎润一郎与松子夫人

了楼下一间屋子。而后在城内闲逛，看看有什么戏剧上演。夜里街道黢黑，电车也没几辆。祇园艺妓接待日本人二十元一小时，美国人三十元一小时。回忆起《细雪》，谷崎说"这是战争与和平之间诞生的小说很难逃避的命运"。

他在神户的旧家已完全毁于战火。1946年，一家人又搬到京都。当时的京都市市长是和辻哲郎的堂弟和辻春树，对他也多有照顾。刚来的一段时间仍住在喜志元，之后辗转多位朋友家。是年十一月，谷崎在南禅寺下河原町买下一座小楼，取名"潺湲亭"。谷崎想要一幅隶书匾额，周围并无合适的日本书家，遂写信请访日书家钱瘦铁赐书。钱瘦铁是无锡人，与京都画人桥本关雪交情颇厚，数度赴日。抗日战争时曾被当成间谍在日本被监禁四年，在关西文化圈很有名气。

新居落成，谷崎甚为喜悦，写了随笔登报发表，内有歌云："永观堂西二丁，若王子道，白川之岸乃吾庵。"据说当时真有东北地区的读者照着"永观堂西二丁若王子道白川岸"的地址给谷崎写了信。这一带古往今来住过许多名人，王国维、罗振玉亦曾在这一带活动。白川沿岸樱树纷纭，若王子町附近的一段小路更是遍植吉野樱、八重樱、垂樱，春来美不胜收，还有许多流浪猫活跃于此。谷崎酷爱樱花，无怪如此自得。

定居京都后，自然不必再住旅店。而喜志元与谷崎的缘分并未终止。花之宿的美名在外，店里更有鹤之间、幸之间、雪之间、妙之间，可供人作"细雪"之思。不过安家后还是有麻烦——访客太多。谷崎很不喜欢接待客人，常在门口立牌曰"正在写作中"。但仍挡不住热心人的脚步。1948年5月，他借南禅寺真乘院内庭茶室萤雪庵作书房，每日早晨带好便当与纸笔从家出发，上班似

若王子町的流浪猫

的过去写作。《细雪》的下卷终于在那与世隔绝的萤雪庵内完成了。那年春天，他几乎连日与友人看花。平安神宫、圆山公园、哲学之道、嵯峨野……如约而开的樱花，几十年来念念不忘的京都花见。《细雪》的结尾写道：

> 去年赏花尚且怕遭人物议，今年更须回避。不过，这是每年例行的活动，尽量搞得简单点，只是在十三日星期天去京都作一日游，瓢亭等都省掉不去，只从平安神宫到嵯峨方面敷衍地走一走……四人在大泽池畔的花下拘谨地打开食盒，往漆杯里倒上冷酒，冷冷清清传递着喝着，还不知究竟看了些什么就回来了。

晚年的谷崎身体很糟糕，文学创作却没有随肉体一样衰朽、枯寂，而是渐至圆熟的巅峰。在京都居住十年后，疾病缠身的他卖了房子，携松子夫人到热海疗养。那以后回京都亦不住旅店，而住在渡边千万子家。渡边千万子的母亲是桥本关雪的庶女妙子，丈夫是松子与根津清太郎的儿子渡边清治。千万子深受谷崎宠爱，据说她就是《疯癫老人日记》里飒子的原型。

《疯癫老人日记》里，老人惦记着给自己挑墓地，说一定要在哲学之道一带才好。这正是谷崎的心愿。他最终选定了法然院的墓地，并别具心裁地挑选了一块特别的墓石——不是打凿得方方正正的那种，而是一块自山野间千挑万选的圆石，正面只镌一"寂"字，作为他与夫人松子共同的碑铭。重子夫妇也选了一块，镌一"空"字。墓前是谷崎亲植的红色垂枝樱——最爱的一个品种。

1965 年 7 月 30 日，谷崎辞世。佐藤春夫已先他一年而去，是在家中录访谈节目时，说到"我很幸福"，即突发心肌梗塞而逝，葬在京都知恩院。

城中的喜志元，早些年已关张。2011 年前重又经营，换了主人，改了店号曰"祇园森庄"，但还保留着"花之宿"的名字，并郑重陈列谷崎的各种著作。谷崎当日住过的"鹤之间"陈设亦大致无变，推开窗还是他当年远眺过的、翠绿的东山。阖上窗的一室幽凉，正是他最爱的阴翳之美。

比叡山

一般而言，去比叡山有两种办法。其一，从出町柳乘坐京都人深觉亲切的叡山电车，在八濑比叡山口下来，跨过高野川上的木桥，乘叡山索道至比叡山中，再步行往延历寺。其二，乘叡电或公交车至修学院站，沿音羽川而上，过云母桥，徒步上山。前者是常见的旅游线路，后者是自由登山，二法各得其妙。

我很喜欢通往洛北地区的叡电，沿途各站都是朴素美丽的地方，虽然有景点，但也是本地人重要的生活区域，似乎比岚山电车更家常一些。从前有一位师兄就住在三宅八幡，他爱在抽屉里储存金平糖，书架上常年贴着叡电的时刻表。或许因为此，我对叡电也更觉亲切。

洛北风光淳美秀丽，沿途一路陪伴的是高野川。山间流泉赏心悦目，眼前无尽深林，春有樱，秋是枫叶，不论在车内看窗外，还是从山中看可爱的电车穿过花树，都是观之不尽的佳景。八濑门的流水很迷人，每番路过，都忍不住到河边玩水。附近有莲华寺、琉璃光院，虽然都不大，却是看枫叶的好去处。尤爱琉璃光院，名字好，小小的，有精致的书院，苔藓与枫树都好。我爱梅雨时的碧色胜于秋天的酡红，因为那更符合"琉璃光"的意象。不过

高野川风光

现在琉璃光院只在春秋两季公开，不能轻易去的地方，总勾起人更多的兴趣。这种"限定公开"的安排对游客产生莫大的诱惑，尽管门票比从前翻了几倍，人们却依然愿意在门前排长长的队伍。自打琉璃光院将生意做得如此精妙，我就再没有去过。2020年初夏，有国内老师在此访学，我们一致建议她去琉璃光院，说这恐怕是最近这些年来唯一一次不要排队就能看庭院的机会。

2013年春，本专业著名的学者夫马进先生退休了。关于他有许多逸闻，说他年轻时脾气不好，上课常嫌弃日本学生汉文不行，毫不留情地痛斥；说他好饮酒，千杯不醉；又说他曾是文学青年，腹中锦绣诗文，后来投身了历史研究。而我遇到他时，他已白发苍苍、慈眉善目，且精力旺盛，著书不辍，从未见他在课上骂学生。不久还是见识了他的酒量。某研究会上，他果真豪饮，众多学者门生找他聊天请教，但闻他声如洪钟，思路极敏，谈笑间数瓶酒又见底。见我面露惊诧，又劝我喝酒："年轻学生，最该痛饮，做一流学问，写大好文章。"又道，"我最喜欢中国，中国的白酒，中国的大闸蟹。"

退休后，夫马先生在高野川畔安置了一座二层小楼，专用藏书与研究。这是很多学者退休后的常态。有些老师买了书回家，会被家人抱怨："你买了看得完吗？看不完为什么要买？不是有图书馆吗？"于是不敢把书带回家，悄悄堆满研究室。但退休时就糟糕了，书不敢搬回家，最好也是再置藏书楼。

夫马先生给新居起了名字，定制了结实的书架，整理好藏书，写了两篇退休后的感想寄赠学校杂志，就开始约我们爬山。

"一起去爬比叡山吧。"老先生兴致勃勃，"从我家过去也不远，好不容易退休了，有空爬山，趁腿脚还能动。"

于是一行人早早自比叡山脚出发，6月初，恰是梅雨之前最热的几天。山路狭窄曲折，阳光自密林间笔直洒下，偶有山风，四方枝叶婆娑，声音深沉浩大，像树顶何处有仙人行动。夫马先生步履矫健，走在最先，不时等我们一会儿，又不忘吩咐男生照顾女孩子。谈着天南海北、古往今来种种趣事。他热爱植物，认识许多品种，沿途捡拾花叶，饶有兴味地夹在本子里。半山休息时，突然看到两只猴子，攀着山藤，不知摘到了什么果子，又噌噌爬到很高的树上，错开坐下吃。发现有人，并不躲避，斜我们一眼继续吃。

"不要与猴子对视。"山里有这样的警示牌，我们遂主动低头。

登山的种种辛苦均不足论，因为有抵达山顶的无限风光在前面。眼前豁然开朗，望见远近绵延山脉，蜿蜒流水，顿觉襟怀开阔。一行人饱看山景，分享背上山的各种食物，吃饱后继续翻过山头，去往半山的寺庙群。

数年前东日本大地震之后，曾独自来过比叡山的延历寺。如今再来，见到佛殿回廊挂满各地儿童寄给东北灾区的书法作品，都写了祝福的话语。有一间殿内点满无数烛火，说是千年不灭的法灯。幽光细细，令人沉思，忍不住也合掌。比叡山的开山法师、天台宗的最澄曾言："照亮一隅。"意思是己力虽微，但存照亮一隅之心愿，众人聚力，可照一方，是为大功德。

下山后已近黄昏，余兴仍高，夫马先生邀我们去新书楼做客。"登山是旅行，看书更是旅行。"先生指指书架，"你们继续玩得痛快。"

热闹了一阵，在窗边围着先生坐下。问他最初为什么会学中国历史。他随手抽出一册王维诗集，笑说因为曾经爱读古诗，就喜欢中国。哇，原来真是文学青年。他神秘一笑，翻那诗集，又笑："这本书是刚读大学时买的，里面还写了不少心得。"纷纷要抢了看，他思索再三，决定维持尊者身份："不能给你们看，这些都是我的黑历史。"

听他讲在中国的见闻，说最喜爱江南一带的历史风土。"还有大闸蟹。"众人皆笑，原来关键在此。"太好吃了，《红楼梦》吃螃蟹那段，读得最仔细。有一年去上海，别人请我吃螃蟹，回味无穷，犹觉不足。第二天上街自己买。那时中文不好，别人一听是外国人，哎呀，也懂吃螃蟹。好好好，非常热情。买了十只，绑得整整齐齐，拎回去煮了吃。"

几位中国学生惊道："十只！肚子要痛。"

先生笑着："你们说得很对，我那时不知螃蟹吃多了肚子要痛，十只都开开心心吃完了。"大家又惊叹。

"半夜腹痛厉害，实在没办法，找了本地老师，去了医院。"大家哭笑不得。

"但后来好了还是要吃螃蟹，以前的人拼死吃河豚，而吃螃蟹只是腹痛而已，太值得了。"

说着吃，我也饿了。夫马先生眼光准，一眼看出："我来做吃的给你。"前辈们吓得不轻，急忙阻止："不能劳烦您。"先生环顾四周："还有谁饿？我一并做。"结果只有两位刚考进研究生院的小辈敢于举手称饿。先生笑："你们年轻人最好，坦荡利落，饿了就当说，不要学你们师兄师姐的虚伪。"说着去厨房，开水下素面，过凉水，备一碟酱油，擦些姜末与芥末，自得道："我家人教的，她不常来这里，怕我饿了，让我自己煮了吃，很好吃。"

日本老一辈男教授大多不问家务，饮食起居皆由夫人照顾。

是故前辈们听说先生要做吃的，都很惊诧，更不敢让他劳动。虽只是一碗素面，也令我们诚惶诚恐。想起宫崎市定先生曾写过一篇短文，说他游学法国，从朋友处听得独门秘籍，想念日本滋味时，拌蔬菜不要用沙拉酱，滴几滴日本酱油——非常矜傲的语气。读到这里就笑，没有做过家务的老师们，学会用酱油竟算得上独门秘籍。

但素面真的很好吃，转眼食尽。那之后，自己也常做了吃，总能想起先生得意的神情。

饱腹后继续聊天，诗词小说、学问掌故，无所不谈。喝光了先生冰箱里所有的酒，天已全黑，一看时间都惊呆，已过九点，电车快没有了。匆匆作别，先生叹道："年轻人真好，跟你们在一起，我也想起自己年轻时，不觉得自己老了。"

那年秋天，先生去中国开会，回来特地告诉我们，说又吃到了非常好的大闸蟹。

某次学会，见到先生早年的学生，如今都是业内出色的学者。问起先生近况，听说先生与我们爬山喝酒，甚至还做了素面，皆大惊失色，面面相觑："真的吗？他居然——太不可想象了。你们不知道他从前对我们多严厉。"又笑，"太羡慕你们，年轻真好。"

那年10月下旬，又与朋友们徒步上比叡山。枫叶正当时，颜色很好，风起时各色木叶纷纷。有一片平缓的山坡遍生芒草，结满银白的花穗，雪一般柔软。阳光底下，点染作闪烁的金色，疑心要融化了。曾翻译过井上靖早期的小说《战国无赖》，讲浪荡武士们在琵琶湖畔芒草丛生的荒野决斗，便是眼前这样的舞台吧？

走惯了，会觉得比叡山路程虽遥远，却不如大文字山某些段落峻急漫长，好几处都可悠然散步。上山最喜欢带饭团，年轻时一口气能吃掉三四个。曾在山顶遇到一位来自京都府南部地区向日市的老太太，说一早坐了好久的电车，又爬了好久的山。"真羡慕你们呀，住在附近。"她把自己做的饭团分给我们吃，我们的饭团吃完了，就拿零食当回礼。老太太脊背笔直，清瘦健朗，非常和气，书包上挂了好几枚铃铛。登山的人都喜欢随身携带铃铛，为的是惊走鸟兽、提醒旁人，并有祈祷之意。我的钥匙串与笔袋上也挂了铃铛，因此友人叫我"小铃铛"。

在比叡山顶远眺琵琶湖，远帆点点如鸥，烟波柔美。夏季，湖上有特别有意思的活动：鸟人大会。也就是人力飞机大赛，参赛者多为大学青年，比试飞机飞出的距离及滞留空中的时间。飞着飞着，会掉到湖里，真是青春激荡的活动。我很爱琵琶湖，因为香织就是"湖国之子"。与香织一家亲密的缘分，令我常有"老家在滋贺，客居京都"的感觉。她说中学时全班到湖上的竹生岛合宿，第二天起来，老师把他们带到湖里集体学游泳。竹生岛也是《战国无赖》里出现过的地方，故事里温柔的美人加乃与爽朗的野武士之女阿良，就是在此相遇。直到 2019 年夏天，我才乘船去了一趟竹生岛。

湖国的香鱼很美味，从前我在研究室这么说的时候，被来自木曾川沿岸的一位师兄嘲笑了。他断然坚持："当然是我们木曾川的更好吃。"并告诉我们琵琶湖的水从前污染严重，远不如木曾川的流水清澈。我至今尚未去过木曾川，对师兄的话深表怀疑。为了证明此点，那年正月省亲回来，他特地带了故乡的袋装甘露煮香鱼，分送我们品鉴。并遗憾可惜不是现烤的鱼，很难呈现木曾川独有的清香。啊，香鱼，无论是甘露煮，还是戳在竹扦上烤着吃，我都喜欢。

竹生島

一乘寺

从比叡山下来，可以在一乘寺稍作驻留。一乘寺的氛围既平民，又青春。因为这一带大学生很多，房租又便宜，便成为文艺青年的聚居地。平民风情的代表是拉面街，而文艺地标则是著名的惠文社。吃完拉面再去惠文社，是一乘寺的标准逛法。

拉面街的高安、池田屋、珍游、亚喜英……味道都不错，常年人满为患。不论寒风烈日，都不减食客排队的热情，可见拉面奇妙的魅力。不过，大多数店铺我只吃过一次。一来名店排队太困难，二来我的肠胃不容许我纵情大吃，如厚油的猪骨拉面只能看看，难于下箸。刚来京都时，邻居领我去吃过一次著名的"高安"，足足排了一个小时的队。回想起来，的确美味。只是为了吃一顿拉面而排一个小时队的热情，后来再也没有了。池田屋是男子汉料理，珍游的人没有那么多，城里有分店。有时候很想吃拉面，但真的吃了，又觉得口味太重。说到底，我还是温和冷清的荞麦面派。然而据说，荞麦面并非京都的特长。一位长野出身的师兄每每对我强调："你要去我们长野吃一碗荞麦面，就再也不要吃京都的了。京都的荞麦面——啊，他们竟敢把那个软乎乎的面叫'荞麦面'！"

一乘寺有美味的拉面

既然到了一乘寺，那么又要讲几句书店。惠文社开业于1975年，创业者最初专为收集其他店里没有的书籍。店里打工的多为周边大学的学生，店主便请他们按各自的兴趣，搜寻独特的图书。不过在很长一段时间内，因店员趣味各异，店内的图书排列颇为混乱。换了店员，图书风格也随之变化。来了爱好漫画的店员，店内一时就全是漫画。来了看重人文情怀的，店内的岩波文库就立刻进得很全。

2002年，新任店长堀部笃史接管一乘寺店后，惠文社的风格逐渐明确。堀部是京都人，1977年生，爱好文学、音乐，当时刚从立命馆大学文学部毕业，也不想出去找工作，就想在熟悉的环境里一直待下去。他对惠文社选书定下大略标准："这一带学生居多，买不了太贵的书。年轻人喜爱流行艺术，风格不俗、可读性强、阅读感愉快的图书最好。"同时，店里还保留了取众之长的传统，多听取年轻店员的意见，尽可能丰富图书种类，又不致杂乱无章。

甄选图书之外，整理上架也是惠文社的重要功课。一般书店的摆放方法，要么是按作家首字母排序，要么按作品类型排序，都为检索便利。而惠文社并不采取传统办法，而是凭店长判断，将风格接近的书籍归为一类。所谓风格接近，并非单纯按照书籍种类区分，还有一种内在的默契与关联，因此对读者而言，可能会有一些小惊喜。"本来是寻找某书，却意外邂逅了更有意思的一种。这样，书店就不是匆匆来去的、目的性明确如超市的场所，也不是网络搜索那样直接明了的便捷系统，而是值得辗转流连的所在。"譬如1950年初版的《图案辞典》，收录贺年卡所用的各种图案，在绝大部分书店都会放在设计、图案类，而惠文社却将之与细腻、感性的随笔、画册归为一类，因为成功唤起读者内心的

惠文社店内

惠文社门前的风景

通感，这册书长年都卖得很好。

店里不仅有书，还经营杂货、画廊、咖啡馆，整体风格统一。有些老派旧书店并不欢迎客人光看不买，早年甚至会在门口摆出"非诚勿扰"的牌子。惠文社完全没有这种架子，常有人从开店就进来逛，中午出去吃个饭，下午继续回来，一直消磨到天黑。书店其实不大，却能留人这么久，店主也觉得很开心，非常欢迎。

在堀部看来，有风格的小店很难在地价昂贵的闹市区河原町生存，而朴素的左京区，却比市中心更适于体会京都的情趣，惠文社就在这样的土壤中生存下来，并容养出周边的新风气。夜幕降临，小街一隅的惠文社亮起暖黄的灯光，绿萝披垂的玻璃窗内书架错落，读者徜徉其中。路过门外的人，好难抵挡这种气氛的诱惑。进到惠文社，哪怕原本什么都不打算买，离开时手里必然有几册书。这也是惠文社的奇妙魅力。友人省吾一家就住在惠文社附近，据说有时买菜回家路上，背着大葱、萝卜，也忍不住去书店转一圈。

2015年，堀部笃史离开惠文社，同年11月在河原町丸太町成立新书店诚光社。之所以选址于此，也是考虑到方便外地人过来，因为附近就是京阪电车神宫丸太町站。诚光社不同于惠文社的"综合性"，店面也要小很多，店内重点陈列书籍，而很少放置"杂货"（即文具、手账、手帕等各种可爱的小物件）。用堀部的话说，这样客人一进门就知道这里的商品是什么，更容易吸引同道中人。"在有限的空间里以自己的节奏走下去。并不是有什么明确的目标，一点一点经营，维持自己的风格，比什么都重要。想成为这类书店的典范，不是说只有我家店生意做得好就行，而是要让包括书籍流通在内的各个环节都活跃起来，以后能有更多的书店就好了。"至于"诚光社"这个名字，日文里还与"成功者"同音。如今六

夜晚的惠文社，令人慰藉的暖光

年过去了，诚光社已顺利融入京都市街，成为京都书店业的新风景。这一两年，因为新冠影响，日本倒闭的新旧书店有不少，在这样的艰难时刻，诚光社仍日日不休地经营独特的书籍空间，令人感念。

再说堀部的后任者，惠文社的现任店长镰田裕树，1991 年生于千叶，大学时来到同志社念书，十八岁开始在书店打工，后来到惠文社工作。堀部独立之后，惠文社有一段时间流失了不少客人，年轻的镰田深感压力。在日本，不论新旧书店，年轻人入行时一般会去名店修业若干年，积累经验后再独立开店。不过镰田未来的理想却不是像堀部那样独立，而是投身农业，这也是日本这些年来年轻人的潮流，专业术语叫"就农"。"一边在书店工作，一边学习农业、自然、哲学"，便是他眼下的生活状态。与他接触过的人都对他的细腻温和留下很深的印象，2017 年起，他在店里定期开设面向儿童的工作坊，因为想吸引更多的孩子来看书。"我很喜欢孩子，以前惠文社不像是孩子可以来的地方，我想做一点新的尝试。"镰田每天在书店的工作，以照顾店内外的植物为开始。"中庭有许多植物，浇水要花不少时间。一直觉得这是理所应当的事，都没有仔细想过。而选书、写文章、照顾植物，对于'书店的我'而言，都是不可或缺的工作。"

多年前，我也憧憬过"就农"，想着远离城市，到山中种田种花。一位农村出身的老师大不以为然："我老家就有几十亩地，但没有人想回去。种地非常辛苦，还是在城里待着好。你可以去做几天农活试试再说。"老师说得不错，我连对蛇、毛虫的恐惧都还没有克服。不过堀部已开始在农学校进修，确切地走在"就农"的路上。一乘寺附近就有农田，正是读书务农的好地方。

京都城内东、西、北三面环山，重叠的山脊弧度温柔，仿佛淡墨晕染。在京都很容易辨别方向，哪怕看不到太阳，也可根据山的形状认出来。越过东山是比叡山，继续往东，到琵琶湖。往西是爱宕山，往西北还有长老岳、头巾山、饭盛山、青叶山，其中不乏险峻山峰，这是在城内决计不能想象的风景。继续往北就是舞鹤湾、若狭湾，日本海的对面就是朝鲜半岛。舞鹤之名甚美，不过此处古来是要塞之地，近代之后成为重要的军事、重工业基地。京都城外通往山海的入口是高雄山一带。从银阁寺一路往西，过御所、北野天满宫、妙心寺、仁和寺，经国道继续向西，就到了高雄山。山中有三座古寺，曰高雄山神护寺、槙尾山西明寺、栂尾山高山寺，合称"三尾"，是自古观赏红叶的胜地。

京都郊野有很多交通不太便利的寺庙，一天仅几趟班车，或者下了车还得步行一小时左右。最好有私家车，次之摩托车，又次山地车，再次普通自行车，最后还有步行。一直想去三尾一带，尤其是高山寺与神护寺。2013年，终于付诸实践。当时上网查路线，有人说，普通自行车也可以去，就是要小心些。于是，我也骑着普通自行车出发了。

京都北部若狭湾风光

仁和寺正门

穿城而过的路都很好走。走过赏樱名所仁和寺的山门前，往高雄山方向而去，国道渐窄，亦多长坡。自行车逐渐吃力，"小心些"的忠告还是过于含蓄。旅行到半途，就疲惫不堪，然而前后无着，必须往前走。

高山寺是世界文化遗产，所藏文献、宝物极多。梁代所编《玉篇》的唐写本，国内已佚，唯独此处留存。唐末的《冥报记》写本，也是国内早已不存，而此处所存者最为古老。据说镰仓时留学南宋的僧人荣西，曾将中国带回的茶种分赠高山寺创立者明惠，明惠在寺内种下来自中国的茶树。茶园至今尚存，说是日本最古老的茶园。

川端康成的《古都》里，千重子秋天要来此赏枫叶。她的孪生姊妹苗子生活的地方，就是高山寺以北的北山区域。北山自古产杉树，曰"北山杉"，高直秀挺，是建茶室与传统居所的上等木材，千重子即以北山杉的笔直姿态比拟自己的心迹。苗子的工作是修剪北山杉，千重子在杉林里见到她，忽而天降暴雨，苗子将她护在身下，这一幕很难忘。川端康成显然对北山杉情有独钟，花了很大篇幅描写，并为千重子安排了一条北山杉纹样的腰带。与川端私交亲密的东山魁夷后来也创作了一系列的北山杉图，有些做了《古都》的封面。高山寺不远有神护寺，也是红叶佳处，前文已提过，谷崎润一郎曾避居于此，创作《春琴抄》。

艰难推车上坡的过程，就靠回忆这些，以确认跋涉的意义。好在春天是旅行的好时节，山中风光秀丽。实在走不动了，就坐在路边树荫里吃随身携带的饭团和牛肉，大口灌水。手机信号时断时续，途中对地图非常依赖，总想着看距离目的地还有多远。没有尽头的陡坡、突如其来的急转弯、咆哮而过的机车——经历

京都北郊的北山杉

种种考验。

好想有辆摩托车——正午白亮烈日下，推自行车走在山中公路无休止的陡坡上，心里这样渴望着。喉咙枯渴，四肢沉重，两边青山层叠，偶有隆隆巨响的大车呼啸而过，真嫉妒。

他们看到我会怎么想？太傻了，骑自行车到山里来？

不，他们畅快潇洒，有的身后还载着美人，当然无暇看我。

又翻过一个高坡，道路滑向山腹，迎面群山有一片开满杜鹃，十分痛快的玫红，间有温柔的粉白色。层次丰富的绿野中，隐约看见古老庄严的殿阁屋角，知是寺庙无疑，心中大畅。眼前风景格外美妙，接下来的路也感觉轻松很多。先到高山寺，后将自行车停在溪水边，步行往神护寺。那流水极清澈，名曰清泷，浅处透蓝，深处碧玉。山中花事晚，樱枝蘸水，落花随旋涡流转而去。这清泷川是避暑胜地，西行法师有句云：

> 落在高岭上堆积的雪，已经融化了啊，
> 清泷川的流水，洁白的波浪
> 　　降りつみし　高ねのみ雪　解けにけり
> 　　清滝川の　水の白波

松尾芭蕉也在这里留下俳句：

> 清泷啊，散落水波中，碧青的松叶
> 　　清瀧や　波にちり込み　青松葉

德富芦花年轻时在同志社大学念书，爱上了一位美丽的姑娘，但后来失恋了。二十多年后，他才在小说《黑色的眼与茶色的目》里回忆当时去清泷川散心的情形：

> 秋色在爱宕山的谷中益发深浓。上流的高尾尚不清楚，而枫叶不算多的这片山谷中，群山已被点染了醒目的颜色。洗脸时看到竹筒旁放着的树叶叠的小鹤，不知何时已染了霜，垂下了头。走到清泷川畔，呆呆看着流过岩石的清水，爱宕山头已吹来萧瑟的寒风。流水轰鸣，而仰头望向蓝天，木叶如雨一般纷纷而下。

因为有无数前人来过，清泷川更添了深沉的意味，仿佛不去考据一番，也对不起那风景似的。

神护寺前的一段石阶很高，终于爬上去，又继续登上金堂。当时外部正在大修，搭着钢架。殿内光线幽暗，老僧在窗下看书。殿堂最深处供奉着平安时代的本尊木造药师如来，隔得很遥远，望不真切。在殿内坐了很久，等到疲惫的腿脚恢复知觉，日影已西斜，遂告辞下山。老僧问我从何处来，我说就住在城内。他笑，说远也远，说近也近，要是喜欢这里，可以再来。

于是念念不忘，转年春天又骑自行车过去。已走过一回的险路，就不觉得有什么大不了。然而摩托车从身边路过，我还是会很羡慕。山中开满紫藤，比城里花期晚，碧绿中颜色浓淡，十分清美。流水一直相伴身侧，路途也不觉寂静。过高山寺，继续北行，两侧全是秀美的北山杉，绵延无际，仿若重叠的屏障。那日阳光过于强烈，晴空蓝得发乌，树木似乎蒸出一层热气，绿得发白。如果是雨季，应该是更清润的颜色。然而若是雨季，自行车就更不方便来了。

前方数公里处有一座小寺庙，叫宗莲寺。每次远行前会仔细研究地图，总要看沿线有什么寺庙。北山一带的重峦叠嶂直往日本海方向延伸。弯曲的国道上，我的自行车能到的最北端，就只有一座宗莲寺。对寺庙的兴趣，可能与和辻哲郎二十九岁时写《古寺巡礼》的心情相通。那时他看寺庙，更多是年轻的锐意激情，否认寺庙的宗教性，强调其美术性。他认为，艺术有提高人的精神、净化心灵的能力，这种美的感情移入，不是享受者实际的生活，而不过是空想的世界。《阿弥陀经》里描写的净土，皆由艺术装饰。艺术有高乎众生的力量，故而方便用于救济众生。他下结论说，比起宗教的解脱，还是被艺术迷倒更容易解释。之所以将艺术与宗教对立，与当时抛弃传统的社会背景有关。重新发现传统的魅力，就要用美学、艺术等近代的视角切入，从近代合理主义出发，大胆否认所谓"迷信"，再强调其艺术之美。是书出版，顿遭非议，而留下的影响则更大。本来古代日本人就爱寻访寺庙，或为修行，或为信仰，或为旅游，"古寺巡礼"早有渊源，经过这种"再发现"，愈长盛不衰。那之后，许多人都写过这个题目，出过各种精美的摄影集、画册。虽然和辻后来悔少作，几次大修《古寺巡礼》，仍不妨碍这本书成为日本随笔史上划时代的作品，畅销到今。

我对于佛教所知也少，却爱寻访寺庙，因为关心和辻所说的寺院的"艺术"与"美术"，渐渐也被寺庙与俗世的关联性吸引。比如探访墓园原是为寻古迹，也会好奇寺庙与附近居民长久的互动。就说和辻哲郎安葬的镰仓东庆寺，同时还安眠着铃木大拙、西田几多郎、岩波茂雄等著名学者、出版家，见过一张他们聚会时的照片，生前要好，死后还能同葬一处，真不错。许多年前去过一回镰仓，特地去看了他们的墓。

去往宗莲寺的途中，又是漫长陡坡与弯道，前后无人，峡谷溪流闪烁如银带。虽然焦渴难耐，但峻急国道并不适合坐下来吃东西。手机信号中断，还好眼前只有一条路。但山回路转，这条必经之路突然出现了一段长长的隧道。

多山的古都，隧道很常见，然而我很怕隧道。宗莲寺就在那一头，枯燥艰难的旅程已走出这么远，回头很不甘。附会到宏大主题，比如人生中总有不可避开的试炼，庶几可冲淡对隧道的恐惧。幸好里面灯火通明，比阴森恐怖的天成隧道要好很多。往来车辆碾过减速带的隆隆声，经壁面回荡，变得十分惊心动魄。只有排除杂念，硬着头皮屏息冲出去。刹那风和日丽，流水青山，耳鼓咚咚，是血管狂跳的动静。终于快到了。

进入一个依山的小村落。沿途有木构民居，山坡散落着田野。鸟鸣与水声尤其清澈，心跳稍平。地图所指的目的地越来越近，在一处山坡前，道路变成石阶，必须下车。观察地形，只有暂把车停在路边。信号略有恢复，弯曲山路多有岔道，颇难辨认。半山忽见几户人家，满架木香花，晾衣杆上晒着被子，到处开着杜鹃，田野的蔬菜刚搭起竹架。对面一位老奶奶正给开满花的豌豆浇水，看到我，满脸笑意，招呼问："是来旅行吗？"

我点头回礼，她问："来看北山杉？"

我说："北山杉一路已看到许多，想去宗莲寺。"

她有些意外，又很高兴："你知道宗莲寺？"遂放下手中舀水的木勺，摇摇晃晃要领我去。"这个寺庙，只有我们本地人知道，外面很少有人来。很小很小，但秋天开的秋牡丹，真是很美。"

忙道谢说："您指一下路就好，不劳烦带去。"

她的方言与城中有些不同。和很多操劳一生的老太太一样，背也驼得很厉害。问我从哪里来，住在哪里。我说住在银阁寺旁，黄昏听到远近寺庙的钟声。她笑："银阁寺啊，还没有去过，我一辈子都在这座山里。"

走出一段路，她说："在那里，就不送你上去啦。"苍苔密布的石阶上，忽而就望见了宗莲寺。道过谢，想起有一年冬天下了大雪，与从周在金泽探访寺庙群，也常有这种峰回路转之感。

果然是一座很小的寺庙，据说建于室町末年，历史颇悠久，是附近山民世代尊崇之处。寺旁有山泉，水畔开满鸢尾。日本的深山乡野，常有名不见经传的小寺庙，是全然不同于城内名刹的朴素风格。只是如今日本人口老龄化越发严重，年轻人大多去城市发展，僻世山寺也冷清萧瑟，维持艰难。

宗莲寺内有小小的杉冢，纪念被砍伐的杉木。碑上有句云："砥砺打磨，冬日光彩夺目，圆杉木。"

那日殿门紧闭，坐在廊下，斑驳树影落全身。其时已过两点，尚未补给食物，很觉饥饿。但寺内太宁静，不好意思坐下来吃东西。因而默默瞻仰一过，便告辞下山。老奶奶已浇完水，正在院子里晾晒干菜，叮嘱我回程多加小心。不知谁家门前拴着一条棕色大狗，突然跳起来狂吠。虽然吓了一跳，但有狗总是好事，说明附近有人家。鼓足勇气再穿过隧道，心情为之一松，直奔神护寺。

爬到神护寺山门前，四下无人，总算可以坐下来啃饭团。阔别一年的金堂维修已毕，见到它古朴庄严的真身。日本古建维修大多以守护原貌为准则，并不刻意翻新，因此墙面还保留着时间流逝的沧桑痕迹。殿内仍是那位老僧，竟还记得我，放下手里的书，为我讲解堂内诸尊佛像，这一次终于看清了那尊药师如来。

寺庙里供奉的佛像，与博物馆玻璃展柜内的佛像处境很不相同。博物馆光线做得再暗淡柔和，仍觉佛像寂寞。而佛殿内的造像，总是更安详。东京国立博物馆有一座法隆寺宝物馆，收藏三百余件奈良法隆寺的古老文物，与正仓院宝物同为古代美术的经典收藏。室内光线幽暗，一格格玻璃柜内安置着近百尊公元 7 世纪以来的佛像，望去恍惚而震撼，却又觉得似乎拥挤了些。想起广隆寺的宝冠弥勒菩萨半跏像，寂静殿堂内，隔着供奉的莲花与百合望去，那木造佛像颔首低眉，似哭泣，似微笑，静美慈悲。瞻拜了许多回，总是不忍离开。法隆寺隔壁的中宫寺内供奉的菩萨半跏像，曾与母亲在盛夏一起去看过。她一望，便轻叹道："真是太美，看了令人心中安静。"究竟是作为美术品本身的魅力，还是因为肃穆安宁的殿堂内蕴藏了人们的种种寄托，从而生出这无尽幽邃的情绪？

那天回到学校，与一位奈良同学谈起山寺见闻。他是娃娃脸，仍如少年。中文虽学得很好，但很害羞，不好意思说。他喜欢喝酒，有一天偷喝了我放在研究室冰箱里的一瓶酒，醉倒在书堆里。隔天我想起那瓶酒，说："啊，某老师送了我一瓶中国带来的白酒，我不喝，你喝吗？"他惶恐地看着我，周围人笑起来。他深鞠躬，合掌道歉："对不起，我已经喝了！"非常可爱的样子。他喜爱旅行，本科毕业时曾独自一人游历印度、尼泊尔，回来时穿着当地买的麻布衣衫，围一条浅绿织染麻布围巾，给大家都带了礼物。我们都笑说，少年长大了。他性情随和，可以忍受旅行途中的种种艰辛，住非常便宜的旅馆，吃本地的苍蝇馆子。"不要随便吃街头小店，要去大一点的餐馆。"他去中国之前，我曾这样提醒过。"没事儿，我在印度、尼泊尔也是随便吃。"

"你的肠胃不要紧吗？"想到很多人总抱怨海外的环境与饮食。

他很旷达："到一个新地方，总难免水土不服。总之，先拉上几天肚子，之后就没事了。"

他听了我的自行车冒险记，叹道："你的自行车实在辛苦了，要是有摩托车就轻松得多。"

"但即便有，我也不敢骑。"

"其实我有摩托车，常从京都骑回家。"他笑道，"有时也绕道山中，看寺庙。"

"你会骑摩托车？"我很惊讶。

"我考上大学就学会了。"停顿片刻道，"下次去山里，你可以坐我的车。"

周围同学都哗地笑起来："啊呀，被邀请坐车了哦。"

他面红耳赤，急忙强调："那你最好还是去学摩托车吧。"

许多年过去了，如今他在东京工作，仍喜欢开车到处看寺庙。而我依然只会骑自行车，但年轻时骑车进山、过隧道的"猪突猛进"❶再也没有了。

---

❶ 猪突猛进（ちょとつもうしん），日本谚语，意思是像野猪一样不顾一切，往前冲。

花之寺

　　记得 2014 年，本地各大博物馆、美术馆有很好的展览。初夏，京都国立博物馆有"南山城古寺巡礼"的专题展，在那之前，竟不知京都南郊与奈良邻接的山中有这样一片古寺群。奈良朝藤原广嗣之乱后，圣武天皇下令迁都，于木津川流域的南山城建立恭仁京。不久迁都难波京，逾年又返回奈良的平城京。木津川两岸风光明媚，四时俱美，平常电车路过，都忍不住贪望片刻，是我非常喜欢的一条河流。这一带做都城的历史虽然极短暂，却是古来贵族们憧憬的佛教圣地，他们在这里构筑了许多寺庙，寄托对极乐净土的向往。因为僻居山野，这里的寺庙保存状况整体都不错，有不少奈良时代、平安时代的古迹。

　　沿木津川而下，两岸有蟹满寺、神童寺、海住山寺、净琉璃寺、岩船寺等，素少人知，交通不很便利。那次展览，是京都国立博物馆文物调查的成果。在展览上见到了大量平安至镰仓时代的佛像，还有不少南宋至明代传入的瓷器。匆匆看讨，对山寺神往不已。同去的一位美术史专业的朋友说，山中风景很好，只是路不好走，电车难到，他们师生一行曾包车过去。请教那位会骑摩托车的奈良同学，他也对南山城赞不绝口，建议我看了博物馆的佛像，一定还要亲往寺院的空间才行。不过路的确难走，他又是骑摩托车过去的——真羡慕摩托车！我既不会骑摩托车，也没有一群人包车，只能依靠公共交通与步行。斟酌再三，选定电车站周边六公里范围内的岩船寺与净琉璃寺，下电车后转一小时一班、下午四点就结束的专线公交。万一赶不上车，六公里倒还不至于步行不回来。想到这里，也就安心出发了。

先到奈良市内，顺利赶上公交，满车都是老年人。很快行至山中，窗外水田如镜，禾苗新植。记得那位奈良同学说，奈良下秧的时节，比别处都要晚一月，或是自古以来的习俗。山道渐窄，两侧尽是竹林。司机行至加茂町当尾区域，缓速提醒众人看路旁古老的石佛群。如公元 1307 年所造长尾阿弥陀摩崖佛，镰仓末期三体地藏摩崖佛等。这些摩崖石像的技艺多来自朝鲜半岛和大陆石工之手。

辗转抵达岩船寺，山门幽寂，四野无人。该寺本尊为阿弥陀如来，寺内多植绣球花，有花之寺的美名。绣球花梅雨时开放，此季气候多变，在医疗不发达的古代，多有病死者。因此许多寺庙都种植这种植物，用来祭奠亡者。据说古代流行病盛行的区域，寺庙也多见此花。幸好绣球本身姿容端雅清秀，不似石蒜花那般形态张扬，与疾病、死亡的关系渐被弱化，成为古寺梅雨时节不可失的风景。

寺院地方不大，清池开满睡莲与鸢尾，砂地偶见蜥蜴飞快路过。新修本堂内供奉平安后期的木造阿弥陀如来坐像，默坐静观，也能消磨许久。一旁矮几的本子上，是到此的旅人们留下的只言片语。"来时路途极艰，而在此却邂逅了保存千余年的古佛，对光阴与历史顿感无限敬重。"有人这样写。

梅雨时寺院的绣球

岩船寺到净琉璃寺需步行两公里，地图指了一条偏僻的山路，藤萝披垂，竹林蓊郁。可惜怕有蛇虫，只好飞奔而过，终于上得车行道。山腹零星有人家，路旁偶见无人小摊，挂些蔬果，零钱自投一侧小罐。半路一户人家的庭院内横卧一只三花猫。与猫打招呼，主人也走出来，说它的名字就叫"三花"，不知多少岁数。那位老太太笑说："比我年纪还大吧。"

　　净琉璃寺是净土式庭园，本堂与三重塔都是平安末期建筑，俱为国宝，留有平安朝寺庙的气氛。当时京都有许多九体阿弥陀堂，而这里是京都唯一保存至今的一座。塔下枫树婆娑，是为此岸；一池碧水，游鱼款摆，岛中生菖蒲，彼岸本堂倒映水中，庄严妙丽，是为彼岸。与平等院凤凰堂意境相通，又是另一重佳景。本堂为四坡屋顶，阔十一间，深四间，堂内一列供奉九尊阿弥陀如来，取"九品往生"之意。又有木造药师如来坐像一尊，取其居东方净琉璃世界、除一切现世苦厄之意。本堂纸门紧闭，门口手写着"谨防猫进入"。的确，2009年曾有浣熊潜入殿内，药师如来像险遭其害。堂内光线幽寂，若不是要赶难得一趟的公交车，实在想能消磨多久便消磨多久。寺门外种满马醉木，花开时应该很美。归途公交极拥挤，奔波返回京都，恰逢夏季头一场暴雨。那夜雨停后，走过一棵大松树下，天上将圆之月，皎洁无可形容。

　　因为对南山城念念不忘，后来与从周和省吾又去过几次。都是在仲春初夏时过去，最是山中风光清美的季节，可惜没有足够的时间在山里住一晚。每每感慨内藤湖南晚年隐居木津川畔，地方实在选得很好。

福知山

很多年前的一个冬天，学期结束时，导师带我们开忘年会，安慰半年的辛苦。原说在学校附近找家酒馆小聚，后来说不如出去旅行，大家一起住一晚。这在日语中叫"合宿"，是日人尤其热衷的活动，可以借此拉近关系，融洽感情。同研究室要合宿，同一堂课的师生要合宿，同一学会的要合宿，同一公司的同僚更要合宿。

合宿的地点，当然是越远越开心。但考虑到时间与财政状况，最终定在京都北部的小城福知山。

福知山离市区大约有一百公里，地形复杂，临近日本海，多大雪，古属山阴道的丹波国，盛产栗子、黑豆、葫芦。老师开车领我们去，完全是家族出游的感觉，大家都很兴奋。沿途山脉不绝，尚有红叶与柿子。一路闲谈，导师青年时代曾留学北京，说当时正是准备奥运会的时候，各处拆迁重建，尘土飞扬。

是夜，我们住在福知山郊外的村中。在寂静山道走了很远，停车后又爬山，道旁许多山茶树，花瓣堆积满地。走到半山，才到了留宿的民家。先时只看见月边一颗极亮的金星，渐渐星光显现，月亮转到山那边去了。主人家准备的晚饭异常丰盛，皆为本地时物。

虽没有酒，大家却都像饮了酒似的，起先还很严肃地谈几句学术，很快大谈各自的情感史。学生讲完，老师自觉道："你们都讲了，看来我也躲不掉。"大家欢呼怂恿，结果却怎么也不肯讲。热闹了很久，直到主人家提醒澡堂夜里十一点关门，才暂时各自回房收拾。

有一位本科学生悄声问我们要不要出门看星星。老师听见笑说："你们去吧，早些回来。"学生们愉快地笑着，摸黑在山茶花树下走了很久，穿过山中公路，走下山谷。听见竹声如海，还有清晰的流水声。勉强看出前面有急流的山溪，笑道："不能再往前了，要不明天《京都新闻》头条该是'京大生坠落河川'，搞不好还要写上我们的名字，括号几岁。"举头一望，漫天星斗，惊奇得不作言语。那位本科学生颇知天文，一一讲解何处是何星座。众人手脚虽冻得冰凉，但不觉得冷，只是默默激动着。记起从前曾在鸣沙山等到夜半，终于望见星河灿烂，乃确信古人的许多情怀，许多咏叹自然的诗篇，今人若不是身临其境，则很难充分领会。

直到霜露起来，才缓缓回去，唯独遗憾没有酒。大家陆续泡了澡，穿过长长的走廊。夜风极冷，星光下看见院中开满珠玉一般的白山茶。到老师房内集合，围炉小坐，听那位懂天文的学生报告有关琉球研究的论文。大家竟然还能回归状态，很严肃地讨论了一番，凌晨一点方散去。

男生与老师住楼下一间，女生住楼上。然而楼上不知为何许多椿象，层出不穷，扫除不尽，爬满窗帘、草席，被筒里也有，臭气难忍。主人百般道歉，查看剩余空房，均有椿象肆虐。说是这年比往年冷得晚，所以有此虫害。只有楼下男生们住的那间倒未见椿象痕迹。女生们默默躺在臭气扑鼻的房内，啪嗒，又一只掉在被子上。终究受不了，跳起来下楼求助导师，问能否借宿。

导师痛快说好，男生们也眼观鼻鼻观心起来帮忙收拾。于是女生把被子铺在佛龛附近，男生一律紧挨壁橱。白日跋涉玩耍都累了，被子絮了充足的棉花，很温暖，很沉。起先大气不敢出，不久即沉沉睡去。

一夜安眠，次日早起饭毕，到屋后山中散步，偶遇一座临济宗妙心派的天宁寺。山雾浓密，阶上青苔密布，落满枯叶。我们在雾气里合影留念，不过帮我们拍照的人不知怎么用手指挡住了镜头，最后并没有拍成功。该寺开山禅师是南北朝、室町时代的临济宗僧人愚中周及（1323—1409），他少时出家，在比叡山受戒，青年时代搭乘室町幕府派遣的贸易船"造天龙寺宋船"渡海赴元。最初在明州曹源寺禅僧月江正印（1268—1351）门下修行，之后来到镇江金山寺，跟随禅僧即休契了，修行凡十年。贞治四年（1365），已经回到日本的愚中来到丹波国，开辟天宁寺，定山号作"紫金山"，称呼寺前小河为"扬子江"，以此怀念在中国的岁月。而我日后离开，又会如何怀念大文字山与鸭川，怀念此地的山山水水？

那是我们小研讨班第一次外出合宿，也是最后一次。后来导师一年比一年忙碌，我们那群人有的毕业，有的结婚生子，很难再有郊游合宿的兴致。那位爱好天文的师弟依然在研究琉球历史，已长成出色的青年。

五
感

　　读大学后长年在外地。某年春天，难得回故乡，早上醒来，听到鹧鸪声，间或一两声悠长的铜铃，顿时忆起幼时光阴。"啼到晓，唯能愁北人，南人惯闻如不闻"❶，不过是北地难得的鹧鸪声，与城里日益罕见的卜者过巷的铃声，便足够还原遥远的记忆。

　　京都虽无摇铃的盲眼卜者，但动植物种类与故乡颇近。一年四季，春山鹧鸪，梁间燕子，稻田蛙鼓，照着故乡物候，倒也常生慰藉。初到此地，但觉双耳一静。逐渐留意鸦啼，还有流水，以及茂密植物摩挲的声响，都是自然之音，来自古都丰美的山川，《枕草子》与《源氏物语》中的描述比比皆是。《枕草子》有一节讲子规，当然最喜欢周作人的译文：

　　　　子规的叫声，更是说不出的好了。当初〔还是很艰涩的〕，可是不知在什么时候，得意似的歌唱起来了。歌里说是宿在水晶花里，或是橘树花里，把身子隐藏了，实在是觉得有点可恨的也很有意思的事。在五月梅雨的短夜里，忽然的醒了，

---

❶　语出白居易《山鹧鸪》。

心想怎么的要比人家早一点听见子规的初次的啼声，那样的等待着。在深夜叫了起来，很是巧妙，并且妩媚，听着的时更是精神恍惚，不晓得怎么样好。但是一到六月，就一声不响了。

这些年在山里住久，也在梅雨的短夜听过深夜的一声子规。清少纳言还写过"听去与平日不同的东西"：

> 正月元旦的牛车的声音，以及鸟声。黎明的咳嗽声，又早上乐器的声音，那更不必说了。

《源氏物语》有《铃虫》一帖，讲八月十五夜的秋声：

> 有二三年轻的尼姑正为供佛之花而忙于尘外之事物，那阏伽杯相触之声，倒水之声，教人听着感动……阿弥陀经的大咒微微可闻，那诵经声自有一种高贵气氛。在百虫争鸣中，铃虫独以其摇铃似的鸣声诱人听闻……秋虫之声本是各有千秋，但中宫却认为松虫的声音格外动人，所以那次特别叫人从遥远野外捕些回来，放在庭院里。但松虫却虚有嘉名，寿命奇短……大家品评虫声，合奏乐器。

最后光源氏说："今晚就算是铃虫之宴，酣饮达旦吧。"

这些文章，几乎将世上风花雪月之美都说尽了，那幽微的情绪，后人再如何描摹，总发现已被前人吟咏过。所谓的日本审美意识，亦全来自于此。这些共通的喜悦或愁怀，稍可消解漫长时间的隔阻。

城市变化急速，就是号称致力风土保存的京都，也难免瓦解、重建与流逝。而声音却意外保存了某些可靠的信息，成为"文学性""历史感"必不可少的构成部分。夏目漱石《虞美人草》中，浓墨重彩描绘了古典风情尚存的京都，或者说，那是来自东京的漱石印象中的京都。春雨、流水、莺啼，"京都是春的、雨的、琴声的京都"。川端康成《古都》的结尾，苗子侧耳倾听薄雪的声音，"多么轻盈。不成雪的雪，真好呀，小小的雪"。谷崎润一郎、三岛由纪夫、水上勉、森鸥外、梶井基次郎、濑户内寂听[1]等人，但凡写到京都，无不描摹流水、虫音、竹响，都是符号化的古都。而身在此地的我，也自觉听取这些符号，而将车水马龙的喧嚣主动过滤。

以京都为舞台的电影，声音也是构成古都风情的重要元素：老铺卸下门板的咿呀声，炒新茶的簌簌声，路面电车叮叮当当穿城而过，舞妓艺妓的木屐笃笃敲着石板地面，以及柔软的京都腔——生于京都的小川环树在仙台教了多年的书，回来觉得自己"成了地道的乡下人，连讲洛语（京都话）的资格都失去了"。

巫女起舞时摇动的金铃。清晨练习诵经的僧人，排队走过窗下，一声接一声长啸。圣护院实践修验道的徒步者在山中小道吹着法螺。黄昏四点钟，附近寺庙准时敲响的钟声。

还有熟稔的世俗之声，回收旧纸的小卡车，总放着同一支童谣，唱毕道："关西古纸协会！"深秋，不知何处来的小卡车，吊着红纸灯，卖石子烤红薯，走街串巷，悠长的叫卖声："石烤红

---

[1] 濑户内寂听（1922—2021），日本僧人、小说家。1973年出家为尼，法号"寂听"，出家前名为"濑户内晴美"。

薯——来——"古本祭的几天，就停在知恩寺门前，的确也有人买了书，就去买只红薯吃。初夏，农学部稻田满水，一到夜里，蛙鼓清亮，浑然置身乡野。此地近百年前，的确还是纯粹的乡下，并无今日所见的住宅区。我曾经住在东山脚下，十分清静。只是夏季多蛇虫，壁虎、蜥蜴乱窜。想搬家，但舍不下明净的风雨声、山寺的晚钟，便也住了一年又一年。后来搬家，也是到离寺院晚钟更近的吉田山中。每年春天的傍晚，山里总有人练习吹笛，是为准备夏天的祭典，清正的旋律，一直到夜里。

回想自己初来的心情，是在"不同"中努力寻找"相同"，大概和吉川幸次郎说周作人"太注重日本文化里的中国部分"相似，但毕竟是异乡，渐渐知道去认识"不同"。而日常读的前辈学者的书，又常与同龄年轻人想法有出入，是为不同之不同，尤须对比参照。反之，日本青年对中国的理解，也有许多错位。譬如某位学者的话就很有代表性：

五

感

> 2013年夏，初次得到访问中国的机会，从媒体反复得知有关中国令人惊叹的经济大飞跃及种种矛盾，打算抱着这样的印象去，但实际踏上这片土地，许多东西都超出了想象。不讲仁义的经济发展的世界、高中时代爱读的英雄豪杰与文人的世界、人民装与自行车的世界，这里任何一条都与现实完全不同。

我北京的家中，整天都能听到窗外的车声。有时从周来京都，夜里在洒满月光的窗前小坐，总是感慨周遭太过静寂。偶尔有乌鸦突然怪叫几声，又安静下去，仿佛梦呓。

农学部实验田，
初夏禾苗新植，
黄昏至夜里，
蛙鸣格外响亮

　　在没有京都大学之前，吉田山一带曾是村庄与稻田，可以见到水车与牛车。1897年建校之后，很长一段时间内，附近仍然是一派田园风光。20世纪20年代初，宫崎市定曾住在田中一带，每天去吉田本部要穿过"水田中的小径"，逢到雨天，窄道十分泥泞。路上有许多穿制服、戴角帽的学生。当时校内只有一间食堂，在今天的人间环境学部，按照每位学生吃七分钟来规划——当然不够，所以每天队伍都排得极长。学校周边渐有便当铺、餐馆、拉面店、咖啡厅、中华料理店出现。其中有不少，一直经营到现在。

　　而今校内的食堂固然不止一处，每个校区都有。但中午课后高峰期，仍然是队伍排成长蛇，其间还有为社团活动宣传的年轻人热情递传单、驾校的人赠送印着广告的小包餐巾纸。食堂对外开放，长年有修学旅行的初高中学生，有时还有小学生，由老师或司机领着，穿着校服，三五成群聚在一起。还有些校外人士，常年驻扎食堂，或特立独行，或热爱与年轻学生搭讪，不乏形迹可疑者。但众人皆淡定处之，因为京大著名的"自由"学风，当然连食堂也包含在内。

　　食堂之外，校内还有几处餐厅，学校正门内一处，主打"校长咖喱"，是京大第二十四任校长尾池和夫在任上时监制，大受欢迎。尾池是地震学家，也是俳人，对咖喱情有独钟。后来校长虽换了几轮，大家对校长咖喱却追捧如旧。面对正门的标志性建筑——百年钟楼内，有一间法式餐厅。钟楼是"关西建筑界之父"武田五一在1925年的作品，餐厅内优雅宁谧，常用于招待学者或学会后的小聚。一年辛苦学习之后，也有老师会领门下弟子到此吃饭。菜品谈不上多特别，毕竟格调上品的京都，素不乏各种高档法餐。但建筑氛围、无可挑剔的服务，却深受欢迎。与本部校区一街之隔，有关西日法会馆，亦有法式餐厅，因为离学校近，也是师生们喜欢的地方。服务生一色清俊法国男子，眼波流转，身材出众，一脸无辜与善解风情，含笑回应客人们频频投去的目光。

对清贫且正在长身体的学生而言，量大、味厚最为关键。因此学校周边，生意最火爆、历史最悠久的餐馆，多数都考虑到这两点。不少都不好吃，甚至堪称黑暗料理。比如一家叫"鹬"的中华料理店，天津饭、炒饭、定食之类，勾很多芡，放很多酱油，量巨大，非常便宜。老板娘很凶，店里规矩极多，不许情侣面对面吃饭、不许剩饭、不许拍照、不许喧哗。纵然如此，生意常年火爆。"令人怀念的味道。"有很多毕业多年的人这样说，"被老板娘骂了也很安心的感觉，因为剩饭确实该骂。"诸如此类，自甘求虐。

相比之下，今出川通略往东的"查理的梦飞行"，味道就细腻很多，价格也非常合适。主人是一对夫妇，店内十分整洁，有充足的漫画、杂志，玻璃明亮，墙上贴满有趣的地图、插画。主打炸猪排、炸鸡块、肉饼，很舍得给沙拉与配菜，米饭是现蒸，远胜食堂，分量也大，因此常年满座。我也喜欢这里，常与朋友去。

有一天下午，店已过了营业时间，往里张望了一下，正要走，阿姨走出来，非常温柔地问："还没吃饭吗？还可以吃哦。"很感动。又一天夜里，一个人去吃。点了牛肉盖浇饭，吃着吃着突然发现米饭里埋着一块猪排，讶异问这是什么新菜。阿姨轻声笑道："你平常都与朋友来，今天一个人，又这么晚，一定累了，也寂寞吧？多吃块肉好啦。"

法学院时代曾有一位师兄，标准的京都人。常备各种和果子，抽屉里常年放着绿寿庵金平糖、柿种、丹波黑豆大福。他每天坐叡山电车上下学，过年要到特定的神社祈祷求签，熟悉京都任何一个传统节日，爱看佛教、妖怪主题的漫画。

老师曾让他帮我修改论文，他就带我去学校附近的进进堂。"我常来这里，京大生都喜欢。"他说。很多京都与京大的逸闻，最初都是他告诉我。比如他曾送我金平糖，说："也不是多么好吃，但是味道很温柔，很京都，一不小心就会喜欢上。"我曾很不以为然，但后来住久了，抽屉居然也真的常备着金平糖。晴天起西风时，绿寿庵家甘美的香气会一直传到校内，果然惹人恋恋。当年写这一段时，这位师兄已经赴任和歌山。我们并未有机会告别，他请一位同学转告我："以后也请多多关照。"并吃到了他从和歌山带回的点心。如今他已调到大阪某大学工作，也有了孩子。看他的研究课题与社会活动，一直参与人权保障工作，我很觉得安慰。

进进堂是学校北门对面的一家面包店，附有咖啡馆，是京都最古老的面包店，历史已逾百年。创始人生于西风东渐的年代，对面包相当执着。四十多岁时还到京大学习了法语，之后去法国留学，专门学习做面包。最早店铺开在京大附近，专卖面包，意在"还原巴黎的味道"。后来遭遇火灾，几经迁址，1920 年在竹

京大人深爱的进进堂本店，有『京大第二图书室』之称

屋寺町落脚，1930 年又在京大北门开辟一间。因分家、继承等问题，两处已非同一家经营。但京大北门的这家，仍然守着八十余年前的老建筑，菜品虽不如寺町那家多，面包却还是初代店主坚持的"巴黎味道"。"进进堂"的意思，店主的解释是：忘却身后不好的事，一念向前。许多准备考京大的学生都会到这里吃东西，求个"进"学的好兆头。河上肇[1]曾在《自叙传》中写自己在狱中的渴盼："还想再吃一回进进堂的面包。"谷崎润一郎、汤川秀树，也都是这里的常客。

进进堂以东，有一家 Café collection，在森见登美彦的小说《四叠半神话大系》里出现过。气氛很好，从前不禁烟，常有学生在缭绕烟雾中看资料、写东西。名品是蛋包饭，配腌白萝卜。鸡皮炒饭、香菇鸡肉汤泡饭也不错。需要注意的是，在这里遇到熟人、老师的概率很高。

农学部旁有两家印度菜，店名一样，店主也一样。为什么在这样近的地方开两家一模一样的店，我们都觉得是谜。不过有一家口味略胜一筹，馕和咖喱都不错。当然，不能跟东京、大阪、名古屋这些印度人更多的大城市相比。

思文阁美术馆地下一层有家叫"誉紫"的乌冬面、荞麦面店，面条都很不错。夏天有梅子鳗鱼荞麦面，冬天有寿喜烧乌冬锅。最初我更爱吃乌冬面，后来偏向荞麦面。生姜末、山椒粉末，拌在荞麦面汤里，实在美味极了。这家定食也不错，可以配一小碗面条，是"究竟是吃米饭还是面条好的"选择困难者的佳选。夏天的凉荞麦曲，会加一只生鹌鹑蛋。炒菜味道一般，盐常放多。

五

感

---

[1] 河上肇（1879—1946），日本经济学家、哲学家，日本马克思主义研究的先驱者，京都帝国大学教授。

但还是很喜欢来这里，大概是这家的阿姨特别亲切吧。她添茶时，总会很慈爱地望着你，周到地问："要凉茶还是热茶？"我刚来时，她还是中年模样，才几年工夫，背已佝偻，头发也白了不少，已被人唤作"奶奶"。通常中午去吃，顺道逛一逛思文阁美术馆一楼的美术用具店，以及小巷内的富山房书店。很喜欢买绘具，漂亮的颜色，装在小瓷碟里，看着很开心，可惜我不会画画。

平常在家做饭机会不多，很少有连续两天以上做便当的热情，因此大半时间外食。食堂很容易吃腻，学校周边也很快都吃了个遍。最为难是周日晚上，很多店都休息，不得已只好去便利店胡乱凑合，又或者干脆去居酒屋。那又是另一个系统，友人库索近来写了一部关于京都居酒屋的专题书，可以看她的记录。

曾经以为学校周边的餐馆就如食堂一样稳定得近乎永恒，然而在此生活的十余年间，却见证了许多熟悉的店铺的消失。查理的梦飞行几年前已关张，现在换了一家不甚美味的泰国餐馆。2020年之后的变化自然更剧烈，不少店都没有挺过紧急事态宣言时期缩短营业时间的挑战。银阁寺至学校的这段路，几十年前曾被认为是美食名店街，因为这里学生多，有钱人也多。据说若在这里顺利出道，就可以把连锁店开到日本全国。我也见过这条街热闹的样子，记得2010年、2014年的世界杯，有些店彻夜开着，年轻人在街中喝啤酒，烧烤香气飘出很远。而如今，夜里七时许，街中已一片死寂。新冠蔓延深刻地改变了我们的生活方式，不知这条街是否还会有彻夜喝酒、烧烤、看比赛的热闹？

学校附近的餐馆

古都的鱼

　　想一想，京都这种地方，应该有丰富精致的食物，与自然的风花雪月、人情的歌舞游艺相配，满足文人雅士细腻敏锐的五感。

　　不过赖山阳虽爱极古都的山紫水明，却嫌弃这里的鱼太难吃。也难怪，他生于临海的大阪，水产丰富，与群山环抱的京都大不相同。实在想吃鱼了，只好吃琵琶湖的新鲜淡水鱼。不止一人嘲笑过京都的这一点。江户的滑稽小说家曲亭马琴造访京都，直言这里是"鱼类贫乏之土"。夏目漱石初到京都后创作的第一部长篇小说《虞美人草》，也借宗近君之口鄙视了京都人热爱的海鳗："怎么又吃海鳗。天天就知道吃这个，一肚子碎骨头。京都这个地方实在愚蠢，我们还是快回去吧。"

　　谷崎润一郎也是东京人，二十六岁时拿报社的经费，第一次来到京都，给《大阪每日新闻》与《东京日日新闻》连载京都、大阪见闻记。日记里嫌京都菜味道淡，不合他们东京人口味，鱼类少，品质不佳。但连载文章还是要吹捧一番。他与朋友去吃南禅寺著名的怀石料理：瓢亭。"首先上来的，是切成大片的豆腐，盛在小碗里，像东京笹乃雪家的盖浇豆腐。豆腐上有青白二色汤汁，不同于东京绢豆腐的柔软，肌理也不同，口感全然异趣，实属难

群山环抱的古都，并没有丰富的水产

舍之味。汤是木芽勾芡，加砂糖。舌尖滋味洗练清甜，流动仿佛有生命。"

笹乃雪是东京三百余年的豆腐老店，其名取"如竹上积雪"之意，是正冈子规、夏目漱石等文人经常光顾的地方。谷崎这番描写，大约是美食杂志的软文水平，看得人云里雾里，纵知瓢亭美味，却不晓究竟。

此行的谷崎完全和普通游客无异，走马观花，夜夜笙歌。他很喜欢平等院的凤凰堂，宇治是《源氏物语》最后十帖的舞台。二十余年后，他在中央公论社社长建议下开始翻译现代语版《源氏物语》，直到晚年仍修改不辍，成为影响他最深的作品。后来他与家人数番旅居关西，并在京都邂逅了最后一任夫人——松子。可见与京都前缘早定。他爱京都，认为关西的食物远胜关东，全日本最好吃的东西都在京都。东京的食物，不过有一层童年温柔的颜色罢了。年轻时在东京，他还不够有钱，不能出入高档料理屋。移居关西后就不同了，美食之旅正式启程。年轻时批评京都鱼类太少的谷崎，后来却深深爱上京都的海鳗。

诚然，内陆盆地的京都是吃不上什么鲜鱼，自古以来只好专心培育蔬菜，开发出闻名的京蔬菜与各种风味隽永的渍物。要吃海产，只有外地运来的腌制品，而海鳗却是难得的异数。高温闷湿的京都之夏，有祇园祭，北部海岸的丹后地区与濑户内海所产的海鳗也被迢迢送至京都，故老饕们又称此时为"鳗祭"。海鳗性情凶暴，与这狰狞酷暑一般。翻山越岭的途中，长期脱水状态下，竟能蹦跳逃脱。所以有俗语讲：京都的海鳗是从山里抓的。如此顽强的海鳗，是京都夏天至为珍贵的鲜鱼。入滚水，皮骤紧缩，鱼肉绽开如白牡丹。可与梅肉同食，甘美脂肪与清凉口感交织。

谷崎每到夏天一定要吃高级海鳗，洁白鳗鱼搭配朱红梅肉与碧绿紫苏叶，加冰块，是他的最爱。《疯癫老人日记》开篇就有海鳗隆重登场："凉菜我们要了泷川豆腐，净吉要了毛豆，飒子要了海菜。我还点了凉拌鲸鱼丝。生鱼片是两份加级鱼和两份梅肉海鳗。加级鱼是妻和净吉的，梅肉海鳗是我和飒子的。只有我要了烤加级鱼，其他人要了烤香鱼。饮料四人都是清蒸鲜菇，外加一份酱烧茄子。"

　　还有牡丹鳗，就是以洁白鳗肉入葛汤煮熟，加蘑菇、翠色蔬菜而成的汤碗。晚年移居热海的谷崎，只能吃伊豆的海鳗，味道远不如关西所产，因而更怀念京都。他之所以没有将京都当做晚年定居之所，唯一理由是"难以忍耐夏天的酷暑与冬天的苦寒"。受不了冬夏两季试炼的谷崎，却舍不下京都的海鳗。他回忆，牡丹鳗清澈的汤汁，又不失芳润浓厚之感。某日饱食后，次日尤回味不已。洁白海鳗与包裹其外的半透明葛汤汁，如浴池中晶莹娇媚的女体。

　　海鳗皮切碎，是平民也能享用的美味。锦市场的海鳗皮至今仍是京都人钟情的小吃，可与黄瓜拌醋。资深食客北大路鲁山人说："海鳗皮放到茶泡饭里，是无上美味。"高级食材搭配至清简的家常茶饭，也算深谙食之三昧。

　　至于漱石鄙视过海鳗，大概是因为东京产的海鳗太瘦，厨师又没有耐心处理鳗鱼的碎骨，东京人当然也不以海鳗为奇。海产极为难得的京都，厨师何其珍爱这跋山涉水而来的暴躁大鱼，不但练就一番去骨的好手段，还又是葛粉又是牡丹造型地伺候着，连皮也要搭配调料吃得干干净净。不缺鲜鱼的东京厨师，何必费这个工夫。何况野蛮的海鳗是出了名的坏脾气，剁掉的头还能冷不丁咬人一口。读得懂《源氏物语》原文的濑户内寂听也懂得海鳗的好处："碗中的海鳗肉如糯米圆子一般团着，搭配透明的莼菜。汤清爽回甘，确如夏季拂来的微风。"日本古来池沼亦生莼菜，但大部分地区今已灭绝或濒临灭绝。京都北区的深泥池，倒是难得盛产莼菜之地，莼菜因而成为京料理中的珍味。平常想吃，也可以去超市买罐装品。不过平常人家，好像也不太吃，更不讲究莼鲈之思。

其实，海产欠缺的京都，还有一种老少咸宜、贵族平民皆深爱的海鱼：鲭鱼，即青花鱼。从福井、金泽海岸打捞的鲭鱼，盐渍保鲜，经历一天一夜的颠簸路途，来到京都人的餐桌。这条专门用于运送鲭鱼的道路，自福井的小浜直至京都左京区的出町柳，被称为"鲭街道"。送鱼的商人选取山中最近的道路，唱着"京都呀，远在十八里外"的歌谣，不眠不休赶过来。江户时代一里约四公里，其间距离近八十公里，虽然今天驱车轻松可抵，但在只能凭借脚力的年代，也足可见鲭鱼的珍贵了。京都人吃鲭鱼，以醋去腥味，加腌渍的生姜与酱油，整条鱼背覆盖米饭，就是至今仍广受喜爱的"鲭寿司"。每逢节庆典礼，京都人家都离不开此味。出门远行，便于携带保存且脂肪含量丰富的鲭寿司，也是必不可少的食物。如今东海道铁路沿线的车站，亦可见其身影。

生于福井的作家水上勉年幼家贫，到京都相国寺的瑞春院出家，十多岁后离寺求生，做过许多工作，经历坎坷。他很爱第二故乡京都，曾独自在祇园白川畔的料亭，寂寞饮酒，品尝鲭寿司："脂肪饱满的青皮与淡白的鱼肉，鲭鱼寿司一定要这两者的完美融合，海带的精华也深入其中。米饭与鲭鱼的搭配，恍如男女交欢的性感。"

许多人知道京都，是从川端康成的《古都》开始。而川端既不是京都人，也不像谷崎、濑户内寂听等人一样有长居京都的经历。他来京都一般都住旅馆，或者租房。他生于大阪，自小父母双亡，姐姐、祖父母亦相继故去，畸零人冷眼处世，一生不离"孤儿本性"，冷静无情。去东京读书后，他长期在各处旅行，婚后也大多是独旅。从《雪国》中放浪冷漠的岛村身上，或可窥得他的一点痕迹。他待过很久的地方是少年时去过的伊豆，在那里邂逅了伊豆的舞女，写下了成名作。后来也屡屡回到当初住过的旅馆，认为那里是他的"第二故乡"。如果说伊豆是他私人情感中寄托乡愁之处，那么京都就是他"希望继承日本美的传统"的所在。

日本战败后，他曾到过广岛，归来经过京都，感觉"矛盾"。广岛与京都是"日本的两个极端"，他想到《源氏物语》与室町时代的文学，都是"忘记了战争，表现出超越战争的美"。因此他欣赏京都，像玩味珍贵古董一样，略有距离感地审视这片"古典理想"之土。他探访古寺，邂逅古老卷轴、器物，聆听松涛竹海，并尝试将这些"永恒之美"保留在文字中。

酷爱字画陶器的川端，品位确然不俗。《古都》写樱花，更写青翠凛冽、高耸入云的北山杉。写食物，则描摹了京料理中最清隽的汤豆腐。千重子买来嵯峨一百五十余年历史的森嘉豆腐，在厨房切葱、刮鲣鱼，准备好专门吃汤豆腐的餐具，端到父亲跟前。《古都》历来所受争议颇大，评论认为结构涣散，难称为小说。而文中精心安排的古都风物，却有让人无法抗拒的魅力。当时的皇太子夫妇，现如今的明仁上皇夫妇，也很爱这部小说，特地到北山与杉林合影，托人转赠川端。东山魁夷亦数番创作北山杉主题的绘画，作为川端几度获大奖的礼物。川端本人曾说："看到京都，想想该写什么好，却什么都不想写。"他时时都在暗示所谓的"古都之美"终将变化、流逝，而这种无可挽回的悲哀，也是所谓的日本之心。

谷崎在小说中畅谈的美食，大多都是自己的口味。而川端似乎不同，比起小说中清淡隽永的汤豆腐，他本人似乎更爱浓油赤酱的食物。比如京都的寿喜烧三岛亭，就是他经常光顾的地方。明治文明开化之后，日本食肉之风大盛。三岛亭的初代主人把从长崎学来的牛肉锅做法带到京都，价格平易，极受追捧。据现任主人回忆，川端素来沉默寡言，看起来很冷漠。来店里说的话总共不外三句：要寿喜烧。可以上饭了。结账。大概牛肉锅确实合他口味，他还是应老板之邀留下书法：美味延年。

"美味延年"是川端晚年多次写下的内容，京都割烹料理"浜作"家也有这幅字。据浜作的第三代主人回忆，当年自己还是小孩子，川端先生每次来，必然坐在柜台坐席的角落，一直静静观察别的食客。不怎么喝酒，口味比较重。爱吃煮鲷鱼头和带壳煮的伊势大虾。此外，他还给这家店写下"古都之味，日本故味"，这在川端应该是相当高的评价。据说谷崎也是这里的常客。谷崎出门吃饭，常携妻子同行，且要求她精心妆饰。在店里遇到独自一人的川端，大概也难谈到一处。美味的确可以延年，而川端还是饮瓦斯而去。谷崎倒是始终精力充沛，临终前六天还念念不忘牡丹鳗的美味，跟松子夫人说，要是有体力吃就好了。

笋与松茸

或许能与汤豆腐的清味相提并论的，只有春秋两季的笋与松茸吧。环绕京都的山中丛竹遍生，《枕草子》里讲："河畔竹林被风萧萧吹着的傍晚，或是夜里醒来，一切都觉得有点哀愁。"菅原孝标女●十九岁时在《更级日记》中也写："竹叶婆娑，夜中难眠。并无何事，但觉伤悲。"每年 3 月，春樱冉冉之际，便是竹笋萌动之时。京都的笋，以西京、向日、长冈京所产为最佳，不过只要有竹林的地方，便有美味的笋。就是我家附近的小山坡，每年春天也会钻出秀气的笋，稍不留神就长大了。竹林的主人年纪大了，没有力气挖笋，会专门请造园公司的工人来"处理"。我问他们要过几只，做油焖笋吃，实在美味极了。

京都的笋料理，主要有木芽煮、刺身、嫩笋煮、蒸笋、烤笋、天妇罗、笋焖饭。濑户内寂听说："没有什么比笋切厚片，清淡煮透更美味的了。"与青木正儿一样，她也爱极了竹子。到嵯峨野修行结庵时，在院内种了二十余株竹子："置身竹薮，并不如其他树木那般黯淡，或是竹竿反射的青碧光芒吧。""我种了笋，今已第

● 菅原孝标女（1008—1059），日本平安时代的一位贵族女性，著有《更级日记》。

三年。能吃笋的时候，该怎么做了好呢？"

北郊所产的山椒嫩叶——称作木芽，是京料理所认为的绝品搭配。水上勉道："拌有青嫩木芽的味噌所呈的茶绿色，与玉色的新笋，极有季节之感。"木芽煮笋是 3 月的清物，超市就能买到，味道可能并不是那么出奇，然而我很喜欢，因为名字好听，颜色也动人。美食作家岚山光三郎从关东来京都旅游，在嵯峨野的竹林第一次吃到京都的笋焖饭，感动极了，夸赞说："滋味清淡，颜色也淡雅。新笋的香味清澈馥郁，口感柔软。舌尖仿佛竹梢风过。"

不单文人推崇笋，写下各种赞词，学者们也爱极了，留下不少记录。铃木虎雄曾赞美向日的笋非常美味。狩野直喜、铃木虎雄、青木正儿、小岛祐马、本田成之、那波利贞、桥本循、仓石武四郎、吉川幸次郎，这些中国文史学界的先生，还借学术交流之机，举办"食笋会"，当时正在东方文化研究所教书的傅芸子也参与其中。青木正儿嗜笋出名，《孟宗竹》与《烤笋》两篇文章，摭拾掌故、考辨源流，与笋一样美味。他在自家庭隅种笋，掘出来烤着吃，评为至味。没有山椒芽，就用薄荷嫩芽代替。燃料紧缺，只好扫竹叶。"清贫的馋嘴教授负暄南轩，痴想来年吃笋之计"，很可爱。

春风变得柔软的时候，城内各处店铺都有山中新掘的笋，摆在街边售卖，底下铺着蕨叶或侧柏叶，是我百看不厌的风景。

而到了秋天，用德富芦花的话讲："自九月下旬鹿儿岛初有松茸以来，可从山阴一路旅行，一路吃来。其中最甘美的，到底还是京都的松茸。"

嘲讽过海鳗的漱石也爱京都的松茸。1906 年，他收到友人所赠京都松茸，欢喜复信："见此松茸，即想去京都了。"三年后的1909年10月中旬，刚从中国东北、朝鲜回来的漱石到大阪出差，去京都嵯峨、高雄一带赏红叶。离开闲静可喜的神护寺，"翻越山岭，到达北野天满宫，遇到许多担松茸的人"。他还请人从大文字山中买过一笼松茸，为"寒厨增添香气"。松茸可烤，可做天妇罗，切片蒸，做清汤，与牛肉同食，焖饭，那难以形容的香气就如梦一样不可捉摸，又令人难以忘却。而今大文字山内已无松茸，不过北野天满宫每月25日的天神祭，秋冬时节还能见到松茸的身影，底下垫着新鲜的蕨叶，说是刚采自京都的北郊。

漱石肠胃不好，四十九岁时死于胃溃疡大出血。他没有谷崎的口福，称不上美食家，但与京都倒有食缘。松茸之外，他还留恋一味善哉，即红豆糯米圆子汤。此名的来历，据说是一休宗纯尝到此汤时，连呼"啊啊，善哉，善哉"。漱石回忆道："我与善哉、京都的渊源甚深。最初来这里，是十五六年前。当时正冈子规也同行，住在麸屋町的柊屋。晚上一起游览京都之夜。最初映入眼中的，就是这红色的卖善哉的大灯笼。看到这大灯笼，就感到，啊，这是京都了。我当时的第一印象，善哉即京都，京都即善哉。而这也是最后的印象。子规过世了。我也不再吃善哉……啊，子规已经死了，像丝瓜那样干枯地死去了。"

也许是从小不在山里生活，对松茸没有深入骨髓的记忆，我对这种秋天的至味不似对春天的竹笋那般执着。比起吃，还是对那本《末日松茸》（ *The Mushroom at the End of the World: On the Possibility of Life in Capitalist Ruins* ）的书更感兴趣。超市里最醒目的地方摆着竹篮盛放的新鲜松茸，本地产的自然最高贵，价格奇昂。云南产的松茸价格更亲民，尽管许多日本人并不知道云南具体在何处。2020 年，因为新冠的影响，云南的松茸不能顺利出口到日本。本地新闻屡屡播送云南松茸丰产的盛况，以及对日本人而言惊人的低价及豪爽的盛宴。那略微惆怅的口吻，仿佛吃松茸原是日本独特的风俗，如今也影响了中国普通人家的餐桌。

钱汤

关西钱汤很多，人均占有率在全国的排名很靠前，据 2016 年的数据，京都大概排名第六。我的日本同学都喜爱钱汤，我的导师也说自己学生时代特爱半夜去钱汤，泡舒服了才回宿舍睡觉。他说："京都是钱汤的天堂，钱汤是京都很平民的一面，其乐趣很难在高尚温泉旅馆里得到——当然，我本来就是庶民派。"

学校附近有一家"东山汤"，在百万遍西北角的小巷内，附近有居酒屋、大力饼食堂、三高饼食堂、麦当劳、花店银花园、木炭店。大力饼、三高饼，都是很怀旧的名字，食物淳朴、分量足，最符合旧时学生的需求，现在生意则略为萧条。大力饼这三个字，一看就能吃饱，"三高饼"则来自京都大学前身旧制第三高等学校之名。有一回冬天去贵船鞍马玩，山中大雪，错过公交车，往来寺庙神社及电车站之间都靠步行。积雪浸透履袜，冻得不成人形。终于赶在天黑前走出山来，乘叡电回到出町柳，艰难地往学校走——远远看见白色招牌上大力饼三个黑色大字，顿时饿极了，挪进去要了猪排定食。也只有这么狼狈的时候才会觉得特别美味。

常有人在研究室彻夜用功，或者待到午夜就懒得回家。这种心情我完全理解。每天一到夜里，就不想回家，觉得当日很多事都没做完，回去又要洗澡又要收拾。若到百万遍东山汤泡个澡，回来继续学习，想想就很妙。但师兄们都爱去东山汤，可不想在那里打照面——不要误会，当然不是混浴。即便在门口遇到，也足够尴尬。

挣扎一番，还是回家吧。以前银阁寺附近有三家钱汤，离家最近的叫"银阁寺汤"，在白川疏水道旁，北面就是派出所。因此虽然深夜道中阒寂幽暗，也不觉恐怖。很喜欢夜里的东山，比夜色更深沉，连绵山脊百看不厌。轮廓清晰的突起是大文字山，月光很好时，"大"字清晰可见。常有爬夜山的人，遥远地，看到"大"字中央一两点手电筒光，像闪烁的星。白日挤满游客的街道，夜中清寂如世外，唯有疏水道清亮的水声。偶尔还能在路上邂逅苍鹭、黄鼠狼。雨后，洛北地区的积水自白川疏水道汹涌而下，声音洪亮如瀑布。水边有竹林、柚子树、橘树、枇杷树、栀子、绣球、南天竹，开花结果时很好看。许多次夜里沿河行走，月光照亮道路与流水，无限清明。深夜见到的，常是下弦月，缓缓自东山升起。偶尔被房屋遮挡，继续往前走，又看到那片月亮，非常喜欢，忍不住默念"月出于东山之上"。

澡堂里最多的还是老人，以前有人写过一本书，讲高龄少子化的今日，澡堂是老年人难得的社交场所。银阁寺汤从下午三点开到零点三十分，下午中老年人来得多，深夜则是女学生多。掀帘进去，将鞋锁在玄关处古老的木鞋箱内，男左女右，进右侧门。老板娘坐在高台上收钱，面前整整齐齐摆着五百元、一百元、五十元、十元硬币。消费税未涨之前，成人每次四百一十日元，后来涨到了四百三十日元。

因为高度近视，所以可以非常坦然地走进浴室。有年纪非常大的老太太，背驼得很厉害，也一个人颤巍巍在喷头下冲洗干净，小心翼翼爬进浴池。浴池分冷水、浅水、深水、水流按摩、药汤五处。冷水池最刺激，注明心脏病高血压不得尝试，我要下很大的决心才敢去挑战。先迈进一步，再迈进一步，慢慢蹲下去，最后一股脑儿沉下去。啊！不过，夏天泡冷水池还是很愉快。平常就老老实实待在浅水池里最安全——我还没学会游泳，很怕深水。这是开玩笑的啦，借浮力漂在深水池里，随着涌动的水流昏昏沉沉摇荡，实在是至高的享用。药汤名宝寿汤，据说放了十一种中药，桂皮、陈皮、苍术、香附、当归、大茴香、川芎、高丽参、辣椒等，气味冲鼻，闻久了又觉留恋。很喜欢待在宝寿汤里，出来时恍惚认为自己是砂锅里炖到酥烂的排骨——还是药膳。来浴室的老太太们喜欢聊天，年轻人都目不斜视，很沉默。蒸腾的热气升往幽邃不可测的屋顶，偶尔有凝结的水珠掉下来。隔壁男浴室间似乎要热闹点，但也听不清他们到底在说什么。

来来回回泡够了，懒洋洋出去，把地板和自己收拾得很干净，穿戴妥当，可以问老板娘买一罐冰牛奶喝。曾和两位法学研究科时代的好朋友去伊豆玩，夜里泡澡出来，躺在大椅子里一瓶接一瓶喝牛奶。"提前体验了完美的老年生活。"我们赞叹，当时约定，"老了也要一起泡澡。"

2015年4月下旬，木香花盛开的时节，路过银阁寺汤，突然发现门上贴了张告示："本浴场已于4月24日（星期五）闭店。感谢诸位长年厚爱。"很不相信，又看了一遍，确定是真的，很失落。

常听到人们说，许多古老的东西都安然坚守在京都。然而平静的光阴底下，仍是永恒不可逆的消失，因其在世俗深处，最平凡，回声又最震耳。

看病

很多年前，东京研究医疗社会史的饭岛涉老师来京都为研究班的报告作评论。那天主题当然关于医疗史。夜里在小酒馆一起吃饭，谈起各自的就医体验，异常热烈。有老师说，轻易不要去国立大学附属医院，因为"常常给学生练手，学术天才不一定是手术天才。虽然有医生的确是神之手，但轻易不给普通人动刀"。

我很好奇："《白色巨塔》里那么酷的早间巡诊，是真的吗？"有老师说："大医院真的有，气势磅礴！"又有老师补充："以我的经历，小医院就没有。那年我阑尾炎手术，住的私人小医院，早上一个大夫两个护士，态度和蔼极了。当然啦，人那么少，也排不成威武的队列。"

"只有高高在上的国立大学医院才那样，医生们有病人捧着，又有学生小心翼翼伺候着。我很怕他们的。"

"宁愿吃很多药，也不想进医院啊！"

"唉，上了年纪，说不定哪天就被迫进医院。"

"没事，学历史的，一般都长寿。"

"是吗？日本史的某某某老师，去年刚去世，还没到六十岁……"

"唉唉，不说了，还是喝酒吧！"话题跑偏，年轻人们赶紧为老师斟酒。

这些年，在京都没少跟医生打交道。我一向很怕去医院，尽量吃药解决。刚来的时候，带了许多从前常用的药，头痛感冒，腹泻肠炎，过敏炎症，品类齐全，装满一小盒，应有尽有。因为药局实在方便，后来渐渐也开始尝试这里的药。最先令我折服的是太田胃散，不久，综合感冒药、资生堂的口角炎软膏、防蚊水，也逐一用过，效果甚妙，遂觉生活有保障，逐渐安心。

学校正门附近有健康科学中心，即保健所，分内科与神经科，工作日都有医生坐诊。但学校人多，保健所时常人满为患，分科也不细致，只能处理很简单的问题。日本医院有国立、公立、医疗法人、个人、公益法人、学校法人等区分。本校附属医院属国立医院，医疗环境与技术均属一流，外来患者众多，床位紧张。平常头痛脑热一类的小病，没必要去浪费医疗资源，就近找私立医院即可。去京大病院要有其他医疗机关的介绍信，如果没有，就要排很久的队，还需缴纳特别费用。这是特定疗养费制度的规定，为了减少去大医院就诊的普通患者，保证大医院集中精力专注疑难杂症。一位师姐怀孕后想在京大病院分娩，就是导师写的介绍信。

曾经有一位师兄，高烧数日，昏沉中也没去京大病院，而是挣扎着去了府立医大病院。诊断为肺结核后，被转院至京大病院的结核病栋。日本结核病预防治疗都属公费范畴。很快，区政府保健中心来了位大夫，到研究室宣传结核预防法，并让与师兄有直接接触的几位都去保健中心体检。原以为结核病是上个世纪的传说，没想到现在还能亲密接触。师生一行只好都去保健中心抽血拍片，且要持续追踪五到十年。

师兄在结核病栋待了整整三个月，院内严格控制探访人数，原则上只能是固定一人。我们只好写信，请护士代为转交。结核病栋气氛紧张，穿过主楼漫长的走廊，直到尽头才会出现两扇沉重的大门。里面的护士、护工都包裹得严严实实，探访者需戴上巨大严密的口罩，接受消毒后才能进入会客间。那一阵师兄很虚弱，在如此高度隔离的环境中，我们也不知该说什么。后来，病况好转，活动范围扩大到护士台旁的会客间，允许读书看报。有时他会打电话到研究室，说想读某某书，让人送进去，读完再取出来。卧病数月，他竟写了几篇论文。"说要绝对静养，躺在那里不知做什么，只好构思论文。"真像郁达夫小说里的情节。

幸好，我也不曾有机会去京大病院。平常去内科、耳鼻喉科、骨科的专门医院，等候区绝大部分是老人，且都是附近居民，常年在此就医，与医生很熟，院内的"家庭气氛"很浓郁。医院多以医生姓氏为名，很多就在医生家里开辟几间诊室。墙上挂着医生的博士毕业证书、医师资格证、某某研究会会员证等。医生家人多半也在帮忙，"医疗空间"与"家庭空间"有一定的重合区域。有点像小时候去老中医家里看病的感觉，并非身处"公共空间"。

家附近有一家牙科诊所，号称"治疗手法温柔，不令你恐怖"。主治医师很年轻，曾留学美国，手下全是美丽的女医师。进门有护士起身温柔招呼，进诊室有护士单膝跪地替你盖毛毯、递手巾。治疗过程可以被一块小毛巾遮住双眼——免去与医生四目相对的尴尬，也免目睹恐怖的仪器。花了三个月的时间治疗了九颗轻度虫牙，同大夫们都成了朋友，也见证了一位实习护士的转正。不过一位老师很不满京都牙医的做法："每次只看一点点，拖泥带水，就是要多收点钱。我四国老家那边，别说九颗虫牙，就是一嘴坏牙，也能帮你迅速解决。"

来这里的第四年，遭遇了花粉症。起先以为是感冒，忍耐一周并未见好。每日涕泪横流，难以入睡。去内科医院，老大夫看了我一眼，几乎没有检查，便很肯定地说："恐怕是花粉症呢，今年刚开始吗？"

我点头，他同情道："去找耳鼻喉科的大夫吧。"离家两百米处刚好有一家耳鼻喉科医院，进了门，候诊室全是人，老老少少，都戴着口罩。填写表格，办理初诊手续。大夫是位白发苍苍的老爷爷，以极敏捷的手法用仪器查看了我的鼻腔。我还没来得及恐慌，已检查完毕："的确是花粉症。"

日本原先自然林九成以上都是阔叶林，战后社会重建，日本木材的需求量激增，农林水产省推行扩大造林政策，大量种植成材快的杉树。高速经济发展进入平缓期后，林业衰退，木材需求陷入低迷，杉树自由生长，无力砍伐。政府虽几次决心更换树种，但人手缺乏、成本过高，终难执行。日本境内的森林占据国土面积的七成，而当中近二成都是杉树。每年初春，杉树飞散出惊人的花粉量，飘散时肉眼可见黄云飞舞，有如沙尘暴。因而花粉症患者逐年增加，全国的患病率接近三成，其中大部分都是因为杉树花粉。后来，连宠物也有花粉症，可怜的猫与狗，和人一样涕泪纵横——它们还不方便戴口罩。日本大量速成的人工林并非看起来那般整齐美丽，维护这些林子需要人工除草、修剪、及时采收。但这维护成本比起木材价格，显得过于昂贵。很多树林成为当地人避之不及的麻烦，甚至被称为"绿色荒漠"。这些年，吉田山开始尝试恢复原生林风貌，有计划地砍去此前人工种植的杉树、柏树，让低矮的灌木丛可以自由生长，形成良好的生态循环。而这种复育工作需要足够的时间与人力，在人口锐减的日本山区很难实现。

听说东京曾经推出砍旧树、种新树的五十年计划，如此十年后花粉量可减少两成。该计划得以实行，主要原因之一是当时的东京都知事石原慎太郎自己也患上了花粉症。他倒坦诚："我之前没得过花粉症。得了以后，突然意识到这确实是个问题。人嘛，就是这样的。"

花粉症目前无法根治，只能药物控制、略加防范而已。2月下旬开始，京都即开始有杉树花粉，一直肆虐到4月中下旬。人们期待樱花前线❶之时，花粉症患者却无奈地关注着杉树花粉前线。可怜关西的山林覆盖率很高，每年的杉树花粉飘散量格外大。

紧接着杉树的，是柏树花粉，一直持续到5月末。据说有人会在春天逃往北海道、冲绳，或者出国，名曰"花粉假期"。但秋季又是禾本科植物与菊科植物花粉的季节，一年之中，只有酷夏与寒冬稍得喘息。

从此，我也喷嚏不断，双目红肿，成天戴着口罩。香织取笑我："我都没有花粉症，你比我还像日本人。"我喉咙沙哑，辩解道："现在你常年在北京。"有一年春天，每日被喷嚏、鼻涕、眼泪折磨的我，临时有事回京。下飞机没多久，突然意识到花粉症症状竟全部消失——感激涕零。不过据从周说，近年北京的蒿草花粉量很惊人，

---

❶ 日本造语，即"预测樱花开花时间的等日期线"，1960年代日本气象节目开始使用，向观众播报日本全国樱花开放的预测时间。下文"花粉前线"一词结构相似，即气象节目向观众预测花粉飘散的时期。

他也得了花粉症。

京都老龄化程度很高，六十五岁以上的人群占据总人口的百分之二十八以上。市内医院众多，每天都能听到急促的救护车声。深夜听见，颇觉寂寥。也常常看到担架抬出来的老人，被送进停在路边的救护车，闪烁的鲜红车灯惊破宁静夜色。从前住在银阁寺附近时，家对面的小木楼内有一位独居老人，每天早晚在庭院内合掌祈祷，之后到大学食堂温书，行止怪异。他很喜欢跟人打招呼，见到我就说："小阿姐，去学校啦！""小阿姐，回来啦！"我有些恐慌，含糊应一声，赶快逃走。快递员路过，他也要热情招呼。快递员都很温柔，会跟他多聊几句。

有一回，一位阿姨凌晨送报纸，上楼时突然看到老人在他家窗边，笑眯眯说"早上好"。她吓坏了，替我报了警。房东与警察都过来，安慰我："那位老人是有些奇怪，但很多年了，也没做过出格的事，并不是危险的人。"

有段时间，楼门紧锁，院内草深数尺，多时不见他人影。我和邻居谈起来，觉得很担心，又报警。警察推门，发现门没锁。我们在院内站着，大气不敢出，紧张极了，唯恐里面是新闻常见的悲惨画面。警察也神情凝重，进屋查看。过了很久出来，万幸没有什么发现。一个多月后，忽然发现老人又颤巍巍出现在窗边，早晚在中庭祈祷，见我就喊"小阿姐"。我也认认真真回应，不再仓皇逃跑。警察上门问过一次，特来转告我们："前一阵他出去旅游了，没事儿。谢谢你们关心他。"

新冠流行的这两年，日本社会暴露了许多问题，其中原本就困难重重的医疗系统也屡现破绽：医护人员人手不足，重症病床不够用，疫苗接种进行迟缓，不少养老机构发生聚集性感染。在

五感

疾病流行之初，似乎有一种普遍的乐观，以为再凶险的病毒，到夏天也会过去。这种期待已被证明过于盲目，人们渐渐习惯新的生活模式，空气里弥漫着疲惫的气息。我也是沉默见证的一员。

花道教室

京都人爱花，随处可见花道教室。多年前，发现农学部附近的小巷内有一家嵯峨御流的花道教室，便留了心。京都花道流派众多，池坊派、远州流、御室流、未生流、专庆流……我并不清楚个中学问。花道也是外国人特别感兴趣的艺术，因此有专门面向外国人的教室。只是我不喜欢热闹的地方，幸好农学部附近的这家规模很小，地方我也喜欢。老师很年轻，话不多。小巷草木繁茂，继续走下去就到了北白川人文研究所。路上常有猫散步，睥睨来人。

所谓教室，是老师租用的一家咖啡馆。咖啡馆不营业的日子，就在二楼教课。小木楼很陈旧，外墙爬满青藤，从窗口垂下。花材来自我家附近的井上花坛，送花的青年将两水桶花抱上来，就可以开始上课了。老师会用我们多余的花材装点一些不起眼的花器，比如空牛奶瓶、小梅酒瓶。有一天不知从哪里捡来一根细细的青竹，从中挖一孔，置入小试管，盛水，养一两枝秀气的植物，整个屋子仿佛都明亮起来。

来这里的都是女性，有一位做法语家庭教师的老太太，年轻时曾跟做生意的丈夫在法国待过几年。有一位在研究所工作的工学博士。还有一位温驯文雅的少妇，每周来花道教室两次，狭窄木梯轻轻走上来，跟我们打招呼，声音非常低，空气没有一丝涟漪。她的头发挽起一半，余下的顺着弧度优美的颈子披下来，有几缕贴着白皙的肌肤。她很少与人对视，目光总是低垂。是京都本地人，虽然穿着普通的衣服，但一眼看过去就能想象穿上和服有多美丽。她与丈夫都是农学专业出身，丈夫在市内某私立大学教书，她当时似乎没有教职。她比我早来几年，插花的动作柔和而果断，不枝不蔓。

将一束没有章法的花材妥善安置在花器中，令体用相三格❶调和圆融，合乎传统美学。任何形成理论体系的艺术，看起来再简单，做起来也不容易。

把花枝固定在七宝❷里，有时要折一节嵌住，有时剪一段填满。这些举动很容易慌张，很煞风景。而她极从容，不会浪费花枝，也不会犹豫。剪刀铰断花枝时毫无迟疑，长度也准确恰当。老师对大家幼稚的作品常不吝赞美，很温和。而到她跟前，却多沉吟不语。

隐约觉得她与老师有些很好的情分。当然非常淡泊、节制。像花菖蒲一样，很多人以为是香的，其实并没有。老师为她修正花枝时，她的指尖总微微颤抖，声音细若游丝，脸红得要烧起来，漂亮极了。老师轻声问："好，这样是不是好一些呢？"她认真地站起来，离桌几尺，仔细端详。许久是几乎不可闻的细语："是，要好很多。"

有一回课后，忽降暴雨。在窗前等雨过去。她和老师有一搭

---

❶ 佛教用语，也用作花道概念，指三种作用、姿态的花枝，是插花必不可少的主干。

❷ 金属制花道用具，置于花器当中，用于固定花枝。

没一搭地聊天，将方寸窗外目所能及的所有植物一一认出名字来。其他几个学生好像很自觉地用无法觉察的速度远离窗口，大家不说话，就听他俩的声音。每种植物都认出来，雨终于停了。

后来，教室搬到同志社附近，据说是更大更漂亮的和式房，学生也更多。但离学校远，天气越来越冷，我以忙碌为由，渐渐就不去了。

那年 12 月底，收到老师邮件，说有新年插花会，要我有时间务必去看看。于是就去了，那天的花材是黑松嫩枝，满室都是松脂喜悦的香气。唯一麻烦的是手上粘满油乎乎的松脂，稍微一蹭就黑漆漆，非常黏，搓是无济于事的。日本新年常用的花材还有：南天竹、水仙、竹、干柿、菊、梅、山茶、万年青、稻穗。

当日来了很多学生。花道教室本来就是女性居多，老老少少，未婚的大小姐，闲得无聊的女学生，准备嫁人的新妇，已婚的妇女，寡居的老妇，气质出众的老太太。围着正当青春的老师，热闹非凡。大家沉浸在新年的愉悦气氛里，折腾几根可怜的黑松枝，个个满手乌黑，还要给成形的松枝绑上金银二色的"水引"——一种装饰在赠答品、信封等物上的结线。有几位怎么也打不成那个结，迭声问老师："老师老师，能不能再来一遍？"最后几乎是老师手把手才教会。

很早完成的几个人，鱼贯到浴室间洗手。果然是一座比以前的咖啡馆漂亮不知多少倍的和式小楼，崭新的榻榻米散发出蔺草的清香，主人据说是位富有且爱好传统文化的太太。洗完手，有人拉开一间纸门，招呼我们吃点心。那屋内没有开灯，京都的冬天，五点就要天黑。幽暗光线照见壁上一幅挂轴，是上村松园的美人图。屋角背坐着一位女子。有人喊她："一起吃吗？"她用很小的声音答道："谢谢，稍等……"

我刚吃了一口点心，忽而觉得那声音有些耳熟。座上的纸灯已经点亮，屋角的女子回过身，微笑与众人点头招呼。她怀里抱着婴儿，身前覆着哺乳巾，显然是哺乳刚毕。居然就是那位少妇。刹那，我竟有些慌张，不敢看那粉嫩的小身体。很快，又有些奇妙的惊喜，一脸"原来你也在"的表情。她朝我点点头，也不说话，意思是"对呀，我在的，你今天也来了"。

婴儿突然哭起来，她急忙逗弄，不停向大家道歉。一屋子的女人当然不在乎，帮她一起逗孩子。哭声稍止，她依然带着笑，起身要走了。大家苦留她，她已收拾东西站到门边，和大家鞠躬道别。老师在屋子的深处，祝她新年快乐。纸门掩上，她离开了。

转年春天以后，我没有再去过那间花道教室，新年插花会赠送的竹筒花器倒一直安然在家中。那样的暴雨再也不会有了，我的想象最好永远停留在那场雨里。当然还有一个很重要的理由：因为老师太受欢迎，学费涨了四分之一。

买花去

　　虽然后来不再去花道教室，但平时依然喜爱买花。京都大街小巷遍布花店，车站、商场附近也有流动的花车，一般店里在切花之外也兼售别致的盆栽，丰富的花材随季节而更迭，路上也常能见到抱着或背着花材的人，令人喜悦。明治以来直到今日，日本积极从欧美引入植物，也热衷培育新品种，因而有不少国内不太熟悉的花材，亦未有合适的汉名。欧洲风情的花店偏重蔷薇、大丽花、大飞燕草、仙客来、银莲花、大花葱、大花石竹、勿忘我这些植物，所盛容器亦多为玻璃、搪瓷制品。

　　当然也有偏重传统花材的花店，比如我家附近的老店井上花坛，与周边花道教室、茶室、和果子店往来密切。一年四季，桃花、瑞香、花菖蒲、丁香、桔梗、覆盆子、紫萼、玉簪、菊花、桂花、蜡梅、山茶、梅花、水仙……无不美丽。北白川附近有一家叫鼓月的京果子店，很喜欢那家的千寿仙贝。多年以来，店里的用花全来自井上家，偶尔看到送花的青年将花束安置在店内水钵旁。前些年鼓月隔壁新开一家现代风格的花店，花材也很丰富，但鼓月仍忠诚地坚守与井上花坛的缘分。

　　平常若是下学早，就会去井上家买几枝。遇到不认识的植物，便问店主夫人，她都知道。很喜欢待在潮湿温润的玻璃花房内，花瓶内整整齐齐摆满花束。包了好看的一束，回家修剪插瓶，纸张可以留着包书。家里花器不多，只有几个酒瓶、牛奶瓶。有一只好看的绿泥清水烧细颈瓶，却只适合白山茶，其余都不甚相配。有一只清课堂[1]的细颈铜瓶，最适合莲花、枯莲蓬的清净一枝。然而置身陋室，背景是混乱的书堆、驳杂的生活用品，完全埋没了它的庄严宝相。痛感好的器物，须有雅洁的环境来供养，否则就很可惜。贫寒的草庐，铁器、竹器、粗陶器很好。宏丽的殿宇，铜器、瓷器很好。不成风格的混乱空间，就用没有存在感的透明玻璃瓶。

那时，井上花坛的店主是一对老夫妇。夫人敬子是一位瘦小白皙的老太太，戴金边眼镜，妆饰优雅，擅长花道，是店里的核心人物。老先生一般只是默默劳作。下面还有两位青年，一位是这家长子，谨慎寡言。另一位更年轻些，圆脸，眼睛很活泼，说的话也可爱，似乎是店里工作的人。5月末菖蒲花将尽，这位青年送了我三枝，说恐怕只能开一天，喜欢就拿去吧。有一年6月买碗莲，是他抱着碗莲桶送到我家，并给我四页种植碗莲的介绍，还跟我在阳台看了会儿夕阳。我一直养着这桶碗莲，像带着心爱的宠物。有好几次中午过去买花，刚出门就下起瓢泼大雨，店里人或是留我聊天，或是借我伞，相处很愉快。店主一家很温柔，花店廊下每年都有燕子来筑巢。燕巢下吊着一只小盒子，有时是倒挂的张开的小伞，用来收集燕粪。

店内壁上的花笼随季节更换花卉，有时只是二三极普通的花

---

[1] 清课堂，创立于1838年，日本京都的锡器老字号。

井上花坛的春色

岁末，井上花坛的松枝、草珊瑚等各色花果

材，却搭配精妙。比如玉兰与菜花，柳丝与桃花，莲蓬与青荷叶，红山茶与数枝梅花一般的乌桕果，都是敬子夫人的作品。问她学的是什么流派，她谦称说，自己胡乱玩的，讲出来辱没了师傅的名号。有时会帮我搭配花束，经她指点，总有神奇的改变。我一向喜欢颜色素净的花卉，比如百合、翠雀、山茶、水仙、菊花。敬子夫人很快发现我口味单一，有一回冬夜，看我又拿了绿菊花与水仙，便建议："这颜色有点寂寞呢，要不要加一枝金丝桃的果子？"又点缀一枝文心兰。果然，气氛顿时温暖明亮起来。她也经常问我某植物的汉名。比如南京黄栌、南京栌就是乌桕，花水木是大花四照花，萤袋是紫斑风铃草，曙草是獐牙菜，彼岸花是石蒜。

初夏的一天，在店里买了芍药与白鹃梅，敬子夫人送了一束菖蒲与艾草，说端午节要到了，可以泡澡。"不过中国的端午节，是不是还得等到旧历？"她笑道，"小时候过端午节，母亲会把艾草贴在我眉间，说可以治头痛。现在还会贴呢。"日本端午节过新历，许多人已不知这原是来自中国的节日，一些传统技艺的领域素来喜欢强调日本文化的独特性，提起中国的传统则时常惊讶："原来中国也有啊？"对比之下，足知夫人的博识与胸襟。

盛夏某日，她笑问："你用了什么香水？非常好闻。"我才想起是六神花露水。她赞美说："像植物的味道，很怀旧。"又关心，碗莲还好吗？于是每次见面我都汇报，开了一朵，又开一朵，结莲蓬啦。店里的客人，许多是附近的老太太，有些是买了花即将去茶席的，穿着雅静的和服，发髻挽得一丝不乱。在她们的谈话里，也认识了一些茶席用花。时序更迭，夏末还是桔梗、小绣球、木槿、石竹、姬百合，秋初已是泽兰、女郎花、地榆、芒草、鸡冠花、龙胆花、胡枝子、秋樱。南瓜、苹果、柚子等水果，也常用于茶席清供。日本的南瓜分东洋种与西洋种，前者味淡、水多，不好吃，但造型奇妙，有菊花形、葫芦形，适于观赏把玩。后者才是用来吃的。当然，如果非要吃，前者也可以，一些京料理店就会将这低产、金贵的南瓜与许多其他美味同煮。

年末一定会去买新年花束，常见搭配是南天竹、草珊瑚、朱砂根、松枝、百合、梅花、蜡梅、水仙、百合。店门口一连几日都会摆出长桌，专售现成的门松、佛前供花。店里也有许多客人，店家老小集体出动，将包好的花束送到客人怀里，躬身道一句"新年快乐"。如果没有这束花，好像年货没有置办齐全一样。那时，店里总有金黄的佛手，个个饱满好看，摆在乌色木盘内，清香可喜。敬子夫人说，佛手柑可以切片晒干泡茶，或者蜜渍。很喜欢听她说话，用词文雅亲切，没有很复杂的敬语。若保管妥当，到春天就会得到一只佛手干。可惜有时冬天雨水特多，佛手早早发霉朽坏，再想补一只，店里早已没有得卖，街巷中倒是随处能看到结满澄黄香橼的高树。

2017年春，听说敬子夫人的长子身体不好，正在疗养。当时送了她一枚大阪少彦名神社的守护符，那是古来供奉中国的神农与日本的医药之族少彦名命的地方，据说守护符有祛病消灾的功能。店主老夫妇很欢喜，说儿子每天都很努力地恢复，医生也说状况不错。后来在店里也看到那位青年，行动略有不便，但气色颇好，依然是恭敬温和的态度。有那样好的母亲，必然是好青年。那年岁末，青年也来帮忙，店里仍是往日的和乐气氛，水桶里盛着大束松枝、南天竹、草珊瑚、蜡梅、山茶、樱枝、木瓜花枝、观赏用的羽衣甘蓝、稻草捆着的生有苔藓的白梅枝与红梅枝，颜色无不鲜艳、洁净，充满喜悦。我挑花枝时粘了一手松脂，敬子夫人递来毛巾，大家都笑起来。这一幕，仿佛年年都一样，买的花也差不多，令人觉得安详。

转年春天，想着已到了芍药的季节，就去店里看看。店门口已有盆栽紫藤，棣棠花枝长长垂下。敬子夫人抱歉说，实在不巧，昨日虽然进货五十枝，今早却来了大订单，全已售罄。我说这是大好事，我过几天再来。她说好，忽又要我留步，竟将店内盆栽牡丹三朵丰饶的花冠慷慨剪下，赠我云："今日天冷，牡丹还能多开一阵，等稍稍暖和，瞬间绽开，瞬间又要凋谢，或许可以填补你等待芍药来的时光。"我许多次被她的气度与隽语打动，就这样抱着三朵委委佗佗的牡丹回家去了。

那年似乎格外忙碌，没有很多时间去买花。偶尔过去，又不巧遇上临时休息。再次与敬子夫人见面，则是夏末一场台风过后。在花房挑了两枝龙胆，敬子夫人推了玻璃门进来，依然是白皙美丽的温雅的脸，轻轻躬身："好久不见，最近还好吗？学校很忙吧？"

我捕捉到她脸上极力掩饰的悲伤，还没有来得及细想，已听她再三犹豫道："有一件事一直想跟你说，我的长子去世了，在今年 4 月……"

她已涌出眼泪："非常突然，也没有受什么苦，只是一瞬间的事。之前我们不论去哪里进货、送货，他都一定要跟着。是预感到告别了吗？珍惜与我们在一起的每一刻。他性格很温柔，怕我们寂寞，一直跟我们聊天，说了许多话。他生病的这两年，精神很快乐，像一直没长大一样，对我们有非常多的眷恋。世上痛苦很多，但我也不曾料到自己会白发人送黑发人……很不真实，不像自己经历的，不敢相信。"

我很难过，做了多年邻居，竟来得如此迟。那年的我，也度过了混沌近于死的春与夏。

只有拥抱她。花房温度低，她不断摩挲着我的双手："四十九天也过了，新盆[●]也过了，秋天到来，日暮越来越早。仿佛他还在这个世界上似的，非常恍惚。我很想念他，但他从不来我梦里。哪怕是变成可怕的妖怪，我也想见他一面。感谢你，那枚守护符，他一直戴在身上，非常爱惜。我们得到了很多爱……"

"他一定在什么地方守护着您。"我真切地这样想，"从前我祖父过世，经常来我梦里，却从来不去我父亲的梦里。父亲很羡慕我，总要听我讲祖父的细节。母亲说，或许是祖父怕让父亲难过，才不去他梦里，而是通过我来传递信息。"

"真的吗？"夫人憔悴的泪眼里依然有美丽的光，"那我慢慢等。"

那一天，龙胆之外，还买了秋明菊、吾亦红（地榆）、金水引草，夫人将花名写在小纸条上给我。夜晚已降临，山里的虫鸣愈来愈响亮。

敬子夫人在丧子的悲伤中消沉了很久。那年冬天，决定将店铺交给次子继承，老夫妇归隐北郊。她留了联系方式给我，说有空一定记得来家里小坐，但我至今都没有闲暇去打扰她。新任的店主夫妇经历了一段生涩紧张的适应期，最初客人们习惯称呼年轻夫人为"少夫人"（若奥さん），仍将"夫人"（奥さん）的敬称留给敬子。大半年过去，我们都渐渐改了称呼，接受了敬子夫人

● 日本风俗，盂兰盆节时为刚去世的人做的祭祀，叫"新盆"。我的故乡亦有此俗，叫作"烧新经"。

的退隐，开始称年轻夫人为"夫人"（奥さん），而称敬子为"母亲"（お母さん）。初夏时节，店里开始卖山芍药，是茶席用花，从前敬子夫人向我推荐过。小小的白得透明的一朵，柔软的嫩绿阔叶，仿佛山中云。养在清水里，在明月朗照的窗前开了。她有时会来店里看看，大家都非常喜欢。她不在的时候，我也会拜托年轻夫人："您的母亲一切都好吗？请替我向她问好。"

2019年岁末，仍去店里买佛手、水仙、草珊瑚、松枝、山茶，碰巧遇到了好久不见的敬子夫人。彼此握着手聊了很久。她新染了头发，看起来非常精神。壁龛内的插花是年轻夫人的作品，风格豪爽，且有异域风情，与她之前更为传统的风格颇不同。她很满意，说这是花店的新气象。

回想起来，我与井上花坛的相处已超过十年，见证了店里的悲欢喜乐，也受到植物与人情的无数慰藉。这里与旧书店一样，都是我在京都最觉得珍贵、最喜爱的与人交往的空间。

五

感

　　京都西郊地气潮湿,山水滋润,尤其适合养苔。著名的西芳寺,隐于丛林深处,数度改宗,经历过火灾、洪水、荒废,终因地利生满青苔,得来苔寺的美名。寺庙面积很大,庭园由梦窗疏石❶所造,分上下两段,上为枯山水,下为池泉回游式。上段已荒废,下段碧波清池,翁郁林木在浓密青苔上留下扶疏光影。小径曲折,移步换景,的确很美。苔寺不公开,要事先通过明信片预约,必须严守约定时刻。

　　2014年初夏,终于预约上一趟,从城东赶去,错过一班公交,眼见可能迟到。给寺里电话道歉,对方说:"你现在换电车,在岚山站打车过来,或许还能来得及,敝处逾期不候。"只好照办,到岚山叫了出租,汇报寺里,对方说可以多等你十分钟。司机听我说要去西芳寺,紧张道:"那我们要快点走。"我说:"寺里允许我迟到十分钟。"司机赶路道:"还好你是外国人,如果是日本人,就要被教育了。"想想又道,"可你长住本地,并非游客,还是不

---

❶　梦窗疏石（1275—1351）,日本中世时期临济宗禅僧、作庭家、汉诗人、歌人。筑庭甚多,西芳寺、天龙寺等今被评为世界文化遗产的庭园,均为梦窗作品。

祇王寺的苔藓，温柔饱满的绿

能被原谅。"幸而司机熟悉规矩，居然分毫不差将我送到。寺门内一位工作人员合掌迎人，令我进殿。因为是周末，来人很多，已坐满堂内。老僧讲解寺庙来历，诵般若心经毕，众人开始抄经。有欧美人完全不会汉字，对毛笔一筹莫展。僧人无法，只好允他不写，单在纸尾写下心愿与姓名。

抄完心经，方得进园。初夏天气，阳光极烈。苔藓失去水分，颜色发枯，只有池畔的仍苍翠可爱。池中有小岛三座，曰朝日、夕日、雾岛，生有菖蒲花。未在梅雨时来，是很大的遗憾。观园倒不限时间，满地枝叶光影，池中大鱼懒懒游动，一时游人走尽，幽凉寂静的世界。的确很美，却想该走了，因为山光苔影中，觉得自己有些多余。

出了园子，僧人道："今天天气太好，其实不适合看苔藓，若是下雨就好了。"我道不错。但预约时并不能算准哪日有雨，也只好看天意。僧人送我至门口，合掌道别，我才觉得松了一口气。近处有一座铃虫寺，地方不大，属临济宗。很喜欢这个名字，据说来自寺内清越的虫声。去过好几回，可惜都是大白天，游人热闹，无甚虫响。

前不久听朋友说，现在去苔寺已不用抄经，可以直接看庭园。想是名气大了、外国游客太多的缘故。最初苔寺为控制游客数而抬高参观门槛，设置复杂的申请手续及严格的参拜流程，最终仍无法阻挡好奇的游客，反更添一种热闹。

其实嵯峨山脚的祇王寺也是看苔藓的极佳去处。穿过摩肩接踵的岚山街区，过天龙寺、竹林小径，渐有空旷农田。途中遇见落柿舍。过二尊院，游人渐稀，再走一程，就到了浓荫遮蔽的祇王寺。竹门内苍苔满地，遍植枫树，墙外环绕竹林，阶下种满盆栽，紫藤、牡丹、芍药、绿绒蒿、蓝花鼠尾草、棣棠。因为在山中，水汽丰沛，青苔十分浓郁，层叠深浅，碧翠可爱。满眼都是绿，深林间洒落的日光在丰厚苔藓上留下斑驳光影。那绿是记忆中所能想象的最饱满、最柔和的绿。

寺里只一间草庵，有一扇圆窗，光线幽暗。这种大圆窗，叫作"吉野窗"，据说与江户初期的名妓吉野太夫有关。她笃信佛教，向北区常照寺供奉巨资，并捐朱门一座，名"吉野门"。常照寺内有一座吉野太夫曾经到过的茶室，曰"遗芳庵"，有一面巨大圆窗，只有下部略缺一块，据说寓意不完满的人生需时刻追求佛法圆满之意。这便是吉野窗的由来。镰仓明月院也有一扇著名的吉野窗，但那里的氛围要明快许多，不似祇王寺的幽寂清冷。

佛龛内供奉有四位《平家物语》中的女子：祇王、祇女、刀自、佛御前。祇王、祇女同为刀自之女，祇王舞姿优美，深受平清盛宠爱。之后清盛新宠佛御前，祇王悲哀之际，与母亲、妹妹同往山中出家。不久，佛御前也跟来，四人共同修行。

这个故事有些不可思议，想到住莲山安乐寺的松虫、铃虫姊妹的故事，此二人为宫中女官，受后鸟羽上皇宠爱，颇遭宫人嫉妒。后听住莲上人与安乐上人说法，一心向佛，趁上皇赴熊野之际，乘夜逃往寺内，乞求出家。安乐寺留有《安乐上人铃虫姬剃发图》并《住莲上人松虫姬剃发图》。这同样是很有意思的故事，不过结局凄惨：上皇归来，大为震怒，处死了住莲与安乐，将他们的师父法然上人与亲鸾法师流放他乡。其中疑问也很多：当时女子真有如此自由，可自宫内连夜出逃？寺庙又真能给予她们庇护吗？祇王对清盛要如何失望，才能狠心出家？佛御前对祇王究竟何等情深，竟可勘破情爱，追随主人的旧爱？不过祇王寺后来的一任

京都地气潮湿，有丰富的苔藓

住持高冈智照倒是确实存在的人物。

据智照的《祇王寺日记》及自传《衔花鸟》大略可知其生平。明治二十九年（1896）生于奈良，自小母亡。因为是私生子之故，尝尽艰辛。十二岁被父亲卖给大阪歌舞伎年老演员做妾。十四岁被转卖入大阪富田屋做舞妓，改名"千代叶"。其时，伊藤博文常来富田屋包场，不过千代叶资历太浅，未曾与之有交往，但接待过西园寺公望与住友春翠等人。舞妓、艺妓虽有不少机会接触名流，而她们常常难得善终，种种凄凉故事，频繁出现在宫尾登美子小说中。十五岁，拥有第一位"相公"，即艺妓的固定资助人与情人。但她心许的却是歌舞伎演员市川松莒。不久，相公在她手镜内发现松莒的照片，二人关系紧张。

"相公是惯游花街的人，一定知道花街的女子是怎样的身份。十五岁的舞妓对歌舞伎者怀有淡淡的恋情，绝不是无法原谅。"她对相公表达真心的方法竟然是剪断左手小指，包在手帕内送给对方。如此惊世骇俗的行为令她一时难以在大阪立足，遂往东京，改名"照叶"，极受追捧。印有她照片的明信片也大有市场，由此声名益噪。

十九岁时，她脱离妓籍，嫁人做妾。二十四岁又嫁操盘手，赴美旅行。当时的丈夫忙于工作，她便去纽约郊外一所寄宿制家政学校读书。很快，丈夫有外遇，她也爱上了同校的女友。归国后夫妻关系愈恶，两度自杀未遂，终致离婚。二十八岁再度赴美，辗转法国，生下一子。归国后困于生计，重新出来当艺妓。1923 年，出演电影《爱之扉》，反响平平。后与一位医学博士再婚，也未长久。回到大阪开酒吧，好在生意兴旺，却又陷入情感纠纷，只好避居故乡奈良，并来到高浜虚子门下学写俳句。

她逐渐对繁华世界萌生退意，三十九岁时在奈良久米寺剃度出家，得号"智照"。两年后，在俳句杂志上读到一篇文章，说京都洛北某小寺的老尼后继无人。便前去探访，结果有人将荒芜已久的祇王寺介绍给她。"映入我眼中的祇王寺，隐藏着祇王与祇女的悲伤往事，历经风霜，沧桑荒凉，仅一户小庵。但这枯朽的草庵，却令我安心，预感此地是我栖息之所。"果真就在这里度过了此后的五十余年。这草庵看起来清幽美好，但潮湿阴暗、草木丛生，想必蚊虫也嚣张，真在这里长住，应该有许多艰苦。

1963 年，濑户内晴美以智照尼为原型创作小说《女德》，并有同名电视剧。一时慕名者频至，游客也大大增加。之后，智照尼也出版自传、日记与歌集。比起装帧浮夸、打着"祇王寺庵主"名号的自传，更喜欢比较朴素的《祇王寺日记》。其中有嵯峨岁时风物，时见犀利的观点，足见其人性情。譬如评价苔寺："那里苔藓品种极多，各有名目。我只去过两次。一次是萧索的冬季，一次是新绿之时。但也并不认为那苔藓能留下什么特别的印象。这样说，或许也因其评价过高，我对之怀有太大的期待吧。比起苔藓之美，更觉得感动与敬佩的，是能无微不至地照管那样阔大的庭园。"

祇王寺原不收费，后来造访者太多，维修管理不堪重负。智照尼很不满熙攘的游客，认为他们带来了"莫大的精神损失"。六十九岁时在日记中写：

现在最希望得到的东西：其一，健康的肉体、明快的思考力、丰富的精神生活环境。其二，宁静的时间。其三，独立的书斋、想看的书籍、辞典等。其四，专用的厕所（水洗式）。

我还有很多很多书想读，很多未知的东西想探索，想拓展自己的知识。

她享寿九十八岁，生前表示："想清净地死，不要任何人看到我死去的模样，很快烧去，埋在寺中。"这一生可谓跌宕起伏，又称得上圆满。

看她艺妓时代的照片，的确美丽。有落发后的照片，缁衣素扇，清瘦潇洒的样子。从祇王的时代起，这里就是治愈女人心伤的地方。寺里后来养过一只白猫，名阿圆（まろみ），略有两点黑眉，细目尖颊，居然与智照有几分相似。猫常伏在透过草庵吉野窗纸洒下的清光里，眉间似含幽怨，不响不动。多年前，它以二十岁高龄过世，庵堂内有它小小的供桌，摆放着它的照片及粉色的小小的骨灰盒。原已静极的小寺庙没有它的踪迹，越发寂寞。

五

感

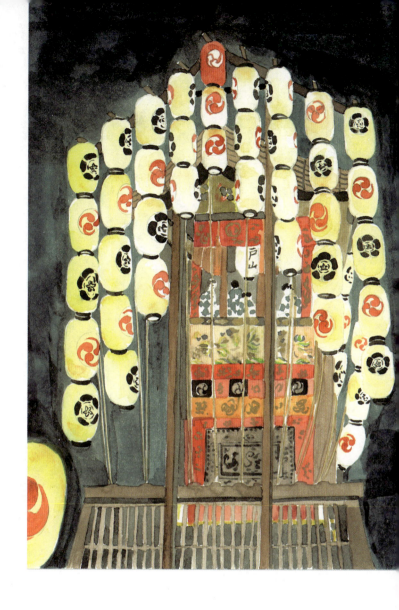

岁时

萩祭、十五夜与十三夜

在我印象中，京都的秋天，从梨木神社的萩祭开始。这时节，虽然白天温度还很高，但风的质感已和闷湿的夏季完全不同，变成了金属般的坚固凉润。到处开着秋彼岸的石蒜花。夜里，虫的声音很响亮，很多种类的虫，充满哀愁的漫长秋夜。每年9月第三个或第四个双休日，有萩宫美名的梨木神社内，缀满红白二色小花的胡枝子柔条上挂满俳句与和歌的短册。神前供奉着盛有秋虫的小竹笼，泠泠鸣着秋意。拜殿内有狂言、京舞、和琴的表演，并不收门票，喜欢的人都能来散步，吟咏枝头的长短句，是飘浮着清愁的节日。

梨木神社紧邻御所，清净幽美。社内有染井之水，附近的人常来此取水，说是京都三大名水中唯一还涌动着的一眼。早些年，我路过那附近，也会盛一大瓶回去。后来活动范围越来越窄，平常根本不会跨过贺茂桥去往鸭川西侧，也就没办法享用这著名的清水了。汤川秀树曾住在这座神社附近，参加过社内的萩之会，因而胡枝子花丛中，留有他的歌碑。

几年前便听说梨木神社的本殿与拜殿朽坏严重，需募集高额的改修费用。不过后来似乎没有顺利筹得资金，社内遂决定将神

宣告秋来的胡枝子花

风的质感已和闷湿的夏季完全不同，变成了金属般的坚固凉润。到处开着秋彼岸的石蒜花

社四分之一的面积借给房地产开发商，使用期限六十年，作建设公寓之用。神社管理人员一致认为，可以获得六十年稳定的收入，神社的维持及运营也可保无虞，虽属无奈，但也是唯一的出路。不过此举未能通过东京神社本厅的许可，神社便宣布退出神社本厅的管理，可见的确也没有更好的解决方法。

中秋节与萩祭离得很近，这原是东亚各国的共同节日，日本曾也有泛舟赏月、举杯邀月的风流"月见"，与"花见"同为良辰美景，相关的和歌、俳句、浮世绘比比皆是。但现代不用旧历，八月十五已淡出人们的视野，倒是寺庙还有某些遗风尚存的古老村落仍会按旧历过节。幸好讲究岁时节气的和果子店应时推出月见团子、栗羊羹之类点心，提醒被城市灯光包围的人们抬头看看天上的圆月。

除了旧历八月十五，农历九月十三的月亮也为日人所爱，二者并称"十五夜""十三夜"，都是俳句的季语。农历八月芋头成熟，与秋日的芒草一起，恰好供月，因此十五夜的月亮又称"芋名月"。农历九月有秋栗与毛豆，是十三夜供月之物，故而又叫"栗名月""豆名月"。樋口一叶的《十三夜》，写贫家女子阿关在这样的月夜回到父母家中，想起在夫家的种种不幸，不愿再回去。但父母老病，自己尚有可爱的孩子，不得不回到那个痛苦的家中。途中却遇上少年时的爱人，今也穷困潦倒。二人怀想往事，徒增伤感，最终一个向东，一个向南，唯有路旁杨柳在月影下摇曳。小说有只言片语提及十三夜的风俗，要供月，吃江米团子、毛豆、栗子：

即使你在家吃够了甜的，可是娘亲手做的味道不同，今天晚上你要放下夫人的架子，回到从前的阿关，毫不拘束地，毛豆呀，栗子呀，你爱吃什么，随你吃个痛快。

　　早些年的十五夜，都在国内度过，月饼要苏式，螃蟹要流黄满膏，黄酒要温好的，加了话梅与姜丝。若在南方的家乡，还有供月的风俗。庭院摆设香案，供奉月饼、橘、柿、葡萄，燃烛焚香。等到露水降下，才舍得离开院子。当初在北京吃不到什么像样的螃蟹，好在夜深人静，也能见到天河玉润，皎皎清光。

　　十三夜就都是在京都过的了。月亮在东山升起，夜里从学校回家，路过吉田山下，圆月已在中空，极明亮。街道阒寂，铺满银光。吉田山有月见祭，此夜供奉新酒、菊花、茅草、栗子、芋头、红豆馅的团子。有一种供月的和果子，牛蒡穿过团子，好像云遮月。空气里弥漫着桂花的甜香。拾级而上，穿过大片杉林，有一块白砂空地，月光流泻，照见楼台朴素的屋顶与朱红的廊柱。远望城中灯火历历，清风徐来，云影迅速掠过古都三面翠屏的青山。云海荡漾，如仙山台阁。十三夜前后，爬大文字山的人们喜欢折些芒草回家，供奉在佛龛前。香织说，洁白的芒花比旁的植物更能引起乡愁，一看到，就想起琵琶湖畔无尽的原野，外祖母做的甜甜的糯米红豆团子。

　　这之后，值得记录的是鞍马火祭。不过我一次都没有去过，因为那天夜里山里交通很不方便，人也太多。在出町柳车站附近，能看到许多人拥进电车，去北面山中欢度火祭。天气已经很冷，该从柜子深处翻出棉被，覆在被炉上，消磨日益漫长的冬夜了。

十三夜前后，爬大文字山的人们喜欢折些芒草回家，供奉在佛龛前

初雪

不知从何时开始，日记开头也添了天气一笔。盆地天气多变，晴雨无定，每天起来都会看天气预报，很依赖。日记有意思的一点是可以拿今年的天气对比往年，比如樱花、红叶、入梅、出梅、初雪的早晚。

2014 年的初雪就比 2013 年早了九天。先是刮了整天寒风，黄昏时天上聚满彤云，厚厚的铺过来，风极冷，心想：的确是要下雪了。凌晨回家路上，果然积了很薄一层雪霰，盐粒一般扑簌簌滚动，天上仍零星飘着雪粒。第二天醒来，帘外光线微明，启窗一望，琉璃素裹世界，雪絮依然，心里很高兴，又躺回去，静静地能听到落雪的声音。气温并不十分低，雪也潮湿，落地即化，只有屋顶、阑干及背阴处堆积较厚。远山已望不分明，大文字山的轮廓隐约可见，近处群山颜色浓淡，画儿一样。这种好日子，最好在家里，吃些暖和的东西，拥被翻书，剥橘子，什么都不想。

不过到下午，还是去了学校。雪已停，到南部校区图书馆还书，花园内开着红山茶。图书馆门前小黑板上是工作人员写的日记：

清晨，窗外一望皆白。心想，天气预报说的，大概是下雪了吧。不过雪并不很深，或许去看雪中的银阁寺之类正合适，这样想着，来上班了。市内公交车照常运行，并没有太大不便。大家也注意不要滑倒。

很可爱的小字，也许是出自年轻姑娘之手。文字下面还画着一只围巾帽子裹得严严实实的猫，边上写道："感谢大冷天来馆里！回去时小心脚下！"

夜里回家，雪已难见踪迹。天上层云轻盈，有明亮的星。吉田山脚每晚临时搭出的大排档开始收摊，小小的红色油布棚，就在朱红鸟居前，风雨无阻。忽而看到路边墙头，有一只很小的雪人，盈盈可立于掌心，用松枝装点出手脚眼鼻，仿佛很寂寞的样子。

只要还没有冷到零度以下，冬夜琐事完毕，都喜欢出门散步。这个季节，也不用担心黑暗中有蛇之类可怕的动物。路线通常很固定，住在东山脚下的时候，就是从家走到银阁寺门前，再到净土院、八神社。沿途家家院门紧闭。冬夜月光尤其澄明，将云也照得透亮。净土院内与墙垣齐高的山茶树，开满红、粉、白三色的花。雪一时起，一时止，竹梢簌簌响动，很动人。八神社内养了一只玳瑁猫。通往殿前的石阶两侧挂满白色纸灯，被灯光映作橘黄色。夜里，南禅寺高地的水路阁总是在开闸放水，疏水道水声淙淙，波光粼然闪烁。沿水南行，是哲学之道，沿途很多猫。渐渐树高林密，也没有灯光，就可以折返回家睡觉了。

古都岁末风俗甚繁，虽然都觉得有趣，但无暇一一照办。看超市里摆出的商品日日不同，就能感受年节气息。堆叠的镜饼、年糕、白味噌——时间过得真快。一保堂开始卖"大福茶"，常要

通往殿前的石阶两侧挂满白色纸灯，被灯光映作橘黄色

一保堂开始卖『大福茶』，常要买一包，讨个好彩头

买一包，讨个好彩头。这是新年的名物，据说平安时代的天历五年（951），都城瘟疫流行，六波罗蜜寺的空也上人在自造十一面观音像前敬茶，中有梅干与海带结。又将茶水分给众人，以求驱除恶疫，活人甚众。其时在位的村上天皇也于每年正月元旦饮此茶，故有"王服茶"之称，日文音同"大福"。据《恒例公事录》四十四载"大福茶分配之仪"：

> 十二月中旬，大福茶御用清御文匣（一番、二番）二合，御献奉行申出之旨，以表使申请御内仪，右二合……据御内仪，向御献奉行出御祝酒。

江户时代京都的历史学家、医家黑川道祐（1623—1691）曾撰写古都岁时记《日次纪事》，其中正月有"大服"条：

> 以此汤点茶，或渍盐梅于茗椀之内，而合家饮之。又献贺客，是谓大服。

这里的"此汤"，说的是新年汲的井水，叫作"若水"，意思是"年轻的水"。而古来京都人不喜年轻之意的"弱"，而用同音的"若"代替，如今日语中的"若"便是"年轻"的意思。

各家茶店的大福茶内容稍有异，一保堂家的"新春大福茶"是玄米茶，盛在朱红茶桶内。岁末在街中，常常能闻到炒茶的香气。京都人的岁末似乎格外忙碌，日历上每天都写着动辄有千百年历史的古老风俗。

一保堂店内

冬至日，要吃南瓜、泡柚子澡。风俗的形成及延续，是为了让平凡的日子有些盼望，以正当的名目去热闹一番。此日，学校食堂可以吃到煮南瓜，超市能买到柚子，澡堂也有柚子汤，浮满柚子。动物园也会给猴子、水豚们准备柚子澡汤，新闻总不忘刊载享用柚子汤的猴子、水豚的照片。

12 月，京都人还有件要紧的活动：去南座看"颜见世"。我本来并无此习惯，只是有一年年末，某堂课的老师突然问大家："你们喜欢看歌舞伎吗？"应者寥寥。老师又问："大家有谁看过歌舞伎？"反应平平。老师叹道："你们这一代年轻人呀，对传统太不关心啦。最近可是颜见世的时节，很建议你们去感受一下。当年我从乡下考到京都，我老师说，京都人岁末都要看颜见世。于是我这个外地人，就比本地人更认真地去南座看剧了。"

我很喜欢这位老师，因此他说的话格外上心，那一年果然去南座看了颜见世。南座在祇园附近，是日本最古老的剧场，始于江户年间。此处每年 11 月末至 12 月末的"吉例颜见世兴行"，是京都自古即有的风情。颜见世，即与大家见面之意。歌舞伎与剧场的雇佣合同一年一期，每年年末更替之际，新聘的演员就要登台与观众见面，请大家多多照顾。场面非常热闹，往往一票难求，故而票价也比平时演出贵一倍左右。

南座剧场是一座桃山特色的华丽建筑，入口处有高大的破风，风格古雅。破风檐下依次罗列每位演员的桧木招牌。每张招牌厚一寸，长近两米，宽一尺，上书江户时代流传至今的、专用于歌舞伎招牌的"勘亭流"大字。招牌下方是一系列浮世绘风格的大幅彩绘，描述当日上演的剧目剧情。

演出每日两场，昼场上午十点半到下午三点四十五，晚场下午四点十五到夜里九点半。第一次，我买的是晚场的票，虽然当天下大雨，剧场外依旧人山人海，蜿蜒的长队引来过往游客拍照纪念。许多妇人进歌舞伎剧场都要穿和服，也是一道风景。剧场座位有三层，每层阑干挂满红纸灯笼。面朝舞台的左侧，有一条与舞台齐平、连接舞台与剧场侧口、贯穿观众席的过道，名曰"花道"，可供演员登场下场。花道两侧的座位非常抢手，万幸我居然选中。因此数次极近距离瞻望了诸位演员。

晚场有四种剧目，经典的《元禄忠臣藏》，改编自能剧的《黑冢》，近松门左卫门的爱情亲情名作《道行雪故乡》，脱胎于宋代盗贼传说"我来也"的《儿雷也》❶。当中还有一场"口上"，即演员简装登台，与观众依次见礼，陈述心迹。其时满场欢呼迭起，老剧迷们大声喊着演员们的屋号，与看京戏时高声叫好是一个意思。

江户早期，歌舞伎演员身份低微，多为住在河边的贱民阶层。当红的演员实力渐雄，幕府遂也不得不承认他们为平民。于是他

❶ "我来也"日语训作"じらいや"，与"儿雷也"读音相同，是为同音转字之例。

们也可以从低洼的河边搬到人烟阜盛的街市居住。当时，街道两边的房屋只属商家，演员们要住好地段的房子，只有业余经商。大多做些化妆品、药品生意，因此就有了各家的"屋号"。比如香川照之祖上曾经卖药，曰"泽泻屋"。他们家的演员登台，观众们就高喊："泽泻屋！"一般人不敢随便叫好，因为何处关节为佳，何种声调最好，只有长期浸淫此道者方知。

《黑冢》是我很喜欢的一出戏，也是泽泻屋的代表剧目，本自日本的安达原鬼婆传说。上卷讲僧人阿阇梨祐庆与弟子修行途中，天已暮，四野无人，只有一间茅屋，内有老妇孤独纺纱，悲叹人世苦辛。阿阇梨求宿一夜，并以佛法劝慰老妇。老妇出门取薪柴时，告诫众人不要进她屋内。一位弟子难耐好奇，启门一望，惊见当中血海，四周累累白骨，即知老妇是鬼女。中卷舞台极美，当空巨大一轮明月，遍野芒草，银光闪烁。音乐宛转清幽，有三味线、和琴、尺八、小鼓、大鼓、竹笛，长歌亦起伏动人，讲老妇悔恨自己的罪行，又为阿阇梨讲述的佛法所动。她心中欢喜，在月下负薪作蹈，仿佛回到童年。而这时，慌忙逃至荒野的弟子令她知道他们并未遵守诺言，已经窥得她的恶行，怒而化作鬼形。下卷是阿阇梨赶到，以法力降服鬼女，鬼女力竭，不见影踪。传说里，鬼婆被佛法降服，虽然身死，但也顺利成佛。僧人埋葬她的地方就叫"黑冢"。改编剧目里，鬼女消失了，不知是死是灭，并未成佛。她在夜里纺纱哀歌，是女心的寂寞。闻佛法而心喜，在月下荒原歌蹈，是女心的天真。被窥破真容而愤怒化鬼，是女心的怨恨。

那一年，邻座是一位奈良来的妇人，也极爱《黑冢》，看过好几次。她看到我，很高兴："现在也有年轻人爱看剧。"我很不好意思，因为自己一窍不通。她笑："没事，渐渐也许你会上瘾的。

一个人看戏最自由，完全投身到故事里。"大幕闭拢，她长叹道："僧人说不论怎样的罪愆，佛法都能解救，却还是看了她血海的闺阁。她正欢喜得像小孩子一样，却被僧人骗了，不如做鬼。她不是要吃他们，只是恨，也羞惭。成佛有什么意思，她才不要。我喜欢这个剧，因为讲透了女人的心，又好骗，又可气，又可怜。"

岁

时

12 月下旬，老师们也不太想上课，校内气氛很宽松。京都人喜欢过节，圣诞节算是除夕的预热，也要庆祝。在蛋糕房看到排队的老和尚，就是最好的证明。北白川有一座始建于 1948 年的天主教堂，平安夜举行弥撒，信众之外，也欢迎附近居民参加。很久以前，我有一位同学住在教堂附近，曾约我去过一回，唱诗班非常美妙。

每月 25 日北野天满宫的天神市，与每月 21 日东寺的弘法市一样，都是京都定期举办的市集。弘法市的古董比较多，当然很多是假的，也混入不少中国的假古董，偌大的三彩、痴肥的青花瓶等。天神市更朴素一点，年末那一场叫"终天神"，人最多，刚来京都时，我也会去。烤笋、章鱼烧、炸鸡块、柿饼、鲷鱼烧——很多只有在这种场合才能吃到的食物。市集与各种祭典很奇妙地保留了一些特别古旧的游艺与食物，比如弹珠、套圈、玩具枪——在国内时也早已见不到。

天神市有很多卖二手和服的摊儿，有些极为价廉，很多外国人挤在一起挑拣，直接装到塑料袋里，有人很快把新买的羽织披在了身上。因为现代和服已有很细致的分类、固定的穿法，并不

孩子们最喜欢的章鱼烧

烤香鱼

欢迎自由发挥，因此只有外国人会这样随性地混搭。价格高一段的和服，品质有根本差异，很多本地老太太围着认真挑选。曾遇到一对冈山来的二手和服商夫妇，所收衣物品质上佳，价格也合适，并热心为人搭配，因此摊铺前总围满了人。倘若没有特别合适的搭配，女主人无论如何都会阻止客人买："这条腰带和这件衣服并不搭，我不能接受，不能这么穿。"

很多稍有传统的家族，都会有继承好几代的和服，传递家中女性一代一代的祝福。香织不太喜欢穿和服："去洗手间很不方便，腰也得一直挺着，好累，不能奔跑。"不过她也有一件母亲年轻时穿过的浴衣，是她的外祖母亲手缝制。每年祇园祭、琵琶湖花火大会时会穿，我很喜欢那件衣裳，已经洗得很柔软，颜色也很温柔，是如今不常见到的旧式纹样。想到我的祖母，也有些几十年前做的衣服，样式是传统大襟，多为白色、蓝色，还有一件兔皮里的短袄。我小时候见到，就很喜欢。后来祖母去世，这些衣裳按照风俗，竟尽数焚去。倘若一直珍重保存，哪怕只有一两件，该多好。我的祖父从前常给人写春联，自己并未留下什么书法。而春联每年都会换，不可能保存。在他去世前两年、还能执笔的冬季，我特意请他写了几个字，用的还是最普通的春联红纸，一幅是"清风和琴，明月伴书"，一幅是"两耳需兼窗外事，一心更读天下书"，寻常不过的内容，此外就是几个福字斗方。前几年回家，收拾书柜，见到这几卷字，很不舍。普通家庭或许很难有保存遗墨的意识，也难有值得与外人道的收藏。

不过，我并不喜欢逛市集，琳琅满目的小物件固然可爱，常能激发人的收藏欲。但这一瞬的欲望过后，还必须考虑如何安置这件物品。在外日久，经历了几次痛苦的搬家，一再自警要控制欲望。不合理控制欲望，就会令生活杂乱无章。倘若鉴赏力不够，购入的都是无甚价值的收藏，更给身后收拾遗物的家人增添许多麻烦。

也曾与本地人一样，穿过人烟熙攘的天满市，到殿前祈祷——一年学习结束，应当来跟天满大神汇报成绩，并祈求来年继续照顾。

年末要买镜饼、新年花束、跨年荞麦面、为应对超市大年初一不开门而囤积的粮食，再挑一天大扫除。冬天是扫除的好季节，晴朗的日子，一寸一寸将地板擦干净，拂去书上的尘埃，洗净、晒干一切纺织品，热水洗净所有食器，扔掉一切不用的杂物。找出只有新年才拿出来用的竹花筒，插上山茶、黑松、草珊瑚、梅枝、百合等新鲜花卉，就做好了过年的准备。

这时节，公共交通都很拥挤，大家纷纷回乡省亲，因而尽量不要出门。当然，从前法学部也有用功的师兄，认为挤车太浪费时间，等过了正月头三天的人流高峰才回家。

新年夜，在外的中国留学生有不少活动，至少是一起包饺子。元旦包，旧历除夕也包，是喜欢热闹的人很合适的集体活动。我并不讨厌饺子，只是更喜欢一个人过节的自由。不过有好几年，从周兄都会来京都度岁。他毫不挑剔，对我安排的一切都抱有兴趣，真令我感激。通常的安排是，大晦日的晚上，也就是除夕，一起煮荞麦面吃。十一时许，骑自行车到离家一公里有余的永观堂，等待零点一百零八下的除厄钟声。这一晚，很多寺庙都有敲钟的活动。刚来那年，在香织家过节，下大雪，凌晨提着小灯，在寂静山道听闻远山寺庙传来的阵阵钟声。第二年，香织在北京留学未归，我独在滋贺。香织父母带我到附近一座小寺，只零星有人前来敲钟。寺里人看到我们说："你们也来敲吗？不拘几下都可以。"这在稍微大一点的寺庙就行不通。

永观堂通往大殿的石径旁点着许多盏纸灯，一路幽光明灭，十分清静。排队敲钟的人已从钟楼前迤逦至石阶下。手捻佛珠的僧人们与人打着招呼，时时口诵南无阿弥陀佛。辈分更低的沙弥们端来滚热甘甜的米酒，让大家暖和些。十二时许，钟声响起。人们依次上前，众僧长诵佛号。有些人敲得响，哐当一声，自己也吓一跳。有些老人家，颤颤巍巍从轮椅上起来，被家人搀扶着，也一起挽住钟绳，或者僧人含笑帮忙一起敲。敲完后，走下石阶，僧人会祝一句"新年快乐"，然后将一张守护符交到你手里。

而后，可以去钟楼一侧的阿弥陀堂写经。殿内供奉有国宝回首阿弥陀像。据说东大寺曾供奉阿弥陀如来像。永观堂第七代住持法主永观法师获允将该佛像带回京都。后来一日拂晓，专心念佛的永观忽而见阿弥陀像走下须弥坛，引导永观前去。永观惊呆。此时，阿弥陀便回首道："永观，迟矣。"永观便据此景，塑成这尊回首阿弥陀像。

佛龛前有两排几案，放置笔墨纸砚，白瓷小盏内燃一截短短的蜡烛，席上铺设电热毯。写经者可在佛前抄一句"南无阿弥陀佛"，再写上新年祝愿、姓名、住址、菩提寺名，交给僧人即可。这种仪式郑重简静，我很喜欢。抄完出来，层云散尽，月至中天，殿前白砂洒满清光。流泉自山上来。钟声仍此起彼伏。寺内有清池，月光下看见各色锦鲤缓缓来去，清月的影子也缓缓摇荡，如置身晶宫鲛室。至此就可以缓步回家，收拾睡觉了。

我对永观堂很有感情，不只因为王国维从前曾散步到此，"观堂"之号也与之有关。从前有一个夏天，母亲来旅游，一起去过永观堂。庭园葱茏，盛开紫薇花与半夏，紫色的睡莲丛布满青苔的池水中亭亭而起。暴雨忽来，只好坐在大殿前看雨。暴雨终于停歇，与母亲去看半山的多宝塔。而行到山中，远望城内风景，忽见黑云飞渡，电光通彻。待要下山，风雨又来。巨大雨点迅速打湿面前的台阶。眼前的世界很快被白茫茫的雨线遮蔽，完全看不清城市的轮廓。一道一道雪亮的闪电当空劈下。塔前就我和母亲两人。她安慰我不要害怕，而我知道，她其实也很害怕。

忍耐了十多分钟，雨一点都没有停的意思，乌云仍在城市上空盘桓不去。只好搜了寺里的电话打过去："您好，有两位游客被困在了多宝塔。"

对方说："二位等一等，雷阵雨不会太久。"

"可我们很害怕。"

"没事的，不要紧，雨会小的。"我们靠在一起，塔下几乎没有任何一块不被风雨过问的地方了。

原以为寺里不会有人来，大约五分钟后，山道中却见到两个穿蓝袍执黄伞的僧人。前头一位年纪大一些，怀里两把伞。后头那位很年轻，低眉垂目，戴眼镜。

"是现在下去，还是待会儿下去？"老和尚问。

"雨太大，要不待会儿，可以吗？"

"当然可以。"老和尚点点头，"山里的雨景，其实比别处都好。"

不多时，天渐渐亮了，雨声渐收，眼前的世界清明起来。二位在前引路，我与母亲各执一柄大伞。那伞黄油布、竹骨，很好看。安全到山脚，二位僧人合掌离去，母亲感慨道："他们真温柔，我很喜欢这里。"

新年第一天早上，一般人家都会吃年节料理。这要从岁末就开始准备，装在纹样、颜色吉祥好看的食盒内。现在很少有人全部自己做，可以在店里预约现成的，另外单做几种家人爱吃的菜。我独自在家时，就煮一碗年糕汤，烤几块年糕了事。只有去香织家以及香织的外婆家才能吃到盛在描金食器内丰盛的料理。

他们一家世代居住在深山的村落。那村庄四面环山，主要作物是水稻，生产莲藕、栗、柿。香织外婆与外公家相距不足百米，可称青梅竹马，很年轻就做了夫妻，生儿育女，操劳农事，一起过了六十多年。香织说："外婆家是实实在在的乡下，与世隔绝。"我问她："有多与世隔绝？"她想了想说："我生活在东京圈的祖母，八十多岁了，路过皇居，还会深深鞠躬。我的外婆，都不知皇居为何物，不知现任总理大臣是谁，也不知世事变迁。"

京都"初诣"❶最热闹的地方，是伏见稻荷大社、平安神宫、八坂神社。而这些人太多的地方，我从不想去，就去家附近的八神社，或者吉田神社也好。八神社的巫女会送一把酒酿糖果。记得写硕士论文那年，还很虔诚地去了北野天满宫。那天有大雪，扯絮般漫天洁白，不辨周遭山色。京都城内很少有大雪，因此格外雀跃。到北野天满宫祈祷新年学业精进，讨个好兆头，是学生们都喜欢的活动，何况全国高考也在眼前。因此雪虽然很大，但来的人一点不少。各地赶来的人在大雪中排成逶迤长队，耐心等待靠近殿前。人人身上都积了厚雪，头发、眉毛上也全是雪，伞根本无力遮挡。时常，不知哪一把伞上堆积的厚雪突然崩滑，不偏不倚全部落到脖子里，嗖——冷得一句话也说不出来。就这般在天满大神门前虔诚立雪。祈祷毕，四处闲逛看雪。廊下有铜制吊灯，与雪景很相宜。北野的梅花很出名，可惜要到 2 月才开。

---

❶ 日本习俗，新年第一天去寺庙或神社祈祷，叫作"初诣"。

《徒然草》第十九段，写岁时更迭，最后一句是新年到来："如此澄明长空，虽与昨日无异，却十分可珍。都城大道，家家摆设门松，气氛华丽端好，趣味亦深。"在遥远的平安时代，正月第一个子日，即初子日，宫中有到郊野折取松枝的风习。因为青松历经霜雪，寿可千年，含义吉祥。因而很早的时候，正月就有摆放门松的习俗。今日所谓的门松，一般是竹节、松枝、花卉组成的装饰，然而这在京都寻常人家却并不常见。京都的门松是"根引松"。取一小段带根的松枝，根部包裹和纸，束以金红二色水引，固定在门口左右两侧。元月十五日，可以在附近神社烧去。民家朴素古旧的门廊，衬着青碧松枝，正是古都年初的风景。门边往往还有小白瓷碟新盛的、堆成小山样的细盐，日文叫作"盐盛"，寓意祓除尘垢、清净新生。

岁

时

　　春天最早的消息，是吉田神社立春前日的节分祭。祭典前后一连举行三天，热闹的铺子自学校正门前的大路一直迤逦至山中。摩肩接踵的人们簇拥而至，是吉田山一年最热闹的时节。鳞次栉比的临时店铺，是京都各种祭典上常能见到的内容，套圈、玩具枪、卡通人物气球、抱枕、小件假古董，这些用于游乐的物件，平常根本已绝迹，但祭典时却像穿越时空似的再次出现，总是怀疑，真有人去光顾吗？怎么还有人做这种生意？事实上这些摊点都一直有生意，总有小孩子试图挣脱年轻母亲的牵扯，趋近那些摊铺。当然，吃才是更重要的内容。涂满巧克力、撒满彩色糖粉的香蕉，裹满晶莹糖浆的整只苹果，柿饼，土耳其烤肉，炸鸡块，烤鸡串，乌冬面，炒面，馒头，鲷鱼烧，烤沙丁鱼，关东煮，棉花糖，草莓大福，各种腌菜，烧得金红透明的炭火四周插满的、串在竹扦上的香鱼。借传统节日的名头饱食玩乐，是节日最大的乐趣。

　　沙丁鱼是节分的时物，按旧俗，此日须以柊树枝穿沙丁鱼头插于门上，柊树即刺桂，属桂花变种，开碎米小白花，十分清香，京都人家多有种植。叶端叶缘均有尖刺，可刺中鬼的眼睛。沙丁鱼腥气重，可令鬼避而远之。《土佐日记》元日篇云："陋室蓬门，徒饰注连绳，串以鲻鱼头并柊枝。这般光景，如何消遣！"至于沙丁鱼配柊树枝，在江户时代的文献中则很容易见到。如《古事类苑》岁时部十九云："节分，立春前日。今宵门户需插沙丁鱼并柊树枝，以避邪气。"胜川春章的画作《妇女风俗十二月之节分》中，二女齐抱一女，助其将柊枝插于窗扉，画面右下角红漆盘内盛有一束穿好沙丁鱼头的柊枝。至于为何从鲻鱼变成沙丁鱼，我也不太清楚。或许是因沙丁鱼更平民、廉价的缘故。而今此俗式微，只有奈良还能常见，京都市内倒不很见得到了。

山道石阶两侧新点了许多辉煌光璨的供奉纸灯。2月2日是节分祭的头一天，谓之前夜祭，夜里六点在本宫的舞殿前举行追傩式。即如《后汉书》里"黄金四目，蒙熊皮，玄衣朱裳，执戈扬盾"的方相氏"逐鬼于禁中"的仪式。一般神社的追傩式都在节分当日举行，吉田神社在前夜，也算是循古例。"方相氏"戴獠牙长发鬼面，着玄衣朱裳，右手执矛，左手执盾，驱赶穿红、黄、青衣裳的三种"鬼"。诸鬼挥舞木棍，缓慢蹦跳。童儿列队随后，阴阳师诵祭文。最后方相氏大吼击盾三回，群臣呼应，绕神社舞殿一周。神职人员以桃木弓射芦矢，仪式始成。

平安神宫追傩式的方相氏则不戴鬼面，行止徐缓庄重。仪式前后，吉田神社的"鬼"会四处摸小孩子的头，据说也会带来福气。家长们抱着小孩子往"鬼"跟前凑，大胆的觉得好奇。多数小孩子被吓哭，拼命往母亲怀里钻。大人们只是笑，说那不是真的鬼！孩子还是大哭，"鬼"只好摇摇晃晃继续朝前走。可怜的孩子！若我小时候见到这样的场面，肯定也会吓哭。追傩式热闹极了，水泄不通，只听见前面各种声响：火把毕剥燃烧，鬼的吼声，方相氏的威吓，神职人员的祝祷，孩子的哭泣。市消防队的工作人员静候一旁，以备不时之需。

　　舞殿附近临时搭建了很多卖福豆的小铺，梳高髻、着和服、披大毛领的盛装青年女子笑盈盈将福豆并一张抽奖券交到人们手中。一旁廊下摆满各色奖品，小台汽车、自行车、液晶电视、加湿器、吸尘器、取暖器、相机、灭火器、清酒、盆栽兰花、茶具、酱油、和果子、丹波黑豆、饭店代金券、人偶等等等等。每年，研究室一群人都要买福豆，不过大家从来没有抽中奖，连鼓励奖之类的好运都没遇到过。但这不妨碍大家下一年依旧不减热情地买福豆，兴冲冲等到开奖日上网对奖券号，再彼此询问"你中了吗"。

　　神殿西首有节分神矢售卖，巫女盛装金冠，为每一束卖出的神矢举行仪式，随神乐旋转起舞，将神矢从神前请下，一时舞刀，又挥金铃。神矢价格不同，似乎只有买最贵的一种才能看到舞刀。巫女在神乐中就这样舞了一回又一回。旁边有一张两折屏风，年年此际都会摆出，画的正是巫女执神箭起舞，笔致细腻雅致，不知出自何人之手。铃铛是日本传统的爱物，上古时即有用铃声驱除野兽、接引神灵的习俗。神社殿前有粗大长绳，上缚巨大铃铛。祷者曳绳摇铃，有通报神灵之意。但这种设置的历史不过数十年而已。日本许多风俗，确能上溯古代，寻找渊源，但做法已大异于前。就和他们废止旧历，却把旧历的节日都原封不动挪到新历一样，不过"因时制宜"而已。

　　吉田山中有一座果祖神社，供奉和果子之神。节分祭时，京都许多家和果子商铺都到此献灯，并为来客准备免费的热茶与点心。一旁的山荫神社，供奉的是平安时代前期的公卿藤原山荫，其人为四条流庖丁道始祖，被称作日本料理中兴之祖，故而此处能见到各家有名的京料理店进献的纸灯，写着"菊水""瓢亭""顺

果祖神社

正""平八茶屋"等字样。

节分当日，夜里十一点有火炉祭，神社境内架起直径五米、高五米的八角柱形火炉，里面堆满人们带来的旧神札。神札是神社的守护符，由纸、木片或金属制成，每到新年、立春，日人习惯到神社买神札，保佑全年阖家平安。一年之后，换上新神札之前，据说旧神札最好能在神社举行的仪式中以净火燃烧，将请回来的神灵送回原来的地方，亦有祛病消灾之意。神职人员在念诵长段祝词后，点燃火炉。熊熊大火照彻夜空。时近凌晨，摊铺陆续闭门，人群也逐渐散去。2015 年起，出于环境保护的要求，火炉祭于露天点燃明火的一项被取消，神职人员念完祝词后，只象征性地点一小束火把。其余大量神札则另外焚烧处理。这多少让人觉得寂寞，不过环保是无法反驳的大义名分，人们也只有接受。

也是 2015 年那年节分祭，研究室的同学在山中买了一瓶松井酒造的京千岁浊米酒。抱着这瓶新酒，大家有些惘然似的，缓缓回研究室。回来一看，装酒瓶的纸袋上有唐朝于武陵一首《劝酒》：

　　劝君金屈卮，
　　满酌不须辞。
　　花发多风雨，
　　人生足别离。

并附井伏鳟二译文：

　　コノサカヅキヲウケテクレ、
　　ドウゾナミナミツガシテオクレ、

ハナニアラシノタトヘモアルゾ、

「サヨナラ」ダケガ人生ダ。

将"人生足别离"译作"唯别离乃人生",实在很妙。这首劝酒诗
也因这番妙译而在日本广为人知。据说,林芙美子曾于临别之际,
对井伏鳟二说"人生尽别离"。

　　大家觉得诗句太好,立时认为,不喝酒简直不应该,为不知
何日重逢的初见、无法言说的深沉的哀愁、有默契的别离、近在
咫尺却永无告解之机的惘然。那是我们第一次在节分祭上聚得那
么齐全,也是最后一次。不久大家或毕业,或工作,或休学,或
困于论文,再也没有经历过那样快乐而惆怅的晚上。

岁

时

四
五
月
间

比樱花略早一点的是瑞香，又曰"沈丁花"，冷清又甜蜜的香气，宜在雨中。只有秋桂与之相配，而它们又都属木樨科，不过桂花宜晴天。这时节，十大功劳的黄色小花也极香甜。这种植物的名字很奇妙，和名曰"柊南天"，倒容易懂。因为柊树有尖刺的叶子颇与之相似，十大功劳秋季所结果子，与南天竹的果实形态略近，不过颜色不同而已。此时的京都尚且清冷，与随后3月杪、4月初樱花季节拥挤喧嚣的情境是鲜明的对比。

樱花是很守信的，年年春来，常常毫无预兆，一夜就开了大半，又一夜醺醺然全开，远来的游人运气足够好，正巧赶上，真是无比喜欢。最美无过夜樱，在水边垂垂曳曳，暗淡街灯不会夺去星月光辉。夜气朦胧，花枝丰饶，流水不知何处来，携落英与花影往黑暗去，不可置一语。突然一天春雨，脆弱的花很快就凋尽，只好无限惋惜，或者去仁和寺看晚开的御室樱，平野神社的御衣黄。

从前研究室的同学们喜欢去几处不怎么被游客注意的看樱花的地方，说是"本地人的樱花"。如左京区政府附近一段的白川疏水道，北部校区操场附近的一段疏水道，北白川天神宫。有些地方，

比樱花略早的瑞香花

大和文华馆庭中的垂樱，盛装的人们聚在花底

跟景区离得极近，但游客绝不涉足，因而就成了本地人尤其在意的地方，仿佛是未经打扰的自家后院。

虽不免冗长，但还是想回顾过去十二年日记中与樱有关的记录：

2010 年

3 月 25 日

此日依旧阴雨天气，温度也低。校内多有长袖华服的女子预备毕业。夜雨中归来，樱花开得好。

3 月 26 日

大风，碧空层云，樱花满地。

4 月 5 日

天亮得早，这一天是真正的春天，暖极了。是抛残绣线，唾绒悄上檀郎面的好天气。后山春色不必说，家门前小小的吉田山也开满樱花。况周颐❶说日本樱"其红者或繁密至八重，清气反为所掩"，而远望去仍很美，轻云一般。

4 月 6 日

今日樱花极好。风一掠，满山樱花坠落，旋涡一般卷来，所谓"樱吹雪"。

2011 年

3 月 21 日

因为地震，在北京多待几日。杨树结出肥硕的穗子，簌簌满地。迎春花金黄。京都樱花据说已开，想念后窗一树春樱。

去比叡山，虽是极不利出行的雨天。城中樱花早已凋谢，山中有几株尚未发芽。山路泥泞，青苔很厚，落满枯叶。白色云气从山中升起，缭绕不散。向阳处开有山樱。

2012 年

3 月 29 日

井上花坛买樱花一枝，价一千。

4 月 4 日

去奈良。乘近铁线从丹波桥到大和西大寺，在奈良北部的大和郡山下车。附近的郡山城正有樱花祭。转公交车去往法隆寺。中门落锁后，只好在外围散步。池内有去冬留下的莲实，樱花只开了些微。白砂地面一片寂静，有寺僧在木栅内洒扫。

4 月 7 日

黄昏在冈崎疏水道边看到樱花，纷纷如雪，倒映水中。

4 月 8 日

北白川边樱花开了五分。

4 月 9 日

垂樱与吉野樱都好。樱花开满天，沉重花团垂下来。突然下起雨，有花瓣和雨水打进屋子。

4 月 10 日

樱花到最盛时，空气里软软淡淡的香气，极温存。据说

岁

时

吉田寮[1]有人牵羊到樱花树下游乐。

4月11日

北部校区樱花美甚。

4月12日

晨起骑车去区役所，见不知名野沟，流水、绿草、樱花，美不胜收。此花去之极速，甫盛即凋。

4月14日

夜于友人家饮酒，阳台正对高野川。樱花漫卷，彤云温柔。

2013年

3月28日

往奈良大和文华馆。展览规模不大，而展馆非常漂亮。园内有苏芳、寒菖蒲、山茱萸、白玉兰、山茶、垂樱、雪柳、梅、蜡梅、木瓜花、海棠、李花、贴梗海棠、棣棠、溲疏、马醉木、瑞香。庭前一树垂樱，花开如瀑。

3月30日

疏水道旁的樱花全开了，游人极多。

3月31日

樱花开得太好，让人有些哀愁。

4月1日

樱花满开。去广隆寺，看到马醉木花下有个女孩子抱

---

❶ 吉田寮建成于日本大正二年（1913），是京都大学最著名也最古怪的建筑之一，它甚至被称为"亚洲最破的学生宿舍"。一百年来，因房子年久失修、老化严重，存在很大的安全隐患，校方多次打算将其拆除。但学生们对此坚决反对，并掀起了"反废寮运动"，逼得校方只好放弃拆迁计划。

松崎疏水道两岸的樱花
游人罕至

着画架细细写生。又到仁和寺。樱花美得惊人，庭园非常漂亮。远望樱花与松树丛中的五重塔。御室樱还没开。夜樱极美。

4月4日

路过木津川，两岸樱花、垂柳，春水荡漾。哲学之道落花纷飞如雪，今年花开花谢都比往年早。疏水道里铺了一层落花，淙淙而去。路边抛卷尽是落花。

4月7日

樱花谢了大半，天凉。

2014 年

2月1日

在伊豆热川。樱花已开些许，蜡梅、梅花极香。

3月25日

回京都，樱花未开，家门口一树洁白玉兰。

3月27日

井上花坛购樱数枝。

3月28日

至大和文华馆看展览。玉兰、樱花都开了。

3月29日

去泉屋博古馆。哲学之道附近游人许多。花有金边瑞香，极清香，一架白豌豆花可入画。白玉兰，肥白。樱花渐开，约略四分。

3月31日

樱花正当时。

岁

时

4月1日

鸭川边散步回家。樱云、流水、青柳、远山，美不胜收。

4月2日

散步吉田山、真如堂。樱云团簇。

4月3日

夜有小雨，夜樱沉醉。

4月5日

山中野杜鹃已开。到野沟找楤木芽（タラの芽），发现许多。夜雨泠泠，夜樱坠落，水道中堆满。

4月9日

昏睡，花粉症。散步后山，樱飞如雨，枝头已有绿意。到真如堂后院看涅槃之庭，十分清静。大风，樱树簌簌飞雨，拂落满庭。

4月12日

路边晚樱团团欲坠，天上淡月。

4月13日

爬山，山中樱花、野杜鹃，花粉严重。到山顶，雾气蒙蒙。

4月14日

樱花还有些许残余，纷纷飘落。大风，很冷。

2015 年

3月24日

降温，大风。天寒地冻，天色澄澈，夜空无数星。纵如此低温，依然挡不住将开的樱花。难免希望天更冷一点，花迟点开，春天慢点来，也慢点去。

3 月 26 日

回温，樱花苞鼓胀。晴空万里，极美。

3 月 27 日

稍早起来，去邻居家看玉兰花，四下无人。夜风清美，樱花初开。

3 月 28 日

樱花始开，万里无云。

3 月 29 日

樱花继续开，困于杂事。上弦月清美。

3 月 30 日

校内樱花盛开。黄昏，在鸭川边看落日。柳丝柔碧，樱花团团。

3 月 31 日

温暖的一天，笋已上市。在法学部楼前看花。天色很温柔，校内樱花已满开。黄昏去吉田山、真如堂。真如堂的樱花实在很美。月亮也升起来，温柔的颜色，在殿宇一角。夕光涂染的花团，微微带着金色，美梦一般，顷刻就要散尽。后院山茶花落。山茱萸、马醉木、紫云英。回研究室，诸位说去看花。最终选定鸭川。黑暗里看不见花，风也大。只是流水响亮。雪柳花很明亮。樱花有香气。

4 月 1 日

雨日，樱云饱满。凌晨，步行回家。花团摩挲如私语，压得很低的花枝，快要扫到河面，隐约看见幽暗波光的倒影。厚云中有微光，月亮迟迟不见。

天晴，樱花将谢，家门前全是人。

4 月 4 日

天阴，月食未看成。樱花已阑珊。春山鸟鸣，很动听。夜里风起，落花满地。

4 月 5 日

潮湿难耐，樱花已谢，满地落花泥泞，一年春事已杳。

4 月 13 日

连日雨。人文研楼前垂樱尚有若干，浅池飘满落花。散步，沿途见到水边菖蒲如剑的长叶、银杏嫩叶、落满地的旧松针、丁香花、虞美人、棣棠、枸橘、石楠、花水木、铃兰、铁线莲。气温不高，感觉春日放缓了流逝的步调，令人平静。

2016 年

3 月 28 日（月）晴，3℃—16℃

银阁寺前樱花开了一半。松崎疏水道一带樱花开了三四分。

3 月 29 日（火）晴，4℃—17℃

夜归，樱花簌簌。

3 月 30 日（水）多云、阴，6℃—18℃

夜里路过教学楼，樱花开了许多，夜色里十分温柔。

3 月 31 日（木）多云，6℃—19℃

光阴何速，去岁鸭川看花光景犹在目前。农学部吃晚饭，教学楼前一株樱花摇曳满开，令人心醉。归途亦遍开樱花。

4 月 1 日（金）阴雨，5℃—18℃

窗前山樱已开。中午到吉田山散步，山樱烂漫，空无一人。黄昏与同学去真如堂散步赏花，夜色里团团簇簇，十分美好。有同学说，这不是还没有到满开的时候吗。我说，下周就要开学，人会很多。看花最好就是此刻的清冷。

4 月 5 日（火）晴，8℃—18℃

银阁寺一带樱花满开，游人如织。下午去北白川人文研，沿途樱花极美。在楼顶眺望远山，樱花错落，恬然佳景。

4 月 6 日（水）晴、温暖，12℃—16℃

清晨往四日市澄怀堂看展览。沿途新绿照眼，竹海荡漾，樱花纷纷飞落不止。下午往大和文华馆，垂樱已谢，草木葱茏。

4 月 7 日（木）大雨，12℃—15℃

早晨在雨声中醒来，在窗前看瓢泼大雨。山樱尽落，生发嫩红新叶。

4 月 8 日（金）晴，11℃—18℃

夜里天很冷。法学部楼前落樱满地。

4 月 9 日（土）晴，12℃—22℃

樱花凋谢大半，逐渐沉寂。

2017 年

3 月 30 日（木）晴，7℃—18℃

劳累的一日。樱花尚未开。

4 月 4 日（火）晴，4℃—20℃

樱花初开。

4 月 5 日（水）晴、温暖，5℃—20℃

樱花三四分开。

山前的樱花开了一点点，比去年晚了至少十日。

4月9日（日）雨，7℃—16℃

窗前山花更明，绿意愈多。有一小株垂樱，颜色越来越浓。学校池边垂樱盛开。

2018 年

3月28日（水）晴，10℃—20℃

一夜之间，山中樱花尽开。醒后决定去大和文华馆，午后抵达，满园春景烂漫，垂樱荡漾。

3月29日（木）晴，12℃—25℃

山中樱花繁密，风起则如落雪。山树刚刚生出新叶新花，花叶婆娑，异常温和，像在湖边。"正沉沉、春深似海。"似乎没有哪一年春天，樱花开得这样好，天气又如此温煦，会是一个好的春天吗？

4月3日（火）晴，13℃—27℃

樱花新叶已生，落花杳渺。

2019 年

3月2日（土）晴，4℃—15℃，

被山里砍树的声音吵醒，那株美丽的樱树被砍去了。

3月4日（月）终日雨，7℃—12℃

去东京出差，在宫内厅书陵部，雨里开着山茶，寒绯樱已显出美丽的粉红色。沾着雨水的松枝像猫咪甩湿毛一样。旅馆窗前一树非常美丽的樱，雨中风姿神秀。

3月29日（金）晴，3℃—18℃

研究室池边的枝垂樱开了两三分。

3月31日（日）多云，偶有雨，7℃—14℃

降温，山里风很大。迎称寺一株樱花盛开，寂静如海。朱舜水弟子人见懋斋（1638—1696）有《春游小石川邸后乐园记》及咏后乐园樱花之句。但我从未随众赏花，怕热闹，也怕转瞬消逝的热闹。

4月3日（水）晴，1℃—13℃

细柳披纷，樱树瑟瑟，花仍未全开。

4月7日（日）晴，多云，夜有雨，8℃—23℃

午后出门看花。先至人文研分馆，樱花全开。往北白川天神宫，花瓣纷纷如雪，卷向天际。

4月11日（木）阴晴不定，6℃—15℃

午后登大文字山，满山樱花纷纷，清冷萧瑟，早早下山。

2020年

3月21日（土）晴，7℃—21℃

下午去真如堂散步，有一枝樱花已开了。

3月25日（水）晴，4℃—21℃

北白川畔开了一点樱花，玉兰在湖蓝的天底下，梨花也开了一些。

3月27日（金）雨，9℃—17℃

窗外无尽雨，十分静谧。下午去真如堂，樱花已开始谢了。

3月29日（日）多云，6℃—12℃

疏水道旁樱花开了大半，晚上气温仍低，路灯下看去很萧瑟。

疏水道旁的樱花已经开始谢了。

4 月 7 日（水）晴，4℃—19℃

东山上升起十五月，在樱花丛中影影绰绰。

2021 年

3 月 23 日（火）晴，6℃—20℃

从吉田山步行去真如堂，山樱、大岛樱、染井吉野都开了。

3 月 24 日（水）晴，8℃—18℃

去理学研究科附属植物园，樱花、玉兰盛开，春水活泛。研究室楼下垂樱摇曳。

3 月 28 日（日）阴雨，6℃—19℃

去修道院，沿途春水汩汩，大岛樱洁白可爱。林间黄莺啼鸣，极动听，但看不见它们的身影。午后去比叡山，山中溪水潺潺，谷内遍开辛夷、山樱，新绿已悄然涌出。

4 月 4 日（月）雨，12℃—19℃

樱花全谢了，山里涌出烟雾。

观此十二年间记录，可知 2021 年樱花开得最早，结束得也最早。往年樱花大多在 3 月底、4 月初迎来盛时，这一阵游客也最多。当枝头还只是花苞的时候，就觉得心情平静，因为这意味着热闹的日子还没有来，尚来得及处理上年拖欠的债务。然而春天是无法阻挡的，几乎是一夜之间，花就悄然开了。又一夜，往往就是满开。家门口全是人，上学途中异常拥挤。几年前，多了自拍杆这种工具，长戟一般在花丛中威武地举着。有时看天气预报说连日有雨，几乎是大松一口气的感觉：立刻下雨吧，已经有过最美的一瞬，这热闹快快过去吧。

2015年3月30日的记录，说夜里去鸭川边看花，那是与研究室同学一起过去。三五人在便利店买了酒，走到水边，四周黢黑，也看不清花。风很冷，但大家不愿意扫兴，还是找了一处被路灯微光照亮的角落，坐在木凳子上喝酒聊天。大家都已过了在大晴天早早带着塑料纸垫到河边占位子喝酒看花的年龄，或者说原本就不是那样凑热闹的性格，因此才宁愿在寒风割面的水边多坐一会儿，听枝头花瓣温柔的簌簌轻响。大家谈到各自的宗教，当时只有我一人无信仰，其余诸位至少父母辈都信佛教，有净土宗、净土真宗、真宗大谷派、真言宗等。有人自己也信，日常会持诵经文。有人则说直到祖父过世，举行葬礼时才知自家是信什么教派。有人虽无特别信仰，但受家人耳濡目染，也记得几段经文。

酒喝尽，只好起身回去。一路闲谈，不知怎么说到万叶集。额田王的句子，"君待つと、我が恋をれば、我が屋戸の、すだれ動かし、秋の風吹く"，译为"缱绻待君疑君至，却恼帘动秋风起"。想到"打起黄莺儿，莫教枝上啼"，又想到"相思一夜梅花发，忽到窗前疑是君"，都是相思的佳句。譬诸今日，好比听到邮件响，以为是一直期待着的，却只是广告而已，实在惘然。清少纳言的句子，"夜をこめて、鳥の空音は、はかるとも、世に逢坂の、関はゆるさじ"，译为"夜深施计作鸡鸣，逢坂严关绝不开"。此句绝妙，在于巧用函谷关之典，拒绝情人之邀，说虽然假作鸡鸣打开了函谷关，而我心中这座逢坂关，却绝不会向你打开。逢坂关位于山城国与近江国交界处，是交通要塞，因"逢"与相遇的"遇"

雨天的樱花

同音训，故而又意指男女相逢与别离，是和歌常见的歌枕。这种双关，大概类似"东边日出西边雨，道是无晴却有晴"，"低头弄莲子，莲子清如水"。隽永的诗句，很容易就记住了，在心头盘旋不去。并在下一次遭遇相似境况时滚动字幕一般出现在脑海里。与对方的交往，也因为多用了一种典故，而更为摇曳动人，可会心一笑。

每年 4 月 1 日至 30 日，祇园甲部歌舞练场都有公开的舞蹈演出，所谓"都舞"（都をどり）。这项活动的历史约百年有余，不单京都人喜欢，更是外国人十分感兴趣的美妙表演。每场演出只一小时，节目多为春夏秋冬的轮回，有同样打扮的年轻舞妓们齐齐作舞，也有二三艺妓的沉着舞蹈。每个节目都不长，舞台花样很多，热闹好看，即便听不懂长歌的内容，光看台上姑娘们可爱的姿容，也兴味盎然。这样的表演，实在太适合呈现给京都的游客。都舞的动作幅度都不大，手指并拢，指尖或微微外翻，或微微内收，借此传达复杂微妙的情绪变化。舞者手指的表情与中国传统戏曲中复杂多样的手势有截然之别，这与中国戏曲的题材、服饰有很大的关系。和服下摆拘谨，衣袖方正，并露出较长一截手腕，并不适合过分大的动作。而是通过拍手、合掌、握拳等简单的方式，作出万千变幻。

中国戏曲舞台的女性，衣裳种类甚多，且有水袖——可视为手指表演的无限延伸。程砚秋说，旦角的兰花指，代表女性成长的过程。表演十二三岁的小丫鬟，天真活泼，兰花指应该紧握着一些拳头，突出的一个手指来表现年龄的特点。二十岁左右的姑娘，花朵慢慢展开，指法就应当表现出含苞待放的形式。中年妇女的指法要求庄严娴美。

舞步的差别更大，和服的约束与缓慢悠长的滑步（おすべり）十分相宜。滑步的做法，大约是先抬右足，放下右足的同时，左足微微向后滑去，重心下移。再通过上半身的种种动作，表达种种情境。极富节奏的鼓声里，脚步亦极富节奏，这种有趣的步法，在能剧、狂言等传统乐舞形式中都常见到，我觉得非常有意思，甚至认为这是日本民族独特的节奏感，在小孩子们拍手蹦跳唱歌谣时也能体会到，遗憾的是未及深考。

关于京剧旦角的步法，程砚秋也有精妙的论述，十三四岁的小丫鬟，应使用活泼的小脚步。二十岁左右的姑娘，应当"脚跟起落在脚尖前"，不慌不忙，一步一步缓缓行动。出嫁后的中年妇女，大部分是青衣，步法可以自然，走路时两脚的距离可以过半步。我有一位京都出身的师妹，爱好京舞，每周都去师傅家练习。她生得很好看，举止端雅不俗。据说京舞虽然看起来动作幅度很小，但非常消耗体力。"我就当锻炼身体了。"她说。

甲部歌舞练场附近有建仁寺，还有以断绝恶缘出名的安井金比罗宫，绘马上写满的愿望——不，更多是怨望，许多都是女人的。有祈祷丈夫与其他女人快断绝关系，有祈祷情人快与妻子离婚，有祈祷与前男友彻底断绝关系，有祈祷与丈夫顺利离婚。有些还称得上"祈祷"，有很多则是触目惊心的"诅咒"，难为还端端正正写出来，甚至把所痛恨之人的姓名、工作地点都仔细写下。偶然见过一次，为这凄苦的女心深感震惊。祇园是我完全不了解的世界，急忙逃离，直到返回河原町、寺町通附近才心神稍定。

樱花过后，花事更盛，但人们不再蜂拥而上，气氛变得从容许多，渐渐到了我最喜爱的春夏之交。芍药、牡丹、藤花、鸢尾、绣球、杜鹃、楝花，种种名目，单是罗列也足令人喜欢。山里的植物，

春末如烟如雾的楝花

花期都比城中晚上半月之久，因此若错过城里的花，还可以到山里看。

　　5月15日是葵祭。迤逦富丽的时代装束队列，自御所出发，至下鸭神社，修禊毕的斋王代身着五衣裳唐衣——即所谓十二单，乘腰舆，在浩浩荡荡盛装的人流与青山碧水的映衬中，最终抵达上贺茂神社。欣赏斋王代的装束，是十分赏心悦目的事。随后跟来骑马的巫女与诸位命妇，浓妆垂发，也都有可爱明丽的衣裳与妆容。童儿们敷白粉，点红唇，一脸严肃。牵马的男人们就有些凑合，衣服也旧了，有些懒洋洋的年轻人，大多是打工的大学生——森见登美彦就在小说里写过。

　　仪式结束后，可以去上贺茂社社内的大田神社看燕子花，据说是平安时代以来一直延续的品种。池沼内碧叶丛生，这时候恰有无数温柔的蓝紫色花朵。藤原俊成有歌曰："神山有大田，池沼燕子花。我心深深愿，一如颜色佳。"夫马进先生最爱此处，年年要来看："打动过平安时代才媛雅士的颜色呀。"可惜有一年，五分之一的花苞都被山里下来的鹿吃掉了，本地新闻大加感慨，老师也专门写信来，表示遗憾。蓝紫色的花，似乎并不很美味，但鹿却喜欢，真让人想不通啊。

薪能

《失乐园》小说里，印象最深的，竟是二人在镰仓观看薪能的那一段。"秋意未深，微风不时从四周繁茂的树丛间吹来，舞台两侧熊熊燃烧的篝火，使周围的幽黯更显。""薪能结束时九点已过，照射舞台的灯光已灭，篝火也燃烧殆尽，四周突然封闭在幽深的漆黑中。"久木跟凛子说：

岁

时

镰仓的薪能演出至今已举办了近四十场。从前，武士们所看的和现今不大一样，那时候，不像现在有电灯。就拿京都的五山送火来说吧，把路灯和霓虹灯都关掉，整个城市漆黑一片，只能看见满山燃烧着的红通通的火焰。那情景真是无比庄严壮观，人们不由自主地合掌祈祷起来。薪能也是在戏台四周环绕以水池，随风摇曳的篝火与池水交相辉映，这种效果会使人体味到远比现在更幽玄更妖艳得多的意境。

读小说时还没有到京都，当然也未看过薪能，只在电影里看到这段，幽光明灭，觉得十分寂寞。这种寂寞的印象，也影响了我对镰仓的印象。薪能即"薪宴之能"，起源于平安时代中期，最

薪能的点火仪式

平安神宫薪能的火把

早在奈良兴福寺举行。近代之后式微，"二战"结束后才自京都复兴。夏季夜晚于能乐堂或野外临时设置的能舞台周围点燃柴火，演出能剧，气氛极尽幽玄神秘。京都有不少能乐堂，流派也多。在此欣赏传统艺能，可谓得天独厚。能剧的辞章为谣曲，相当于脚本。江户时代的谣曲本极为流行，派别有观世流、宝生流、金刚流、金春流、喜多流等。每年1月3日，八坂神社有能和狂言的演出。8月16日五山送火之时，金刚能乐堂会演出"蜡烛能"，舞台仅以蜡烛照明。

　　而每年6月1日与2日的黄昏，平安神宫大极殿前临时搭建的舞台上，会举行荟萃各大流派的薪能。早些年我会过来看，离学校也不远。此时京都气温已较高，是梅雨将至前的晴热。鸢尾、花菖蒲都开了，水边始有明明灭灭的萤火虫，仿佛弥漫的哀愁，是短暂无法捉摸的情绪。很喜爱在桥上呆看，一两点飘飘忽忽，继而看到更多，甚至有一点落到手心里。错过这几日，就都悄然消失了。

　　大极殿前的白砂地上摆满座椅，有许多穿着初夏和服的美丽女子。舞台背景是黯淡朱漆的殿宇，隐约可见殿内的几点灯火。廊柱投下的阴影随时刻推移改变方向。先是能乐师缓步登台坐定，而后摆放道具。舞台一侧夕光缓缓收拢，凉风劲健，台上演员的衣摆猎猎可闻。乌鸦盘旋高天，仿佛能听见黑羽逆风的动静。渐渐地，夕阳涂满远近朱红碧绿的台阁，辉煌壮丽。第一场演出结束后，白衣的神职人员主持点燃柴薪的仪式，松木燃烧的香气顿时弥漫于阔大的空间。致力传统文化宣传的京都市市长也着传统衣装登台致辞。之后能乐继续，从观众席任何一处都能透过跃动的火焰欣赏表演，柴薪毕剥，与大小鼓、太鼓、笛、谣曲之声清晰照应。

　　最迷人是黄昏到黑夜的交界，火光一点点明晰，背景渐次幽深，台上人明丽绝伦的衣裙、冠带、寂静深邃的能面被一点点照亮，足令观者屏息。即便听不懂曲子，也能被现场气氛打动。舞台稍远处的照明灯光也悄然亮起，对准台上演员的能面及华丽无比的衣装。能面看似无表情，却各有幽微的情绪，细目黑眉，微启的朱唇摄人心魄。演员在能面底下，视野极窄，仅能看到舞台四方的竹柱，须有天长日久的刻苦训练，方不至坠落舞台。

　　有印象很深的几场。譬如《经正》，讲御室仁和寺的僧都行庆，为悼念西海合战时丧生的平经正，夜里弹起经正生前所爱的琵琶"青山"。微茫灯火间，行庆见一幻影，正是经正的幽魂："闻君凭吊，中心感念，故而现身。"恍惚中，行庆终仅闻经正之声。地谣唱曰："经正自幼外守仁义礼智信五常之德，内则专爱花鸟风月，兴诗歌管弦。终日迎送春秋，于此松荫草露、如梦幻泡影之世，留心一切风雅。"经正抱起"青山"，弹起旧日曲调。但忽然乌云蔽日，暴雨骤来，经正见战死之姿，感修罗之苦，繁华终如一梦，羞愧惨痛，遂吹灭灯火，黯然消逝。地谣又唱："灯火远，灯火远，深夜月，修罗王与帝释天之战，火花飞散，怒火成雨，长剑裂我身。红血飞溅，焚身之苦，我心羞惭，不欲人见。灭此灯火，愚身入火，如夏虫飞入，共此风波，共此风波，吹灭灯火，隐于阴暗，亡灵影消。"曲辞洗练优雅，亡魂的悲喜与羞惭，僧都的深情与平静，是既定的悲剧，而观者又并不以为悲哀。又如《羽衣》，天人遗落羽衣，求渔师归还。渔师快诺，但请天人演奏乐舞。天人着羽衣，遂于青松白砂的春之海作月宫舞，隐没于云霞。

　　舞台一侧通向后台的廊桥有微妙的倾斜度，为的是令观众有强烈的远近对比之感，用于强化表现亡灵的出现与消失，连接此世与彼世。我很喜欢这段廊桥，不管是哪个角色缓步登场，都能迅速被其节奏攫住。待其缓步退去，又深感无限寂寞。歌舞伎舞台的花道也是模仿这段廊桥。不过，与观众稍有距离感、寂寞幽深的廊桥，却渐渐变成穿过观众席的长廊，可视为舞台的延伸，用于表现大路、廊下、海、川岸等场景变化。演员上场下场，皆可由此通过，带动观众视线，极大增强临场感与紧张感，最大限度地活跃气氛。曾经为了近距离观望市川中车（香川照之）而买了离花道最近的前排票。他登场时，全场雷动。一抬头，见他凛凛而过，离我极近，啊，夸张的说法是——好像能听到他呼吸的声音。

　　散场后，散步回校。这种时刻，总想起从前看过的京剧或昆剧。《长生殿》《桃花扇》《牡丹亭》《玉簪记》《春闺梦》《锁麟囊》，历历在目。而今在此，已多少年没有看过现场。只有深味此地传统艺术之意蕴，方可稍解寂寞。

岁

时

京都夏天的节日,最著名当然是祇园祭。整个 7 月,每天都有不同的活动。河原町市街、京都站,各处都流淌着龙笛、能管、太鼓、钲的乐曲。身处再富丽的商场,一听到这样的曲子,仿佛转身即刻能走到幽暗的灯火下,在摩肩接踵的人群中俯身捞金鱼。

京都一年四季的传统节日,比如 1 月 3 日八坂神社歌牌初始式、2 月 3 日吉田神社节分祭、7 月 7 日白峰神社小町舞蹈奉纳奉告祭,都有儿童的参与。他们都是本地小学的孩子,一般都是相关祭典、活动所在区域历史悠久的学校,这就是所谓的"地元意识"。京都人的地元意识,当然是作为"京都人"的骄傲。而市内各个区域还会有更细的区分,寺町通、一松町等,具体到每个街区,都有各自强烈的"地元意识"。

"地元",即本地、当地之意,是很有感情和凝聚力的词语。比如兵库县姬路的松原八幡神社每年秋天有为期两日的"滩之喧哗祭"。"喧哗"在日文中是吵架、斗殴之意,正如字面意思所讲,该项活动形式颇为激烈。当地每个村庄各自准备神舆,由村内青壮年男子抬到该地中心区域的神社广场。次日再将神舆抬到附近的山顶。扛抬神舆的男人们喊着号子,以各自神舆为单位,拥挤、冲撞其余的神舆，撞得七零八落也不要紧。围观妇孺从旁呐喊助阵。平时再浪荡的青年，到了祭典时，都会积极参与，打赤膊，勒额绳，绑块兜裆布，冲锋上阵。据友人香织讲，因为"这是体现自己与地元关系多么紧密的时候，也是显示自己在地元的地位与实力的时候"。每年祭典都有人受伤，甚至还有死亡事故，但活动每年如期举行。这令我大感不可思议，而"地元"的人却非常珍惜这竞勇争强的舞台。

日本的行政区划分为都、道、府、县、市、町、村，町作为很小的单位，都有自己组织完善的"町内会"，类似街道办事处，不过自治色彩更浓。町内会的职责主要在于号召居民共同负责所属地域内神社、公园、道路的清洁，举办本地独特的祭典。每年秋天，住处附近都有町内会的老人披蓝褂、快步沿街打梆子，口里喊："天干物燥，小心火烛。"

不论政府还是开发商，都不能轻易无视"地元人"的感受和町内会的诉求，京都这样传统深厚的城市更是如此。比如城中心的町内会经常抗议政府的建筑规划。想建酒店、游戏厅之类场所，光有开发商远不够，先通过町内会的许可再说。否则町内会的游行、抗议招牌都不会停歇。当然，町内会一般只吸收整个家族入会，不太干涉独居的人。像我这种客居的外国人，就更加不会过问。

这样由"地元人"组织、参与、延续的活动，使每一年、每一代孩子都留下回忆。最受瞩目的角色，比如祇园祭山车上的稚儿，都是出身名门或大企业家的小公子，会接受严格的礼仪指导，最后庄严出场。葵祭的斋王代，从《古都》的时代开始，就一直选自出身京都寺庙、神社、大企业之家二十岁左右的小姐。《古都》里，千重子回忆起幼年时代的水木真一，曾画眉毛，涂口红，作

祇園祭的夜晚，有无数灯笼

平安时代的装束打扮，乘上祇园祭的山车。他因生得清秀，还曾被扮作童女。童男童女不是游行一天就能结束，他们必须到彩车街挨家挨户登门拜访。节日典礼和童男童女的活动要忙上一个月的光景。长大了，千重子父母私底下依然温柔地笑称这位与女儿青梅竹马的真一为"童男"。

7月10日，有提灯队列游行。下午四点半左右开始，从八坂神社出发，经四条河原町、河原町御池，至市政府前。致力传统文化宣传的市长又和服登场，向队列赠送花束。在广场前表演完几队舞蹈后，再经寺町通、御旅所，回到八坂神社。夜九点，八坂神社的能舞台有舞蹈奉纳仪式。队列有吹笛的乐队、小町踊、鹭踊、稚儿马队等。小町踊行列都是还在读小学的女孩子，服饰、发型皆作元禄时代风格，簪戴整齐，画白妆，眼角嫣红，楚楚动人。她们提灯或小鼓，且歌且蹈，舞姿虽稚嫩，却极典雅，十分惹人怜爱。这时节的京都已溽暑难耐，小姑娘们的妆容被汗水打湿，一旁的母亲们随时跟上补妆。每个孩子都一丝不苟，严肃郑重。大概这也是京都人刻在骨子里、最内敛又最坚固的骄傲。

中旬有宵山与山车巡游，是祇园祭的高潮，各地人都拥来看，不大的街区吞吐几十万游客。所谓宵山，是指祭典前夜的活动，特指祇园祭山车巡行的前夜。我最怕人多，逢此大节要么躲在家里，要么到香织家避暑。但有一年香织说，多年不曾看过祇园祭，很想重温，便在宵山的黄昏一齐换了浴衣，上街看灯。河原上逐渐点起灯，川床摆起酒宴，风流的人们临河享用古都的盛夏。白鹭、苍鹰缓缓掠过水面，又往山边去。

城里热闹极了，许多穿着浴衣的男女，团扇拿在手里，或者插在背后的腰带里。物换星移，就是再强调保留传统的古都，城

小町踊行列都是还在读小学的女孩子，服饰、发型皆作元禄时代风格，簪戴整齐，画白妆，眼角嫣红，楚楚动人

市还是有很大变化。高楼广厦，霓虹香车，虽与古典风情相悖，但现代人到底不能拒绝。年轻人的品位也江河日下，满目大花大朵俗艳的花色。特别常见的花色是樱花、绣球、牵牛花，不离红紫粉一系。我最喜欢传统的蓝白色系，偶尔见到素净典雅的纹样、高华优美的腰带，顿时眼目清凉，一再贪看。年轻男人的浴衣，松松系着腰带，那样子好像随时都要跟身边的女孩子私奔似的。年长些的，虽然似乎冷酷些，但总也脱不去浪子的气息。想起《小早川家之秋》里的老主人，戴凉帽，摇着扇子，大夏天溜到京都会老情人，就穿着浴衣。情人虽然年纪大了，举手投足优雅又撩人，也穿浴衣，蓝白色调，纹样朴素。夜色与晚风稍稍洗去白日燠热，装饰无数灯笼的山车也逐渐显露出华美的形容。车上的人吹笛奏曲，这音色倒是长久不变。

夜色渐浓，鸭川沿岸也亮起灯火，倒映水中，漫长一线，隐入远处山色。路边卖各色零食，怀旧的刨冰与波子汽水最受欢迎。边走边吃也好，找间老铺坐下来慢慢吃也不错。各色冰品是最适于祇园祭的零食，红豆沙、抹茶、白玉团子、豌豆沙、蒟蒻、蜂蜜、糖汁。冰镇盐水黄瓜、烤肠，孩子们都喜欢。变戏法的老人，被大群人围着，展示一种道具，旋转着，变出各种造型，一时玫瑰，一时喷泉，一时金鱼，小孩子喜欢极了，惊呼不断。大人们冷静些，但脸上也都带着笑，期待地望着下一种变化。老人演完长长的一段，大家松了口气，由衷地鼓掌。终于有个少年，上前说要买，他身边有个穿蓝底红花、系鹅黄腰带的少女，羞涩笑着。买了道具的少年，很不好意思，要给少女表演了看。但勉强只作出一朵变形的玫瑰。方才在老人手中行云流水、幻化万千的道具，此刻仿佛失了灵性，左右不听使唤。少女却喜欢，接过那朵玫瑰，手一松，

祇園祭时的京都街市

祇园祭期间，街头到处可以见到穿浴衣的人

疫病流行时期的祇园祭，夜晚早早收起了山车上的灯笼

又散了。

在拥挤的人流中绕长街一个来回，看了山车，买了除厄的长粽，就可以回去了。这粽并非食用，而是挂在门口用来驱邪的粽形神符。能吃的粽子，在端午前后的和果子店里有售卖，形状修长。粽子虽然最早由大陆传入，但形状、内容早有变化。清末民初留学北京的日本学生，吃到中国的粽子，说比日本的短而圆，内容有咸甜两种，也是很新鲜的口吻。

香织突然想到，有位初中时代的好友恰在附近甜品店工作，已阔别多年。说想见她，很忐忑地到了店里，果然看到了她。那位也穿着美丽的浴衣，束着袖带，专心勤勉地工作。袖带是很可爱的小道具，年轻小姑娘系着，特别勤勉温柔的样子。香织从旁默默看了许久，而后郑重迎来重逢的惊喜。因这位朋友在工作，未能多聊，隔着柜台，小声交谈了几句，便彼此含笑告辞了。香织客居北京多年，平日总说："我越来越像中国人。"而这种时刻，又知道她的情绪全然是日本的，收敛、克制，连遗憾也一道珍重收藏。

回去路上，她突然说想放花火。便涉水来到加茂川与高野川合流处的三角洲。她点名要线香花火，说："我们小时候，夏天一定要有这个，小心拿在手里，不使灰烬落下，看谁的燃烧得更久。"我们靠得很近，屏息守着那小小的、细碎的、纯粹的火光。在清长水声里一支支燃尽，她笑道："这就是日本的夏天，其实非常寂寞。"

我与母亲也一起逛过宵山。那日黄昏，我们从家门口坐上5路公交，到祇园下来。从八坂神社一路走到河原町，吃了辻利的抹茶冰淇淋。母亲极富少女心，天真烂漫，她举着冰淇淋，拍了

祇園祭期間，四条大道旁摆出售卖除厄粽的临时摊铺

很多照片。天还没有完全黑时，我们去丸井商场闲逛。跟她相处，可以像姐妹一般和睦。

母亲来京都的那段时间，我们仿佛回到十多年前、父亲尚未回本地工作的时代，家中只有我们二人。我尽力想把自己认为京都美妙的地方展示给她看，而她则表示，只要跟我在一起，哪怕只是在家里看电视剧，也非常开心。她每天起来很早，给我做吃的。我中午和晚上都从学校回去吃饭，这正是我小学、中学的生活节奏，实在怀念，以至于无比愧疚：这么多年，自己还在原地，一任时光流逝。

后来，母亲在日记里这样记录祇园祭：

> 女儿一天都有课。我在家洗衣服，然后去超市买菜（是来京都后第一次单独出门）。起初有点担心，也带了纸笔，准备一旦迷路就找人笔谈。但后来发现根本没什么，一切都很顺利，还在超市隔壁的鞋店看了看。这家店的鞋很便宜。

> 下午五点，她回来后，我们一起去看祇园祭前夜的宵山。先乘公交到八坂神社，这里已人山人海。像国内的庙会一样。路两旁有各种小吃和小玩意。还有打弹球、套圈、捞金鱼、捞乌龟等非常老式的游戏。来日本这么多天，第一次看到垃圾食品。这时从神社的大殿里出来一批打扮好了的准备开始活动的人，有老有少有男有女，穿花色一样的和服，吸引了很多游客。

> 我很佩服京都人，每年都有这么充足的热情举行各种传统活动。比如这么热的天，他们穿这么厚的衣服，还这么优雅。我们随人流到街上，到处是人。有很多警察在维持交通。

欢庆的人群里有很多穿着和服的人，也有外国人。但很多外国人并不知道怎么穿，就随便套个花色夸张的，也乐滋滋的。

7月25日至29日，下鸭神社有御手洗祭，源自平安时代贵族夏季禊祓之俗。规模与名气自然比不上祇园祭，但本地人都喜欢。

下鸭神社是求姻缘的好地方，平常在此举办婚礼的新人也很多。穿过贺茂桥，步行往纠之森●，古木参天，流水过耳，骤然一静。浓荫底下摆着摊儿，和许多祭典一样，是琳琅满目的零食，当然还有捞金鱼的游戏。与女儿一起出来玩的年轻母亲，穿着一色花样的浴衣，抱着女儿捞金鱼。那脸庞圆鼓鼓的小姑娘好专心，拿一柄纸兜，一捞一条。摊主笑着鼓励："来挑战一条大的吧。"小姑娘犹豫了一会儿，对准一条大黑金鱼，一次不成，第二次就捞到了。母亲温柔地笑着："好啦，够了吧？"付了钱，牵着女儿的手继续往前去，小女儿踩着木屐，摇摇晃晃，手里拎着新得的一袋鱼。不过祭典上的鱼都很不好养活，把辛辛苦苦捞到的小金鱼养死掉，是很多人长大后仍记忆犹新的悲伤往事。

迈入挂满纸灯的、辉煌的朱红正门，满目又是纸灯。白纸长形或圆形的灯笼，写着供奉者们的名字，印着不同的家纹，很合乎审美。绕过殿前，就到御手洗池。池水据说涌自地下，清凉洁净，5月葵祭时，斋王代亦于此举行盛大的禊祓仪式。除去履袜，挽高衣裙，领取细白烛一支，渐渐就到了池边。池水冰凉沁骨，刚迈进第一步，都忍不住"啊"一声。渐渐，流水浸没小腿。点燃

岁

时

● 京都下鸭神社内的一片古老的森林。

御手洗祭，下鸭神社门前

御手洗祭上的蔬菜摊

御手洗祭上，神社门外卖西瓜的摊铺

蜡烛，一直走到池的另一边，在烛台上插好，仪式方算结束，可以上岸。池中男女老少，烛火幽明。有人说：每年夏天，只有到这里来一趟，才算是过了京都的夏天。

有一年夏天，省吾夫妇也约我去看御手洗祭。下鸭神社这些年亦遇到财政难题，和梨木神社一样，也卖地给地产商，附近多了不少崭新的公寓。而神社入口前的白砂道两旁仍摆着夏日祭典熟悉的摊铺，切开的堆在冰上的西瓜，竹扦串着、刷了糖酱油而烤熟的米团子，蕨根凉粉……穿浴衣的儿童被母亲牵在手里，或坐在父兄肩上。省吾说，女儿们小时候捞到过乌龟，后来养在莲缸里，几年后逃跑了。

我们蹚过冰凉的流水，将小蜡烛安置在铁扦上。做完这一切，好像都松了口气。三人出去喝冰梅汁、吃红豆棒冰，又排队等着吃蕨根凉粉，摊主爷爷顺手给我们三个各送一大块先尝尝。省吾非常满意："因为你们两个好看。我一个人来买时，爷爷从来不给送。"

夫人看着往来踩着木屐摇摇晃晃的小姑娘们，笑叹说："女儿她们小时候不正是这个样子吗？"省吾道："转眼养大了，一下都跑了。"那一年，他们家的大女儿要等盂兰盆节之后才从横滨的大学回来，小女儿则在意大利修学旅行，乐不思蜀。夫人笑："可不是，如梦之一瞬。"

点烛的仪式，在 8 月下旬化野念佛寺也有一场，叫作"千灯供养"。化野念佛寺在右京嵯峨野，属净土宗，与东山的鸟边野、洛北的莲台野同为平安时代以来著名的墓地。最早是空海在此收埋野曝的骸骨，到江户时，僧人寂道再建。明治三十六年（1903），化野念佛寺从化野一带收取八千多尊无缘佛，集于寺内供养。所谓无缘佛，即失去祭祀之人的墓石与佛像，每一座墓园内都有不少失去继承者的墓地，即无缘墓。墓石集中在一处，累累叠叠，布满苍苔，与有后人供养的墓地境况完全不同。而千灯供养就是在盂兰盆节后，于墓前一一点燃烛火，祭祀那八千多尊无缘佛。

转眼已到 8 月，盂兰盆节也近了。超市有卖盂兰盆节用作供品的蔬果，还有新鲜荷叶与莲花。盂兰盆专用的祭坛叫"盆棚"，铺草席或茭白叶，中央安置牌位，供奉茄子、黄瓜作的牛马，以及饭菜、团子、素面之类。鲜荷叶盛着切碎后加了水的果米，曰"水之子"，来源与意义皆不明，有说法称这是专门为了祭祀无缘佛。

去学校附近的店里买阿阇梨饼。此名语源为"高僧"之意，是日本天台宗、真言宗的僧人位阶，比叡山的高僧会于山野间进行栉风沐雨、长途跋涉的千日苦修，饮溪水、食素饼——这便是阿阇梨饼的意蕴，其形则参考僧人所戴斗笠。这红豆馅儿饼不甜不腻，很美味，极受京都人喜爱。店里人问，要包装成供奉祖先的形式吗？我摇头，说是自己吃的。店里大多数人都是买了回去作供奉之用，因此要包上写有"御供""御佛前""御灵前"等字样的白色和纸，系上金银二色水引。我很羡慕这时节可以回家的人们，幼时见祖父母在佛龛前供奉素饼、花束之类，也觉得无限心安。

时令已转向夏秋之交，常见的花是龙胆、芙蓉。这段时间，下鸭神社纠之森内会举行京都古本三大祭之一的夏季"纳凉古本祭"。绿荫流水鸣蝉，入口处有卖冰水的小摊。几十家旧书店摆开两侧书棚。许多穿浴衣的男女，摇着会场内发放的团扇，或将之插在背后腰带里。森林里蚊虫多，家家都点着蚊香，与草木清气呼应。盆地夏季虽然难耐，有此盛会，也可以原谅。夏季古本祭一大特色是有许多童书、绘本，很多大人都带孩子来玩。孩子们围在漫画专柜前不肯走，有的父母也感兴趣，和孩子一起看。买了书，就去清溪玩水，很可爱。古本祭于 16 日黄昏结束，那天夜里有盛大的五山送火。待热闹过后，秋天就真的要来了。

下鸭神社幻之森内，京都吉
本三大祭之一的夏季纳凉吉
本祭

要深吸一口气，才能开始写这一段。因为至此已是夏季的强弩之末，岁时更替，我的叙述也到了告别的时候。许多年前，曾在一个小说的结尾安排众人观看五山送火：

　　夜气缓缓沉落，这一晚人们熄灭灯火，聚满桥头、阳台、楼顶，等待包围古都的青山中燃起火床，组成五处、六种纹样。八点整，远近人群似有骚动。黑暗中，一座座山头，幽明的火光缓缓亮起……和想象中不同，火堆并非一下燃烧起来。最开始只是暗红，渐渐蔓延开去。整个城市沉浸在此起彼伏的惊叹中。松枝燃起的香气弥漫在溽暑未消的夜气里……突然有一瞬，火苗昂然一跃，彻底燃烧的木柴迸发出熊熊烈焰，如此声势夺人。欢呼声一波一波回荡着，将这一晚的氛围推至高潮……久久不息的火光照彻四方夜空，星月一概失色。

事实上，那时的我并没有亲见五山送火。因为每年8月初，我就急忙回国过暑假了。直到很晚的一年，因为9月初有学会发表，又要写毕业论文，不得不留在京都，这才完整地经历了京都的一年四季。

夏天的鸭川沿岸

2014 年 8 月 16 日，暴雨终日。气象厅发布洪水警报，大家都担心五山送火会不会取消，网上每隔一段时间就发出消息，说各处山中都在如期准备柴薪、搭建火床，又说看雨势毫无减轻迹象，不排除取消的可能。在研究室，听着窗外巨大的雨声，白茫茫的雨线完全遮蔽了山色，根本看不清山的轮廓。这么大的雨，也根本点不起火吧，不觉有些失落。那些远道而来、专门为了看五山送火的游人，一定更加寂寞。

然而黄昏五点半左右，雨势竟神奇地减轻，窗外风景逐渐明晰，也看得到大文字山了。网上一片雀跃，说不求雨止，但求雨不要更大，一定会坚持点火。某项延续多年的固定习俗，不单观者期待，辛苦的参与者也绝不希望因外力阻挡而中止。该在哪一天、哪一时间段举行哪一项仪式，是最郑重、最不能错过的。即便事后可以补办，也终究错了时间，非常遗憾。

那天傍晚，在学校附近的小巷内吃了荞麦面。近七点出来，雨更小，街上逐渐出现了等待点火的人群。大家张望天色以及最近处的大文字山，纷纷期待道："这样肯定不要紧，一定能看到送火了。"

据说每年此时，街中会挤满十万多人。通常，观看的场所有京都塔、鸭川三角洲、船冈山公园、吉田山等。市区高层建筑很少，能找到一处可以观看四面五山的制高点并不十分容易。而学校其实有很好的观赏地：文学部新馆的顶楼。因此知情的学生们都早早来到楼顶窗边。楼道有东西两侧，视野最好的是东侧，此处窗户有两扇，一扇向东，一扇向北。向东的那扇正好能看到大文字山，北面那扇可以看到松崎西山与东山的妙法二字，以及西茂贺船山的船形。西侧只有一扇窗，能看到金阁寺附近的左大文字，以及嵯峨仙翁寺山的鸟居形。

假期楼门闭锁，只有本部的学生知道密码。也有人趁机邀来喜欢的人，听说的确有借此机会结成良缘的学生。我的研究室不在此楼，偶尔过来，也很喜欢在东侧窗边驻足。夜景尤美，没有很强烈的灯光，只是星星点点的烟火人家。

近八点，窗边已满是人，绝大多数是学生，也有几位老师。楼道的灯已被熄灭，东向的圆窗被打开一半——平常为安全计，绝对不允许打开。突然，远处山头隐有火光，人群低声惊叹。火光渐渐跃起，紧接着，整个"大"字笔画的七十五座火床全被点燃。我必须修正从前只看视频而得的描述，最初，火的颜色并不是暗红，只是有些微弱而已。不出半分钟，火焰就熊熊燃起，辉煌又寂静。因为离得近，看得很真切。

火床是当日下午四点左右，由银阁寺町内会的人上山搭建。最下面是麦秸秆，上面堆放松木，并将之前收集好的、人们祭祀祖先的护摩木一层一层交替叠好，堆成横截面是正方形的高台，松木与护摩木之间填充松针。每座山上的火床构造都不同，妙、法二字是用铁架支起交叠的松木及护摩木，船形是在石床上叠加，左大文字多岩石，难以挖掘，便用混凝土加小石头浇出火床。鸟居形用铁架，不用松木或护摩木，只燃烧薪束。八点零五分，妙、法二字亮起。八点十分，船形点燃。八点十五分，左大文字亮起。最后是鸟居形，在八点二十分。人们感叹着，有默契地交换位置，轮流到最靠近窗台的地方观看。很多人纷纷拍照留念，只有一位很年轻的姑娘，对着远处的妙、法二字，默默合掌祈祷。这才想起，远方燃起的火焰，原是为送返盂兰盆节回来的亡魂，是为纪念故去的人。

八时四十五分左右，各处火床逐渐熄灭，窗前观者散尽，圆窗紧闭，楼道恢复原样。下楼散步，没有雨，地上偶有很浅的积水。空气中弥漫着松木燃烧的香气，很惆怅。是狂欢后的倦怠与忧郁。此夜之后，天空的颜色、风的质感、雨的声音，都与盛夏不同，是初秋的清凉。尤其夜中此起彼落的秋虫声，更令人惘然。

北白川人文研也是看五山送火的好地方，只是那里一般人不能进去，更不用说登上小白楼远眺了。那里周围都是居民区，很宁谧，遍植松柏。平常在北部食堂吃完晚饭，喜欢沿操场边一路到此。水声响亮的疏水道畔，春天有樱花，初夏尽是大花栀子，是美妙幽静的所在。因此非常羡慕那些在文末写上"于北白川畔"的老师们。现在，我可以写"月待山前""银阁寺前""鹿之谷中"，看起来也很不错。

这些年，五山送火的日子虽然难免赶上雨天，但最后无不顺利进行，送走亡魂，让人们安心迎接随后到来的秋天。然而在2020年，一切都发生了变化。连奥运会都可以取消，五山送火有什么绝对执行的必要呢？人们消沉地抱怨着。经过漫长讨论与反复斟酌，为了防止观众聚集，那年8月16日，五山送火决定"缩小规模"，"大"字只点燃笔画末的五处及当中一处，鸟居形点燃两处，此外"妙""法"等只点燃一处火床而已。大家在失望中又有一丝庆幸，街上自然看不到什么游客了，但到了夜晚，路上还是缓缓聚集了一些附近的居民。原本骑车路过的人，也都停下来，一齐望向城市东方的大文字山。哦！熟悉的火把，虽然只有数点，但有谁不熟悉那完整的"大"字呢？已经足够感激。人们在黑暗里逐渐散去，与这格外静寂的夏天告别。古都的故事永远不会结束，因为季节的轮转是永恒，而我们也不知道，下一个季节会不会有新的消失与诞生。

附

录

写完全书，因为眷眷不舍，便在文末附上「他们来过京都」与「他们写过京都」。对京都感兴趣的读者诸君亦可以此为线索，往京都丛林的深处而去。

　　来过京都的中外学者名流有很多，实难枚举。姑以人物出生年代为序，略举一二。

吴汝纶（1840—1903）

　　1902 年（壬寅）赴日考察，五月二十日到京都，游东、西本愿寺。见《吴汝纶全集》（黄山书社，2002 年）第四册《日记》卷第十二"游览"。

张謇（1853—1926）

　　1903 年（癸卯）赴日考察，旧历五月十九日至京都，宿柊家旅馆。考察琵琶湖水利事业、岛津制作所、染织学校、盲哑院、御所。原欲见京都大学校长木下广次，值木下卧病，未见。略观京都大学设置即返，因"大学院本非我之所欲观也"。张謇此度访日，教育方面最关心幼稚园、小学校、女学校、盲哑学校、医学院、师范学校，在日记中有十分详尽的叙述，比较同时期访日人士的记述，极能见其关心之所在。日后张謇在南通创建幼稚园、师范、女校等，俱深受日本影响。见《张謇全集》（上海辞书出版社，2012 年）第八册《柳西草堂日记》。

单士釐（1858—1945）

1899 年随夫初次赴日，1903 年旧历二月十七日由东京往大阪参观博览会。途经京都，"过琵琶湖南，入西京近乡，夹道田畴，正事耕作"。二十日，游京都。"仰见皆郁翠之山，随处有清洁之流。街衢广洁，民风质朴，远胜东京。"赞美御所"寂静严肃，仿佛诵唐人早朝诗"，"尽光洁古雅，想见唐宋遗型"。又游金阁寺，是晚返大阪。见《走向世界丛书》之《癸卯旅行记》（岳麓书社，1985 年）。

罗振玉（1866—1940）

1901 年东渡视察教育事务。1902 年正月初四自东京至京都，宿柊家旅馆，作一日勾留，即西去返沪。1909 年再奉部命赴日调查农学，于京都见京都大学校长菊池大麓。并晤内藤湖南、桑原骘藏、狩野直喜、藤田丰八等人。1911 年十月初携眷并王国维、刘大绅两家自天津往神户，侨寓京都田中村。东京文求堂主人田中庆太郎远来相助，狩野直喜夫人为备客中肴馔。彼时田中村尚是"京都乡村，风景幽胜"。后移居神乐冈，"窗外山光岚气，朝晖夕阴，奇瑰难名，绕屋溪流如带，日夜淙潺，或以世外桃源拟之"。又以藤田丰八名于净土寺町购地建楼，曰"永慕园"，并作大云书库。此后七年，俱在京都度过，与关西学者、文人往来甚频，交谊极深。1919 年春将返国，临行前之六月二十一日，日本数十位故交于京都圆山公园为之饯行。纪念照片共三十八人。见《永丰乡人行年录》（江苏人民出版社，1980 年）、《庭闻忆略——回忆祖父罗振玉的一生》（吉林文史出版社，1987 年）、《我的祖父罗振玉》（百花文艺出版社，2007 年）。

董康（1867—1947）

1911 年赴日留学，攻读法律。1926 年十二月避居日本，1927 年元日抵京都，与神田喜一郎相见，次日访内藤湖南，赞其"博闻强记，收藏之富，狩谷掖斋后一人也"。又见狩野直喜，与京都学派中国学诸贤交谊甚厚，收获亦丰。读"在古梅园购碎墨十斤寄沪，以印《盛明杂剧》二集"，"窗外东山诸峰约略可指，自来京都，倏已半月，无如今日之清朗者"，"停雪未霁，大地一色皓素。即东山如清水、比叡诸峰微茫有无间，圆穹为雪所映衬，反作灰墨色。玉宇琼楼，殊非尘世所能领略"，"前数夕每闻市廛有钲柝之声，杂以和呗，和者有十数人，始知乃净土宗京极组僧人所组织之慈济会，自二十一日起至二十七日止，每夜挂锡鸣钲，持钵宣唱佛号"等语，无不亲切。二月十三日往东京。"过米原，田畴为雪所没。窗外山峦蜿蜒，树多松桧，林表琼瑶，风吹落地，雪山绿树景色独饶"，这般景致，某年岁末赶早班车往金泽时，也曾饱览。在大津、草津、野洲等地，还没有下雪，一到米原，便大雪纷飞。四月二日又至京都。之后游西本愿寺、清水寺、祇园等地，如"满山黝而碧者为松桧，微赭者樱之苞，淡白者樱之花"等语，文辞殊丽。又有高野山等地之游，不一一抄录。见《董康东游日记》（河北出版社，2000 年）。

傅增湘（1872—1950）

1929 年 9 月，携子与白坚通行赴日。原希望白坚充当翻译，然白坚只忙于自己事务，将傅氏父子抛在京都的旅馆。因此日记中的京都记忆并不美好："余父子均不通言语，需人而后行，故留滞西京至半月之久，掷黄金于虚牝，可惜殊甚。"见傅熹年整理《〈藏园日记钞〉摘录》（《文献》2004 年第 2 期）。

王国维（1877—1927）

1911 年携眷随罗振玉东渡，客居京都。1916 年元月归国。曰："自辛亥十月寓居京都，至是已五度岁，实计在京都已四岁余。此四年中生活，在一生中最为简单，唯学问则变化滋甚。"见《王国维全集》（浙江教育出版社，2010 年）第十五卷《日记》，即《丙辰日记》。

钱稻孙（1887—1966）

1934 年率清华大学学生访问东京，公务结束后往京都拜访之前在北京交谊已深的吉川幸次郎。次年与妻包丰保❶再访日本，由吉川招待，游览京都。在武者小路千家处饮茶，看祇园祭，观双镜院双六。见吉川幸次郎《留学时代》之《C 教授》（《决定版 吉川幸次郎全集 22》，筑摩书房,1999 年）。邹双双著《"文化漢奸" と呼ばれた男—万葉集を訳した銭稲孫の生涯》（《被称为"文化汉奸"的男人——〈万叶集〉译者钱稻孙的生涯》，东方书店，2014 年）亦为了解钱稻孙生涯的优秀研究书。

郭沫若（1892—1978）

1955 年 12 月，中国科学院院长郭沫若率中国科学代

---

❶ 包丰保（1883—1968），浙江吴兴书家包虎臣之孙女，1900 年即与钱氏一家同往日本，入下田歌子女子实践学校。

表团赴日考察。代表团有文学、古代史、近代史、考古学、教育学、数学、物理学、生理学、土木工程学、铁路、药学专业者共十一人。众人在东京大学、东北大学、京都大学等学术研究机构考察三周。

老舍（1899—1966）

1965 年 3 月至 4 月，老舍率中国作家代表团访日。四月三日游奈良，赴京都，途经宇治。过木津川，及宇治川。晚七时在桃园亭中华餐馆有欢迎会。四月四日至京都大学中国文学科开座谈会，谈京剧现代化、文学的普遍性与阶级性、古典文学的继承等问题，时间有限，所谈甚简。吉川幸次郎亦有短文记述其时情状。午于清风庄赴宴。四月六日访清水寺、比叡山、琵琶湖、西芳寺、祇园甲部歌舞练场。有诗《京都见初月》《琵琶湖远望》《清水寺访大西上人》《西芳寺》等，如"东风不吝春消息，小月偷看桥外樱""琵琶湖映比良山，银色峰头碧玉湾""山色轻添苔色碧，一灯幽处拜如来"等句。4 月 7 日往热海。观此行程安排，足见规模、待遇之高，亦可略窥其时两国之关系，至少文艺界交流之情况。次年 8 月 24 日，自沉于太平湖。见《老舍全集》（人民文学出版社，2013 年）第十三卷《旧体诗》，第十九卷《日记》。

冰心（1900—1999）

1923 年 8 月赴美留学途中，初访日本。之后共八度访日。1946 年至 1951 年客居东京，1950 年于东京大学教授"中国新文学"课程。1951 年回北京，之后多次参加中国派出的访问交流团赴日，均受到极高礼遇，见到许多社会名流，当然也多次到过京都，赏过樱花，并屡屡撰文礼赞樱花，歌颂中日友好。见《冰心全集》（卓如编，海峡文艺出版社，2012 年）、《謝冰心の研究》（萩野脩二，朋友书店，2009 年）、《冰心研究—女性·死·結婚》（虞萍，汲古书院，2010 年）。

傅芸子（1902—1948）

1932 年受仓石武四郎之邀至京都东方文化研究所教授中文。仓石于北京留学时即与傅芸子交好，傅至京都后，与师生相处颇善。当时的东方文化研究所，即今之京都大学人文研，比邻北白川，傅芸子也住在那附近。日后回忆，称"最爱北白川一带景物的静美，背临比叡山大文字山，清流映带，林木蔚然深秀，而春花秋月，风雨晦明变化，又各有各的胜处"。在青木正儿的回忆中，1938 年，傅芸子曾与狩野直喜、铃木虎雄、小岛祐马、本田成之、那波利贞、桥本循、吉川幸次郎、仓石武四郎等人参加丽泽社❶，诗酒书画，"正值微雨，新绿欲滴，嫩笋翠味满腹，熏风酡颜，薄暮而散"，最是京都式的清福。后仓石请傅芸子编写中文教材，序言中道："想来先生来任京都，已阅六年有余之星霜……其中有关北京风土名胜等各章，实乃先生来任京都之前尤所致力的北京掌故研究之结晶，故而本篇之精彩，正在于兹。"1942 年，应周作人之邀，回京就任北京图书馆编目部主任，其间与青木正儿多有书信往来。六年后辞世。

---

❶ 成立于 1916 年，由京都大学中国学学者请狩野直喜与内藤湖南教授古文之法而发起的学会。

见《正仓院考古记·白川集》(辽宁教育出版社,2000 年),《中华名物考》(青木正儿，中华书局，2005 年)《青木正儿家藏中国近代名人尺牍》(张小钢编，大象出版社，2011 年)。

　　我所熟悉的写过京都的人，大略有京都的诸位学者及日本的作家。诸君驯熟的林文月、舒国治、寿岳章子、万城目学、森见登美彦等人则不复赘举。内藤湖南、宫崎市定、青木正儿等学者自然也写过不少关于京都的随笔、和歌、诗词，因零散短小，不特意列出。兹以生年为序，略举二三。

森鸥外（1862—1922）

　　岛根县津和野町人。东京大学医学部出身，毕业后为陆军军医，留学德国，师从发现结核杆菌、霍乱弧菌的微生物学家罗伯特·科赫。回国后从事文学创作、翻译，中日甲午战争中作为军医随军。后因乃木希典殉死之影响而创作历史小说及传记。晚年任帝室博物馆总长、帝国美术院院长等。小说《高濑舟》即以京都为舞台。

夏目漱石（1867—1916）

　　江户人。帝国大学英文科毕业，曾任教于松山市中学、熊本市第五高中。留学英国，回国后任教东大。1905年发表《我是猫》，次年发表《哥儿》《草枕》等。1907年自东大辞职，入朝日新闻社，专事写作。一生四度到访京都。第一次是1892年七八月间，作五日逗留。第二次是1907

年三四月间，作半月之留。第三次是 1909 年 10 月，短暂二日。最后一次是 1915 年三四月间，勾留近月。小说《虞美人草》多有关于京都风物的描写，那正是 1907 年漱石访京都时所作。可参考水川隆夫《漱石の京都》(平凡社，2001 年)，丹治伊津子《夏目漱石の京都》(翰林书房，2011 年）。

谷崎润一郎（1886—1965）

生于东京，一高毕业后考入东京帝国大学文科大学国文科，因不交学费而退学。关东大地震后移居关西。1946 年定居京都东山区南禅寺下河原町，1949 年移居下鸭泉川町。后移居热海，1965 年再游京都，是年去世，葬于京都法然院。小说《细雪》中最能见到京都的风花雪月。

九鬼周造（1888—1941）

生于东京，日本哲学家。尚在母腹时，母亲别恋冈仓天心。东京帝国大学文科大学哲学科毕业后，游学欧洲八年。回国后一直在京都帝国大学文学部哲学科任教。墓地在法然院，墓石为西田几多郎题字，侧面刻有西田所译歌德《浪游者的夜歌》(*Wandrers Nachtlied*) 一节："群峰一片沉寂，树梢微风敛迹。林中栖鸟缄默，稍待你也安息。"❶九鬼第一任妻子是亡兄之妻，后与祇园艺妓同居，每日早上从祇园坐人力车到学校上课，时常迟到。《祇園の枝垂桜》(祇园的垂枝樱，《九鬼周造全集》第五卷，岩波书店，1991 年）是写京都的小文章。

---

❶ 此处汉译为钱春绮版本。另有郭沫若、宗白华、梁宗岱等译本。

川端康成（1899—1972）

大阪市人。自幼父母双亡，童年时祖母及姐姐亦很早故去，中学时又失去祖父。一高毕业后，考入东京帝国大学文学部英文学科。后从事文学创作，1972 年自杀。除了耳熟能详的小说《古都》外，小说《玉响》也以京都为舞台。

梶井基次郎（1901—1932）

大阪市人。自小因父工作变动之故，四处辗转。考入第三高等学校，沉迷文学创作，身体虚弱。因肺结核而青年早逝，被病苦纠缠的才华横溢的青年。代表作《柠檬》即以京都为背景，小说中出现的水果店原型是位于中京区寺町二条角的"八百卯"，2009 年已闭门。

奈良本辰也（1913—2001）

山口县人。京都帝国大学文学部国史学科毕业，曾从事京都市史编纂。著有《京都百景》（淡交社,1964 年)、《維新と京都—明治百年京都の史跡めぐり》（光村推古书院,1967 年）、《京都歴史歳時記》（河出书房新社,1980 年）。

林屋辰三郎（1914—1998）

石川县金泽市人。京都帝国大学文学部毕业，历任立命馆教授、京都大学人文研究所教授、京都国立博物馆馆长等，指导京都市史编纂，编著《京都の歴史》《史料—京都の歴史》等。

梅棹忠夫（1920—2010）

京都人。第三高等学校出身，历任国立民族学博物馆名誉教授、京都大学名誉教授等。著有《梅棹忠夫の京都案内》(角川选书,1987年),《京都の精神》(角川选书,1987年),《日本三都論—東京·大阪·京都》(角川选書,1987年)等。

梅原猛（1925—2019）

出生于宫城县仙台市,成长于爱知县。不顾家人反对,痴迷哲学,考入京都大学文学部哲学科。晚年专注神道及佛教研究,精力旺盛,居哲学之道附近,旧为和辻哲郎宅邸。著有《京都発見》全9卷（新潮社,1997—2007年）等。

宫尾登美子（1926—2014）

高知县高知市人,1944年结婚,同年与丈夫同往中国东北。战败后回高知,备尝艰辛。1948年开始写作,之后做过保姆,1962年辞职,专事写作。1963年获直木赏候补,同年协议离婚。1964年再婚,1966年夫妇同往东京。1972年自费出版小说《櫂》,1973年获太宰治赏,正式出道。之后,《阳晖楼》《寒椿》《一弦之琴》《序之舞》等佳作频出,确定其在文坛的重要地位。其中,《序之舞》的背景地就在京都,原型是京都出身的日本画家上村松园。

胁田晴子（1934—2016）

兵库县西宫市人,神户大学文学部史学科、京都大学文学研究科博士出身。历任京都橘女子大学文学部助教授、教授,鸣门教育大学教育学部教授,大阪外国语大学教授,滋贺县立大学任建文化学部教授,石川县立历史博物馆馆长等。专攻日本中世史,著有《中世京都

と祇園祭 疫神と都市の生活》（中公新书，1999 年）等。丈夫胁田修亦为日本史学家，夫妇共著《物語京都の歴史 花の都の二千年》（中公新书，2008 年）。

高桥昌明（1945—　　）

高知县高知市人。同志社大学文学研究科出身。历任滋贺大学、神户大学教授。著有《京都"千年の都"の歴史》（岩波新书，2014 年）。

鹫田清一（1949—　　）

京都人。京都大学文学研究科哲学专攻博士课程修了退学。历任关西大学教授、大阪大学研究科长及学部长、大阪大学校长、大谷大学文学部哲学科教授等。2015 年四月起担任京都市立艺术大学理事长、校长。专业为临床哲学、伦理学，专长现象论、身体论等。著有《京都の平熱—哲学者の年案内》（讲谈社，2007 年）（中文译本《京都人生》，田肖霞译，清华大学出版社，2015 年）。

附

录

杉山正明（1952—　　）

静冈县人。京都大学文学研究科博士出身，历任京都大学人文科学研究所助手，京都女子大学文学部讲师、助教授，京都大学文学部助教授、教授。专注蒙古史、元史研究，擅长运用波斯语、八思巴文史料，业绩丰富。先生勤于著述，专业研究之外，还有大量面向大众的普及读物。《京都御所西——松町物語》（日本经济新闻出版社，2011 年）即为一部饶有趣味的小品。

后

记

　　写到此处，意识到一些若即若离、试图捕捉的感受，终如流风般不可及、不可触。回顾全文，可以见到不少遗憾。如果从容一点，是不是可以写得更透彻，是不是可以把有些问题讲得更清晰？但此番虽然写得匆促，这样挥霍整段时间的奢侈，恐怕短期内再难有，遗憾也只能由之去了。

　　最初的设想，是要根据自己的活动区域介绍京都：上下学的道路，衣食住行的细节，何处买菜，何处吃饭，何处买和果子，何处听寺钟，何处看四季花事，像与那位友人闲谈一样。很喜欢给人画地图，标出方向，哪条街有什么寺庙、什么店，坐什么车能到。这是我对京都建立的空间感。

　　我接受新事物很缓慢，人也很懒，习惯走一条路，都不愿意换一条。习惯去一家店，即便绕路也要去那里。习惯吃某家的点心，每到礼拜天都会去买一盒，慢慢吃一周。这种生活秩序，是到京都后才逐渐确定的，因为在之前不算漫长的生活中，一直经历搬家、迁徙。往往还没有熟悉某地，又换了新环境。哪里是同龄人爱去的集散地，同龄人都在玩什么，我一概陌生，也很难交到朋友。

　　于是很早的时候，就开始怀念故乡，构筑对于故乡的想象。祖父的旧院，院中的橘、桂、枇杷、柿、无花果，幽深的石井，檐头水晶帘一般的雨丝，卧在竹椅上、垂下尾巴的猫，河畔的青柳，横卧的石桥，灯火的船篷，借由这些零星片段的温情记忆，安抚身处异乡的茫然。虽然事实上，我连故乡的方言都讲不好。到京都后，很觉风土亲切。植被种类，梅雨季的烟雨，盛夏的稻田，初秋稻米成熟的香气，乃至湿冷侵骨的寒冬，无不唤醒我对遥远故乡的记忆，哪怕其实两地何其不同。现在想来，在此居住的六年，恐怕是从未有过的平静生活。这些年，也经历了许多告别，最寂寞的，是送走难得知心的友人。而自己也会有告别之时，因此格外珍惜此刻。

2011 年春，曾在一篇文章的结尾写道：

> 每年春天，都很容易陷入很深的茫然，也许是万物复苏的季节促使我从新考虑自己的路途将如何继续。这个过程很痛苦，很容易反复自责，最后放弃，好像不能有更多的希望，那些都是痴人说梦……那种明明什么都没有思考，却仿佛有东西逐渐清明的感觉又出现了。抱着水在城中小径中飞奔，夜色降临，风落在脸上，还有星月的光辉。想到高中时夜里放学回家，空寂的长街，总是会飞快骑车，好像要把什么狠狠甩在身后。那一刻的无力感很强烈，仿佛随时都有坍塌的可能。但这也是最自由的时候，头脑里十分明晰，内心有呼啸。我无比惊慌又无比享用，因为知道身体里另一个自己还用力活着。对，就是那个说梦的痴人。

当时正陷入对专业的无限茫然，那个说梦的痴人很自卑，放弃很容易，无须思考，谨小慎微地爱护一点稀薄的尊严，试图藏身某个中间地带。不错，我就是小心地躲在中间地带成长，逃避责任，惧怕竞争，却又始终为自己的浅薄无识而羞愧、焦虑。最好不要亲自做选择，任时间的洪流与所谓无情的外力推动己身，似可稍减自责，也可有理由作无限喟叹。后来到底还是作了决定，于是可在此多待几年，也学会稍微从中间地带走出一步，应对世间诸事。

对于此地的认识和态度，我依然很茫然，没有系统的结论。当然，暂时也不需要结论，尤其是对不算遥远的时代。如何区隔当代与过去时代的界限，是很需深考的问题。当代人的视角、观点，解读过去事件时有多少偏差，也不可忽视。自然，我也准备了一套很官方的回答，应对生活中常见的询问，因为对方期待的答案有时很容易推测，两下欢喜，何乐不为。这些回答，就不必在此虚伪地重复了。

周作人有一段话，我很赞同："我初去东京和鲁迅在一起，我们在东京的生活是完全日本化的。有好些留学生过不惯日本的生活，住在下宿里要用桌椅，有人买不起卧床，至于爬上壁橱（户棚）去睡觉，吃的也非热饭不可，这种人常为我们所笑。因为我们觉得不能吃苦何必外出，而且到日本来单学一点技术回去，结局也终是皮毛，如不从生活上去体验，对于日本事情便无法深知的。"

不过，如今年轻人到日本读书的心态与情境，非但与周氏兄弟的年代有天壤之别，与十年前也大不相同。母国经济、文化的发达带来巨大自信，与留学国停滞的经济、不成气候的政治形成鲜明对比。这种对比也影响了此地人对于我们的认识，在学术研究方面亦见端倪，尤其是中国学的研究。是故早有国内先生称，"群趋东邻受国史"的"欲死之羞"，今可雪矣。某年年初，敦煌学国际学术研讨会上，也有先生傲然四顾曰：日本的敦煌学衰落了，欧洲的敦煌学也已衰落，今后，就只看我们啦！由是观之，或许"单学一点技术回去"的必要也没有了。我们看日本，喜欢对比自身。这曾是我们有的，那也是。日人学艺不精，终不谙我国文化。那些精巧的玩意固然不错，买来用便是。"对于日本事情"，亦似无必要"深知"。而今获取信息的渠道何其丰富，旅行也何其便利，此地也有各种机构，为游客作出各种积极的安排，使他们短期体验日本文化、艺术、生活，在国内也有越来越多类似的地方，可以轻易得到我们需要的知识。

因此，且忽略本题中的"京都"二字，这非是可矜夸的地名，于我而言只是日常生息的所在，其有外在定型的一面，当然也有琐碎、世俗的内里。此书写到一半时，夜里回去，在家门口的山坡上，又邂逅两头鹿。它们原在树荫里，听见人声，笃笃笃跑上山道，悠然远去。漫天都是星，树林间很大一弯金红色月亮，将要沉落。友人笑称："它们是在催你快写完，开学就没空写了。"又想到江户初期久居京都的文人石川丈山，与林罗山选定三十六诗仙，于洛北构筑凹凸窠，即诗仙堂。丈山曾于庭园设"添水"，即取竹节一段，中部支起，长段在下，短截在上，削平此端，置于流水下，竹筒水满而倾斜，水尽又回复原状，叩击石面，其声清越。农人亦散置田间，可驱赶野猪及鹿。因此又叫"惊鹿"（鹿威し）或"追鹿"（鹿追い）。丈山云："虽为田野水器，则由来者渐矣。

竹筒尺余，上短下修，概类敧器，又仿桔槔。矫首于下流，鼓尾于片石，旋转俯仰，发挥我巨石之声。声韵不凡，圆转清亮，如唤起鸣于春晓。俞山民至秋构诸稻田，时惊鹿豕。"又有诗云："尔以自鸣，秋守田亩。水满覆前，石出忧后。行侧溪流，声答山阜。宥坐惟肖，为诚云有。"宥坐，出《荀子·宥坐》。所谓"虚则敧，中则正，满则覆"。然而还是"惊鹿"或"追鹿"更有趣，空山流水，竹筒叮咚一击，清幽宁谧，余韵不绝。种种不舍，恰如此声。

2015 年 4 月 21 日凌晨 初稿于月待山前
2015 年 6 月 2 日 二稿

　　2014 年 6 月 18 日夜里，我在当时赁居的院子外遇到一头健壮的雄鹿。彼此对视后都吓了一跳，鹿转身腾跳着大步离开，惊起一片犬吠。次日我在日记里说："决定写一本书，叫《有鹿来》，讲京都生活。"这是本书的源头。

　　当时我硕士课程即将毕业，忙于写论文，对学院的一切尚怀着憧憬，上不完的课，读不尽的书。那年秋天，挚友周雯从北京来京都大学东洋史研究室访学，我们一起逛书店、吃好吃的，度过了非常愉快的半年。转年二月，得知顺利通过博士班升学审核后，心情大为轻松，遂开始撰写本书。而友人访学期满，那年初春离开了京都。春天的京都很美，而我最爱梅雨时节——真想与她一起经历。因而写作本书之际，也有意识地要与她分享我们都喜爱的古都。当时京都旅游浪潮兴起不久，很多旅行杂志都热衷刊登与京都有关的文章。我常给《悦食》《私家地理》等杂志供稿，写了不少轻快的短文。这种轻快的情绪，同样反映到书稿中。快乐地旅行，快乐地买买买吧，正是那样的时代。

　　日记里记录了书稿的诞生过程：

　　2015 年 3 月 17 日："撰写《有鹿来——京都景物略》。"

　　3 月 18 日："散步吉田山、金戒光明寺，探访墓地。

大雨温润，恍如初夏，撰写《有鹿来》。"

　　3月19日："继续《有鹿来》。黄昏出门散步，黑暗里开着瑞香与十大功劳，极清冽。默祷诸事顺利。"

　　4月15日："《有鹿来》近尾声。"

　　4月20日："夜里写毕《有鹿来》后记，大雨。"

　　6月2日："下午四点半去看薪能。深夜交《有鹿来》定稿并画稿。"

　　10月29日："校完《有鹿来》排版稿。夜里圆月硕大，横云飞渡。"

　　书稿交给了老朋友罗毅先生。我们认识得很早，他从《万象》杂志时代开始向我约稿，我交给他的第一部书稿是《燕巢与花事》，不久又在他的建议下翻译了井上靖的《浪人》（原名《战国无赖》）。他极力建议我专写一册关于京都的书，那时他调到中国国家地理出版社工作，对《有鹿来》的题材非常感兴趣。书稿完成得很顺利，2015年8月，我回北京时，与从周在和平里北街同罗先生相聚。暑气闷蒸，林下开满玉簪花，是我至熟悉的京中初秋的黄昏，暗绿中氤氲着幽香四溢的莹白，令人喜欢与惆怅。那时《京都古书店风景》刚上市，同时还出了两本译稿，大家觉得京都有许多值得写的题目，热烈地聊了许多。

　　具体负责稿件编辑工作的是罗先生的同事董佳佳小姐。2016年1月，《有鹿来》上市，副题改为"京都的日常"。那年初春假期，我与从周来到阔别已久的重庆，参加出版社安排的活动。次日又往成都，活动之外，还在武侯祠看了比故乡更早开放的玉兰与海棠。这样因工作而有的畅游此前没有过，此后因为杂事丛脞、假期短暂，亦未有机会经历。因而关于《有鹿来》的记忆，总与快活的旅途有关。

《有鹿来》之后，又写了几册与京都有一点关系的书，比如《松子落》《春山好》，已不复当年天真的笔调。偶尔收到重版此书的联系，而我迁延再三，因为改稿总比写新书艰难得多。为我重版《岁时记》《尘世的梦浮桥》，出版《春山好》的杜娟小姐也会提及重修《有鹿来》的计划，真正动笔，则是在 2021 年初春，距离撰写初稿已过去六年。

我对观察某事物、某风气在一定历史时段内的变迁一向深感兴趣。六年虽不久，但加上撰写初稿时已积累的六年经验，对京都庶几不算过于无知。2020 年初以来，世界发生了很大变化，京都自然无可避免。反复执行的"紧急事态宣言"效果可疑，令人疲惫。2020 年上半年，人们无论谈起什么，都会加上"新冠流行"的前提。超出预想的流行时期慢慢令人陷入沉默，猜疑与抱怨变得更多，保持乐观与希望很不容易。我想讲《有鹿来》之后发生的事，什么流逝了，什么诞生了，又有什么是我依然深信且挚爱的。

仍要感谢杜娟小姐细致的工作，感谢从周写的短序——他是我京都岁月的见证者和参与者。新版的副题叫作"京都岁月"，用了比"日常"看起来更深沉的词汇，以示郑重。那些细小的增补之处，是我留给《有鹿来》初版读者的讯息。而对于初次认识《有鹿来》的读者而言，可以把这本书当成绵延十二载的京都观察，我尽量留着它昔日天真的面影。

从旧版至新版，发生变化的还有我自己。我比从前更频繁地去往山中，学习动物、植物的智慧，在阔大的自然中磨砺身心。依然能在山前水畔邂逅可爱的鹿，我们也依然能在文字中重逢。

枕　书

2021 年 11 月 2 日于北白川畔